Wenn Wolken wandern

Carsten Freytag

Roman

Impressum

Texte:	© Copyright by Carsten Freytag
Umschlag:	© Copyright by Carsten Freytag
Verlag:	Twentysix.de

Cover: depositphotos.com

Fliegen

Da, wo ich herkomme, gab es viele Fliegen. Immer, wenn meine Oma Essen gekocht hatte, flogen sie in der Küche aus Stein wild herum und landeten auf dem Reis oder auf dem Fisch, den meine Oma auf den Holztisch gelegt hatte, bevor sie den Fisch in die heiße Pfanne legte. Doch den Fisch sah man nicht, denn der Fisch war von einer schwarzen Schicht wimmelnder Fliegen bedeckt. Meine Oma klatschte in die Hände und die Fliegen gaben den Blick auf den Fisch frei, den sie nun in die heiße Pfanne über der steinernen Kochstelle legte, wo das Feuer nun heiß genug war, um den Fisch zu braten. Jeden Tag gab es Fisch, jeden Tag gab es Reis und jeden Tag gab es die Fliegen, die auf dem warmen Essen landeten und mit unserer linken Hand unaufhörlich weggescheucht werden mussten, bevor wir den trockenen Fisch und den Reis hungrig, wie wir waren, essen konnten. Die Fliegen hatten leichtes Spiel. Unser Haus aus Stein und Wellblech hatte Fenster ohne Fensterscheiben. Wenn im Herbst die Regenzeit begann, war das Haus so feucht, dass der Lehmboden zu Matsch wurde. Die Fliegen hatten es gut. Auch die Geckos, die träge an unseren Steinwänden hochliefen, hatten es gut. Die Fliegen waren eine willkommene Beute, die sie mit ihrer blitzschnell hervorschießenden Zunge einfingen und vertilgten.

Mutterliebe und ihre Folgen

Dort, wo meine Mama mich verprügelt hatte, gab es wenig Fliegen. Nur eine Fliege, die über meinem blutenden Kopf schwirrte, war in meinem Zimmer. Ich verfolgte sie mit meinen blutverklebten Augen und sah, wie sie auf dem Bein des umgestürzten Tisches landete, so, als wollte sie mich von oben herab betrachten, um zu erfahren, ob ich noch lebte. Der Teppich, auf dem ich schmerzverkrümmt lag, fühlte sich weich an, so, als wollte er mir ein wenig Bequemlichkeit geben. Es war ruhig in meinem Zimmer. Nach dem Geschrei meiner Mama, die mich wütend angebrüllt hatte, und nach dem Lärm der Schläge und Tritte war die Stille beinah himmlisch und legte sich wie ein Kokon über meine verletzte Seele, um mir Ruhe zu geben. Lange blieb ich auf dem Teppich liegen. Auf dem Rücken liegend, sah ich aus dem Fenster. Ich beobachtete das Wolkenspiel am hellgrauen Himmel. Große, mächtige dunkelgraue Wolkenberge hatten sich am Himmel in mehreren Schichten bedrohlich aufgetürmt und wanderten erstaunlich tief, aber recht schnell an meinem Fenster vorbei. Dort oben musste es sehr windig sein. Man müsste eine Wolke sein. Aber keine kleine Schäfchenwolke, die hoch oben in der Atmosphäre einen Schleier mit vielen anderen Schäfchenwolken bildet. Nein, so eine Wolke möchte ich nicht sein. Es

4

musste eine bedrohliche Wolke sein. Eine Wolke, die Angst erzeugt. Eine Wolke, die Blitz und Donner mit sich führt und über dem Haus meiner Mutter schwebt. Eine Wolke ist unantastbar. Unerreichbar. Niemand kann eine Wolke schlagen und verletzen. Wenn ich es könnte, würde ich zu den Wolken hinaufsteigen, eine von ihnen werden, würde mit meinen neuen Freunden über Indien hinweg bis nach Südostasien wandern. Nur weg von hier. Immer schneller, immer weiter weg von hier. Sie würden mich tragen bis in meine Heimat, wo die Luft so warm und weich wie Weihrauch ist. Und plötzlich erfüllte mich ein Gefühl der Hoffnung, ein Gefühl von Wärme durchdrang meinen geschundenen Körper, als ein goldener Sonnenstrahl die Wolkendecke plötzlich durchbrach und mein Gesicht erhellte. Ich hatte das Gefühl, nicht mehr alleine zu sein.

Bei meinem Versuch aufzustehen, spürte ich einen brennenden Schmerz in meinem Unterleib, dort wo meine Mama mich immer getreten hatte, nachdem ich zu Boden gegangen war. Nur der Mann, der irgendwann in mein Zimmer kam, hatte meine Mama davon abgehalten, mich totzutreten. So wütend war meine Mama gewesen. „Bist du total verrückt geworden! Komm zur Besinnung!", hatte der Mann gerufen und den nächsten Tritt meiner Mama verhindert, indem er dazwischengesprungen war. Der Schreck stand ihm im Gesicht geschrieben. Doch ich wusste nicht, ob er mich oder meine Mama beschützen wollte, als er den nächsten Tritt meiner Mama abgefangen hatte. Ich hatte auch erst viel später verstanden, was Besinnung heißt, denn ich war erst vier Jahre in Deutschland.

Warten

Ich verfluche die Zeit des Wartens, die mich dazu führt, in meine Vergangenheit zu blicken. Das, was ich glaubte verdrängt zu haben, kommt immer dann zum Vorschein, wenn ich warte oder einsam in meiner kleinen Wohnung bin und nicht weiß, was ich tun soll. Wann kommt er denn endlich? Hoffentlich kommt er auch. Wenn er mich jetzt in dieser Situation im Stich lässt, bin ich für immer und ewig verloren. Dann wird es keinen Ausweg mehr geben. Ich liebe ihn. Ich glaube, so etwas wie Liebe zu verspüren. Und er liebt mich. Das sagt er zumindest. *Mahal kita.* Doch manchmal fühle ich eine beklemmende Angst in mir. *Mahal kita.* Zu oft habe ich diesen Satz gehört, während die Männer in mir eindrangen. Nicht selten baten Freier mich, den Satz der Liebe und des Lebens in meine Heimatsprache zu übersetzen, als glaubten sie wirklich, mit dieser Lüge, während sie sich in mir wollüstig ergossen, eine tiefere seelische Verbindung mit mir eingehen zu können. Ein Satz, der für mich stets nur Enttäuschung und grenzenlose Ernüchterung mit sich führte. Ein Satz ohne Verheißung und Hoffnung. Ein Satz, der nicht einmal über die Lippen meiner Mutter kam.

Ich versuche, meine Nerven zu beruhigen, indem ich mich versichere, dass Werner es wirklich ernst meint und mich hier herausholt. Und so zwinge ich mich zur Ruhe und schaue trotzdem auf die Uhr, die mir mitteilt, dass Werner schon seit fünf Minuten bei mir sein müsste.

Mein Koffer ist gepackt. Die Flucht in der Mitternacht müsste in Sekundenschnelle vonstattengehen. Leise die Tür schließen, wortlos schnell das Treppenhaus mit leichten, leisen Schritten heruntereilen und in den vor dem Haus geparkten Wagen hineinspringen, die Wagentür vorsichtig schließen und unauffällig davonfahren. In eine neue Stadt, wo mich keiner kennt, in ein neues Leben ohne Gewalt und Angst.

Aller Anfang ist schwer

Meine Mama kam auch nicht mehr in mein Zimmer, um zu schauen, wie es mir ging. Der Mann kam auch nicht mehr. Nur die Kinder, neugierig angezogen von dem Lärm, traten plötzlich leise ein und schreckten zurück, als sie mich blutend auf dem Teppich liegen sahen. Sie waren noch zu jung, um zu verstehen, was vorgefallen war. „Mama", rief der fünfjährige Jakob, „Geraldine blutet." Doch der Hinweis Jakobs führte nicht zu einer medizinischen Versorgung meiner blutenden Wunde. Meine Mama kam nicht mehr.

Der Mann war der Ehemann meiner Mama und hieß Hans-Jürgen, aber ich nannte ihn, wenn ich allein war oder wenn ich nachdenken musste oder wenn ich mit meinen Freundinnen zusammen war, nur den Mann im Haus, weil er nicht mein Vater war. Und so konnte ich auch nicht Papa zu ihm sagen. Auch seinen Vornamen auszusprechen fiel mir schwer. Vielleicht hätte meine Mama mich früher nach Deutschland holen sollen. Ich war bereits zehn Jahre alt, als ich die Philippinen verlassen hatte. Vielleicht war ich schon zu alt, um mich an den Mann zu gewöhnen. Ich musste dem Mann im Haus allerdings zugestehen, dass er sich anfangs Mühe gegeben hatte, mich näher kennen zu lernen, um mit mir klarzukommen. Im Winter kaufte er mir Schlittschuhe und lud mich mit seinen drei kleinen Söhnen zum Schlittschuhlaufen ein. Mein erster Winter in

Deutschland. Der erste Schnee. Im Gegensatz zu den Kindern registrierte ich die tänzelnden Schneeflocken, die sich von Mal zu Mal dichter auf dem Boden versammelten, eher unaufgeregt und gleichmütig. Während ich in Negros nur ein Hemd besaß und eine zerfranste Jeans, trug ich nun dicke Wollsocken, Thermounterwäsche, darüber eine dicke, unbequeme Thermohose, dazu einen pinkfarbenen Pullover und darüber eine wattierte, voluminöse Winterjacke und dazu noch einen roten Schal und dazu noch die Wollhandschuhe und dazu noch die klobigen Winterschuhe, die ich nun durch Schlittschuhe ersetzt hatte. Und nicht zu vergessen, meine Wollmütze, unter der mein Haar fürchterlich juckte. Und ich bibberte dennoch auf dem zugefrorenen See in der eisigen Kälte, während ich mich ständig beim Versuch, mich auf dem rutschigen Eis voranzubewegen, auf den Hosenboden setzte, was äußerst schmerzhaft war. Die Antwort auf die Frage des Mannes im Haus, ob mir das Eislaufen Spaß bereitete, konnte er an meinem Gesichtsausdruck ablesen. Weitere Angebote zum Eislaufen lehnte ich dankend ab. Der Mann kaufte mir im Frühjahr ein Fahrrad und lud mich zum Fahrradfahren ein, doch ich hatte keine Lust, ewig in die Pedale zu treten, um fünfzehn Kilometer zum See zu fahren und zurück. Zu anstrengend. Zu langweilig. Ich zog es vor, mit meinen neuen Freundinnen aus der Gesamtschule durch die Innenstadt zu bummeln. Der Mann hatte sogar ein Segelboot und lud mich ein, mit seinen Kindern auf dem Kemnader See zu segeln. Ich kann nur sagen: einmal und nie wieder. Zu windig, zu wackelig, zu langweilig. Ständig musste gekreuzt werden, um in eine Richtung zu fahren, weil der Wind ungünstig wehte. Nie ging es geradeaus. Immer nur im Zickzack. Dann richtete sich das Boot plötzlich schräg zur Seite. Und ich hielt mich irgendwo fest, voller Panik, dass das Boot umkippen und wir im aufgewühlten Wasser landen würden. Ich konnte nicht verstehen, warum die Kinder so begeistert waren, wenn das Boot doch in Gefahr war, seitlich umzukippen. Nicht mein Ding. Segeln war für mich abgehakt. Und so kam der Mann im Haus auch nicht mehr in mein Zimmer, um zu sehen, wie es mir ging.

Meinen richtigen Vater habe ich nie kennengelernt. Ich weiß nicht einmal seinen richtigen Namen. Meine Mama hat ihn nie erwähnt, und zwar wohl aus tiefer Enttäuschung darüber, dass der Mann kurz vor der geplanten Hochzeit meine Mama verlassen hatte, weil er sich in eine andere Frau verliebt hatte. Das habe ich von Noel, dem Bruder meiner Mama, gehört. Und meine Mama war da schon schwanger mit mir. Und so erblickte ich am 4. Juli 1995 das Licht der Welt. In Manila. Als ich geboren wurde, war meine Mama ganz allein, ohne Ehemann und ohne Unterstützung ihrer Eltern, die es sich nicht leisten konnten, von unserer Insel Negros aus eine Fähre nach Manila zu buchen, um bei der Geburt dabei zu sein. So musste meine Mama mich nur mit der Hilfe einer Hebamme austragen. Vielleicht wäre es besser gewesen, sie hätte mich weggemacht, und ich wäre gar nicht zur Welt gekommen. Vieles wäre mir und ihr erspart geblieben. Doch die strenge katholische Erziehung durch die Eltern, deren Einfluss bis nach Manila reichte, machte es für meine Mama unmöglich, mich wegzumachen. Mit so einer Sünde, sich über Gott hinwegzusetzen, indem das neue Leben als Geschenk Gottes nicht angenommen wird, hätte meine Mama nie wieder ihre Familie in Victorias City auf der Insel Negros besuchen können. Das hat mir meine Mama gesagt, als sie mich irgendwann einmal bei meiner Oma besucht hatte.

Mama war wirklich sehr wütend auf mich. Es musste aber auch irgendwann passieren. Vielleicht hatte ich es auch verdient, von meiner Mama so verprügelt zu werden. Lügen hatte keinen Sinn mehr gehabt. Ein Polizist hatte mich nach Hause begleitet. Die Nachbarn guckten neugierig, als der Polizist an der Haustür klingelte. Meine Mama guckte überrascht, ihr Blick drückte Verwunderung aus, die sich schnell in Wut verwandelte, als sie erfuhr, dass ich beim Klauen vom Ladenbesitzer erwischt worden war. „Na warte ab, das wirst du noch bereuen!", hatte sie auf Tagalog zu mir gesprochen. Immer, wenn sie wütend war und wenn sie nicht wollte, dass andere ihre Gespräche mit mir verfolgen sollten, sprach sie Tagalog mit mir. Manchmal auch Ilonggo. Ich flüchtete in mein Zimmer, obwohl das Zimmer keinen Schutz vor ihren Schlägen bot, froh für den Moment, ihrem strafenden Blick ausweichen zu können. Der Polizist blieb noch eine kurze Weile. Vorsichtig hatte ich die Zimmertür geöffnet, um mithören zu können, was der Polizist meiner Mama mitzuteilen hatte. Vorwiegend sprach er von den Konsequenzen meiner Straftat. Zugleich versuchte er, meine Mama zu beruhigen, die zusammengesackt kraftlos auf dem Sofa saß und ihren Kopf mit ihren beiden Händen abstützte. Nach vier Jahren in Deutschland verstand ich so gut Deutsch, dass ich dem Gespräch gut folgen konnte. Überhaupt fiel es mir leicht, eine neue Sprache zu lernen. Ilonggo zu Hause in Victorias City ist meine Muttersprache. Tagalog und Englisch kamen in der Grundschule und später in der High School dazu. Auch meine Mama sagte, dass sie schnell eine neue Sprache lerne. „Wenn du viel singst und ein Gefühl für Melodien hast, dann lernst du eine neue Sprache viel schneller", hatte sie mir gesagt, als sie einmal Zeit für mich hatte. Nur hatte ich niemals Grund zum Singen.

Und was ich dann hörte, verursachte ein breites Grinsen in meinem Gesicht. Ich huschte so leise wie eine Schlange in mein Zimmer zurück, wo ich mich schmunzelnd aufs Bett fallen ließ. Ich würde sicherlich, so hatte der Polizist meiner Mama erklärt, glimpflich davonkommen, da ich bisher zum ersten Mal geklaut hatte und vorher nicht auffällig geworden bin. Das Wort glimpflich kannte ich schon. Meine Klassenlehrerin hatte es mir erklärt, als ich gemeinsam mit meiner Mama vor einem Jahr zu einer Klassenkonferenz eingeladen worden war, weil ich einem Arschloch in die Eier getreten hatte, der mich blöd angemacht hatte. Auch damals sollte ich glimpflich davonkommen. Zwei Wochen den Schulhof fegen und die Kippen entfernen. Und nun sollte ich wieder glimpflich davonkommen. Der Polizist hatte keine Ahnung. Der Mann im Haus hatte keine Ahnung. „Oh, hat deine Mutter dir wieder etwas Neues gekauft?", fragte er mich, wenn er mich in den neuen Klamotten sah. Seine drei Söhne hatten ebenfalls keine Ahnung. Meine neuen Klamotten interessierten sie aber auch nicht. Und meine Mama hatte auch keine Ahnung. Zum Glück.

Pech war nur, dass ich an jenem Freitagnachmittag, Anfang Juni, erwischt wurde. Auf der anderen Seite war dies doch nur die Konsequenz einer logischen Betrachtung: je öfter ich klaute, desto höher die Wahrscheinlichkeit, erwischt zu werden. Und wenn ich die Anzahl meiner Diebstähle in Vergleich zu der Anzahl meiner Verhaftungen setzte, dann war das Ergebnis durchweg positiv. Anders ausgedrückt, ich war erfolgreich. Nicht in der Schule, aber in der Mitnahme von unbezahlten Gegenständen. Alles, was ich trug, war gestohlen. Meine Schuhe. Meine Jeans. Meine Bluse. Ja, auch der Kunstschmuck, den ich trug, wurde unrechtmäßig erworben. Anders ausgedrückt, alles war umsonst. Es war leicht, meine Mama anzulügen, weil sie sich keine großen Gedanken um mich machte. „Du hast neue Schuhe?", fragte meine Mama. „Von meinem ersparten Taschengeld gekauft", log ich sie an, „und die Bluse hat mir eine Freundin geschenkt, die die Bluse nicht mag." Und so weiter. Und so weiter. War ich erfolgreich im Klauen, so war ich auch erfolgreich beim Lügen. Und je mehr ich log, desto stärker glaubte ich an die Lüge, die zu einer unumstößlichen Wahrheit wurde. Ich war so erfolgreich, dass ich die Anführerin eine Diebesbande wurde. Und das nach nur drei Jahren in Deutschland. Ich glaube nicht, dass meine Englischlehrerein an meiner Gesamtschule diesen Weg gemeint hat, den ich eingeschlagen habe, als sie mich in der ersten Schulstunde in Englisch darauf hinwies, dass ich meine Chance, in so einem reichen Land wie Deutschland leben zu können, nutzen muss.

Sicherlich war ich nicht intelligent, aber ich war clever. Einen Dreisatz zu berechnen fiel mir schwer, die mechanische Arbeit mit den ganzen Formeln zu berechnen, bereitete mir größte Kopfanstrengungen, aber eine Verkäuferin in einem Gespräch so abzulenken, dass sie nicht merkte, wie ich mit flinken Händen die Ohrringe in das Oberteil meiner Bluse rutschen ließ, ist für mich ein Zeichen von Cleverness oder Abgezocktheit, wie es meine Freundinnen bewundernd nannten. Als durchtrieben bezeichneten mich diejenigen in der Schule, die mich nicht mochten.

Meine kriminelle Karriere, dieses Wort hatte ich in dem Gespräch zwischen dem Polizisten und meiner Mama aufgeschnappt, hatte in der Gesamtschule begonnen. Wenn der Polizist meine Verhaftung als den möglichen Beginn einer kriminellen Karriere bezeichnete, so kann ich dazu nur sagen, dass sie schon lange vor der Verhaftung stattgefunden hatte.

Alles begann mit dem Wunsch, dem Kaschmir-Klub anzugehören. Natalia aus Russland war im Kaschmir-Klub, auch Adelina aus Rumänien gehörte dazu, Dorentina aus dem Kosovo und Ute und Monika, zwei deutsche Schülerinnen, hatten die Mutprobe bestanden und waren nun stolze Mitglieder im Kaschmir-Klub. Sie alle trugen stolz ihre teuren Kaschmirpullover nach der bestandenen Mutprobe im Unterricht. Und ich wollte dazugehören. Ich suchte Kontakt zu Menschen, um aus meiner Einsamkeit herauszukommen. Und ich suchte Anerkennung, die ich bei dem Mann im Haus, bei den drei Söhnen und sogar bei meiner Mama nicht erhalten hatte. Natalia, Adelina, Dorentina, Ute und Monika waren cool. Sie ließen sich nichts gefallen. Ermahnungen von Lehrerinnen und Lehrern prallten bei ihnen ab. Über Einträge ins Klassenbuch lachten sie nur. Wenn sie eine Fünf in einer Klassenarbeit ausgeteilt bekamen, standen sie wortlos auf, gingen zum Papierkorb, zerrissen ihre Klassenarbeiten und warfen die Papierfetzen, höhnisch grinsend, dort hinein. Auf dem Schulhof wurden sie von niemandem blöd angemacht. Alle hatten Respekt, wenn nicht sogar Angst vor ihnen, denn sie konnten auch zuschlagen. Den Lehrer ignorierend, prügelten sie sich mit anderen Schülerinnen, wenn es ihrer Meinung nach erforderlich war; auch während des Unterrichts. Und den Freund Dorentinas anzumachen, der die 10. Klasse beendet hatte, war Grund genug gewesen, die Sache im Unterricht sofort mit kräftigen Argumenten zu klären.

Und so klaute ich nicht einen, sondern zwei Kaschmirpullover am Tag der Mutprobe. Von da an gehörte ich zu ihnen. Ich war endlich jemand. In der Gruppe war ich akzeptiert. Wir trafen uns bei mir zu Hause, tranken Tee, den Hans-Jürgen zubereitet hatte. Er war froh, wie er sagte, dass ich endlich Freunde gefunden hatte. Er hatte wirklich keinen Schimmer. Oft trafen wir uns in der Altstadt und zogen los, um Beute zu finden. Kein Geschäft war vor uns sicher. Um als Gruppe nicht aufzufallen, teilten wir uns auf. Eau de Toilette, CDs, Sonnenbrillen, Modeschmuck, sogar eine Flasche Wodka verfingen sich in meinem Mantel. Am Ende teilten wir die Beute bei Natalia auf, deren Mutter nie vor 20 Uhr von der Arbeit als Wurstverkäuferin nach Hause kam. Mein Aufstieg in der Clique vollzog sich automatisch. Je häufiger ich klaute und je wertvoller die Gegenstände, desto größer war die Anerkennung. Sie alle erkannten, dass ich es echt draufhatte. Ich hätte sogar einen Flachbildschirm gestohlen, wenn ich nur einen Weg gewusst hätte, den Fernseher unerkannt aus dem Laden herauszubringen. Irgendwann wurde mir Hattingen zu klein, zu eng, zu gefährlich, so dass ich die Idee hatte, unser Bummeln durch die Innenstädte in größere Orte zu verlegen. Und so traf ich die Entscheidung, wann immer die Zeit es erlaubte, uns am Hattinger Bahnhof zu treffen, um nach Bochum oder vorzugsweise in die Kettwiger Straße in Essen zu fahren, weil es da im Vergleich zu Bochum nur so von Geschäften wimmelte.

Wohlstand in der Armut

Manchmal war meine Oma mit mir und den Brüdern meiner Mama im Jeepney nach Bacolod gefahren, nicht weit weg von Victorias City, und wir guckten uns die Geschäfte im Robinsons Place an. Niemals hatten wir etwas in der Shopping Mall gekauft, niemals waren wir in die Restaurants gegangen, um dort etwas zu essen, weil es zu teuer war, denn wir waren schrecklich arm. Wir waren zum Windowshopping gezwungen. Ich wunderte mich immer wieder über die Menschen, die so viel Geld hatten, im Robinson Place einkaufen gehen zu können. Ich beneidete sie. Sicherlich gehörten viele der Kunden den Familien der Zuckerbarone an, denen die Zuckerrohrfelder gehörten, auf denen die Brüder meiner Mama und alle anderen sacadas, auch minderjährige Kinder, für zweihundertvierzig Pesos am Tag auf den Zuckerrohrfeldern schuften mussten.

Sie hatten alles, hatte Noel mir ungläubig staunend gesagt, als er einmal, was äußerst selten vorkam, einen der reichen Landbesitzer mit spanischen Vorfahren besuchen musste, um für ihn etwas zu erledigen. Eine Hacienda, drei große Autos mit Allradantrieb, Zimmer mit Klimaanlagen oder mit mächtigen Ventilatoren, die an den Zimmerdecken hingen wie übergroße summende Bienen. Wie herrlich kühl und luftig es in den Zimmern war. Zimmer mit Glasscheiben und Tapeten. Eine Terrasse, so groß und breit wie fünf Häuser in unserer Straße. Ein Swimmingpool, von weiten Grünflächen umgeben, in dem zwei Frauen ihre Bahnen zogen. Eine hohe Mauer verhinderte neidische Blicke auf die Hacienda, wenn es denn überhaupt eine Gelegenheit gab, einen Blick auf den Lebensstil der Zuckerbarone zu werfen, denn Mitarbeiter einer

Security-Firma mit Walkie-Talkies bewachten die Anlage, die von einem drei Meter hohen Drahtzaun abgeriegelt wurde und wo eine rotweiße Schranke den Zugang auf die Anlage kontrollierte.

„Und dennoch geht es uns besser als denen, die hinter der Anlage leben", hatte Noel nach seinem Aufenthalt beim Zuckerbaron trotzig gesagt, und ich wusste, was er meinte. Wir hatten ein Haus, direkt an der Straße zu der großen Zuckerrohrfabrik in unserer Stadt. Es war zwar aus Stein und ohne verputzte Wände und ohne Tapeten. Aber es bot ausreichend Schutz in der Regenzeit. Wir hatten zwar keine Toilette mit einer weißen Toilettenschüssel mit fließendem Wasser. Dafür wurde unsere große Grube hinter dem Haus jede Woche geleert, obwohl es nur wenig zu entleeren gab, denn wir verrichteten meistens unsere Notdurft heimlich in den Zuckerrohrfeldern, die direkt neben unserer Straße grenzten. Dafür hatten wir eine Pumpe, die uns täglich frisches Wasser zum Kochen lieferte. Wir hatten Strom im Haus, ein Luxus, der nicht zu unterschätzen war. Außerdem hatten wir immerhin zwei fette Schweine im Hinterhof und drei stolze Kampfhähne, angekettet an einer eisernen Stange, die uns ab und zu beim Wetten Geld einbrachten, sofern sie denn den Hahnenkampf überlebten. Oma Ocampo hatte ihre kleine Rente. Noel, 1977 geboren, musste jetzt schon achtunddreißig Jahre alt sein. Noel verdiente sich sein Geld als Tricycle-Fahrer und Jeffrey, der fünf Jahre ältere Bruder, er musste jetzt schon dreiundvierzig sein, vor dem ich mich wegen seiner Unbeherrschtheit immer gefürchtet hatte, arbeitete in einer Autowerkstatt und brachte regelmäßig Geld, wenn auch nicht viel, mit nach Hause. Gab es keine Fahrgäste zu befördern oder Autos zu reparieren, waren Noel und Jeffrey während der Zuckerrohrernte zwischen Oktober und Mai gezwungen, besonders wenn das Essen zu Hause knapp wurde und die Ehefrauen böse Gesichter machten, mannshohe Grasstauden kurz über dem

Erdboden mit einer scharfen Machete zu schneiden. Obwohl die Brüder meiner Mama die schweißtreibende Arbeit in den Zuckerrohrfeldern nicht nur wegen der Ameisen, so groß wie Noels Fingerkuppen, und der handflächengroßen Spinnen hassten, die sich in den Grasstauden versteckten, waren sie froh, durch die zusätzliche Arbeit im Herbst und bis zum Frühjahr ihre Kinder ernähren zu können. Bedrohlich wurde die Lage in den Sommermonaten, wenn es keinen Zusatzverdienst gab. Dann durfte der Motor von Noels Tricyle nicht streiken. Dann drohte die Gefahr der bitteren Not.

Dennoch ging es uns besser als den Menschen, die in dem hinter der Wohnanlage beginnenden Slum lebten, wo illegal errichtete wackelige, und daher eher baufällige Hütten, aus Holz und Wellblech bestehend, am Fluss entlangstanden, wo die Menschen gleichzeitig ihr Wasser entnahmen und der Kot flussabwärts trieb. Diese Menschen hatten nichts, wir hatten zumindest wenig. Wie gerne hätte ich mir gewünscht, ein zweites Kleid zu besitzen oder für Mamas Bruder Noel, der mit seinem halbzerfetzten T-Shirt Fahrgäste auf seinem reparaturanfälligen Tricycle mitnahm, ein zweites T-Shirt zu kaufen. Nur einmal, als meine Mama mich zusammen mit Hans-Jürgen und den Kindern auf den Philippinen besuchte, um mich nach Deutschland abzuholen, versammelte sich die ganze Familie im Jollibee und wir aßen riesig große Burger, wie ich sie nur aus der Werbung kannte. Ich war so glücklich, endlich einmal nicht nur Fisch und Reis essen zu können. Und es gab Halo-Halo zum Nachtisch.

Momente des Glücks

Nachdem Hans-Jürgen und seine Kinder das Haus verlassen hatten - ich wusste nicht, was sie noch am frühen Abend vorhatten, sie sprachen selten mit mir -, schlich ich mich ins Badzimmer, um das Blut aus dem Gesicht zu waschen. Meine Mama schaute unten im Wohnzimmer Fernsehen. GZSZ war ihre Lieblingssendung, die sie nicht verpassen durfte. Ich konnte hören, wie sie ab und zu lachte, wenn ihr eine interessante Szene in GZSZ Freude bereitete. Dann lachte sie so ungeniert, als hätte sie vergessen, was sie mir Stunden vorher angetan hatte. Manchmal sang sie fröhliche Lieder, nachdem sie mich verprügelt hatte, so, als wäre nichts geschehen. Ich schaute mir die Wunden im Spiegel an. Ich schob mein Unterhemd zusammen mit meiner blutverkrusteten Bluse hoch. Mein Oberkörper war ein blauroter Fleckenteppich, ein schönes Muster, wobei ich mir bereits eine plausible Lüge für den Sportunterricht am nächsten Tag zurechtlegen musste, um das Zeichen der Mutterliebe zu erklären. Wenn Dorentina und die anderen meiner Clique die Verletzungen entdeckten, benötigte ich keine Erklärung. „Hat deine Mutter dir wieder die Fresse poliert?", würde Dorentina grinsend fragen, und ich würde wieder einmal die sportliche Freizeitbeschäftigung meiner Mama mit einem stummen Kopfnicken beantworten.

Für meine Sport- und Klassenlehrerin Frau Meyer, wenn sie sich denn für die Herkunft der blauen Flecken interessieren sollte, müsste jedoch ein Reitunfall herhalten. Ein Sturz vom Pferd hinunter während des Reitunterrichts. Hoffentlich würden dann nicht meine Freundinnen Ohrenzeugen dieser Geschichte sein. Ihr breites Grinsen oder ihr unverhohlenes Gelächter würde die Glaubwürdigkeit meiner erfundenen Geschichte so sehr beeinträchtigen, dass Frau Meyer womöglich noch Rücksprache mit meiner Mama wünschte. Aber ich machte mir wieder einmal zu viele Gedanken, denn immer, wenn mir dieses unvergessliche Zeichen der Liebe wiederfuhr, durfte ich zwei Tage zu Hause bleiben. Ein Entschuldigungsschreiben hatte meine Mama, fröhlich ein Lied aus der Heimat summend, noch am Abend aufgesetzt, um es am nächsten Tag per Email an meine Klassenlehrerin zu senden. Starke, krampfhafte Unterleibsschmerzen sind bei pubertierenden Mädchen immer ein hervorragender und plausibler Entschuldigungsgrund.

Zwei Tage allein zu Hause zu sein, war unter diesen Umständen das Schönste, was ich mir vorstellen konnte. Ich hatte meine Ruhe und konnte tun, was ich wollte. Der Mann im Haus war aus dem Haus, um seiner Arbeit als Elektroingenieur nachzugehen, Jacob war im Kindergarten und die beiden älteren Brüder besuchten eine Grundschule, um die gymnasiale Empfehlung zu bekommen. Und Mama arbeitete als Haushälterin bei einer katholisch-philippinischen Gemeinde. Halbtags, damit sie sich noch um ihre Tochter kümmern könne, wie sie einmal während der katholischen Messe laut verkündete, so dass alle Gläubigen in der Kirche es vernehmen konnten. Nur kümmerte meine Mama sich nicht viel um mich. Sie nannte es stolz Erziehung zur Selbständigkeit. Immer stand ich morgens alleine auf, bereitete mir mein Frühstück alleine zu, machte mir ein Pausenbrot zurecht, wenn denn noch Zeit war, und verließ das Haus ohne einen Abschiedsgruß. Mama schlief noch. Kein „Bis nachher, Liebes" oder „Viel Spaß in der Schule heute, Geraldine" oder „Wenn du von der Schule kommst, bereite ich dir was Leckeres zu". Ich verließ das Haus auf leisen Sohlen im dunklen Winter wie im hellen Sommerlicht und schloss leise die Haustür. Es tat mir weh, wenn ich manchmal bei späterem Unterrichtsbeginn sah, wie der Mann im Haus seine Kinder liebevoll betreute, ihre Kleider für den Tag zurechtlegte, das Frühstück und die Pausenbrote zubereitete und sie zum Kindergarten oder zur Schule fuhr. Eine ungewohnte Fröhlichkeit, eine unbekannte Vertrautheit, eine Zärtlichkeit und eine Harmonie, die ich in meinem Leben niemals erlebt hatte. In diesen Augenblicken fühlte ich Wut und Enttäuschung, ja sogar Neid auf die Kinder, und ich zog mich mehr und mehr in mein Schneckenhaus zurück.

Nur wenn ich allein im Haus war, zum Beispiel weil ich erneut an unerklärlichen Unterleibsschmerzen litt, verließ ich mein Schneckenhaus. Ich badete ausgiebig und lang in der herrlichen Badewanne. Ich probierte den Sitz meiner neuen Klamotten, testete das neue Parfüm und schminkte mich wie ein Vamp, so dass niemand mein Alter von vierzehn Jahren nur ansatzweise erahnt hätte. Nicht einmal der Mann im Haus hatte mich auf den ersten Blick wiedererkannt, als ich irgendwann einmal total aufgemotzt von der Schule kam. „Hat dir deine Mutter nicht erklärt, wie man sich dezent schminkt?", hatte er mir nachgerufen, als ich schon die Treppe zu meinem Zimmer hochgerannt war, um jedes Gespräch mit dem Mann im Haus zu vermeiden. Ich hörte Musik im heiligen Wohnzimmer – Rihanna, Lady Gaga, Pussycat Dolls, Kate Perry dröhnten aus der wuchtigen Stereoanlage - oder ich schaute, auf dem herrlich weichen Sofa sitzend, Comics im Fernsehen, dabei das leckere Eiscreme verschlingend, die mir oft als Nachtisch entging, weil ich keine Lust hatte, zu lange am Essenstisch zu verweilen, wo die Konversation an Lebendigkeit verlor, wenn ich mich zu Tisch setzte. An diesen Tagen meiner Unpässlichkeit fühlte ich mich so frei und unbeschreiblich wohl, so dass ich mir wünschte, sie alle würden nicht mehr wiederkommen. Das ganze Haus wäre für mich ganz allein. Und so beglückt in meinen Gefühlen verspürte ich zugleich erneut ein plötzlich aufkommendes, herrliches Kribbeln zwischen meinen Schenkeln, so dass meine Hand mit einem wohligen Schauer die feuchte Grotte meiner Lust berührte, um meinen fordernden Trieb genüsslich zu befriedigen. Seit zwei Jahren überkam mich dieses neue Gefühl immer häufiger und ich begann, dieses lustvolle Kribbeln mit dem Bild eines jungen Mannes zu verknüpfen, der zärtlich in mich eindrang.

Allerdings sollten diese kurzen Stunden des Glücks, das war mir stets bewusst, nicht lange vorhalten. Sobald meine Mama von der Arbeit zurückkam, zerstörte sie mein Leben als Vamp und Glamourgirl, indem sie mich zur Putzfrau degradierte und ich Aufgaben im Haus erledigen musste, während sie sich, bevor sie das Essen zubereitete, auf die Couch legte, um sich von dem anstrengenden Vormittag zu erholen. Erziehung zur Selbständigkeit erfolgte auf der Basis folgender Anordnungen: „Putz das Klo, auch das Gästeklo, trag den Müll raus, saug die Kinderzimmer, räum die Küche auf und wisch den Boden, und wenn dann noch Zeit ist, räum die Abstellkammer auf, die schrecklich aussieht." Erziehung zur Selbständigkeit ist auch das eigenständige Zurechtkommen mit den Problemen und Irritationen, die mit den körperlichen Veränderungen einer jungen Frau einhergehen. Mein Blut hatte ich mit elf. Ich hatte schreckliche Angst, als ich das Blut auf dem Bettlacken entdeckte. Hatte ich eine fürchterliche Krankheit? Meine Mama kam, registrierte, was geschehen war, und gab mir eine knappe Minute, um mich aufzuklären. Von da an musste ich alleine mit den Wundern der Natur klarkommen. Wenn ich Fragen hatte, wendete ich mich meistens an Dorentina. Sie wusste bereits aus eigener Erfahrung, was Petting und Cunnilingus war, und sie gab mir Tipps, um nicht ungewollt schwanger zu werden. Von ihr erfuhr ich aus erster Hand, wie es sich anfühlt, wenn das harte Glied in die feuchte Vagina eindringt.

Und so bedeutete die Erziehung zur Selbständigkeit selbstverständlich auch, dass ich mich nach der Prügelattacke meiner Mama selbst verarzten musste. Der Umgang mit Pflastern und Mullbinden war mir bereits vertraut, das Jod brannte wie immer höllisch und zur Linderung meiner Schmerzen nahm ich eine Paracetamol oder auch zwei, wenn die Schmerzen nicht weggehen sollten. Niemand kam in mein Zimmer. Niemand fragte danach, wie es mir ging. Unten hörte ich die Kinder mit ihrem Vater spielen. Ich setzte mich auf mein Bett, hörte ein wenig Musik über mein Handy, schrieb einige SMS an meine Freundinnen und kämmte mir vor dem Spiegel ausgiebig mein langes schwarzes Haar, auf das ich stolz war, wenn es so schön glänzte, bevor ich ins Bett ging, um zu versuchen, irgendwie einzuschlafen. Ich hatte Hunger, aber ich wagte es nicht mehr, die Treppe hinunterzuschleichen, um mir in der Küche leise und unbemerkt ein Butterbrot zuzubereiten.

Wahre Liebe in der Welt der Unmoral

Ich zwinge mich dazu, die Gedanken an meine Kindheit zu verdrängen. Nur weg mit diesen Gedanken, die doch zu nichts führen und mich in meiner Freiheit einengen, mich gefangen halten. Das Abblendlicht eines Autos lässt meine dunkle Wohnung für Sekunden in weißem Licht erstrahlen. Ich schiebe die Gardine zur Seite, um besser sehen zu können. Doch zu meiner Enttäuschung fährt der Wagen am Haus vorbei und nimmt das Licht mit. Seufzend setze ich mich zurück auf den Stuhl, nicht ohne einen ängstlichen Blick auf die Uhr an der Wand zu werfen, deren tickender Sekundenzeiger bedrohlich die Stille durchbricht. Null Uhr 23. Er muss doch kommen! Er kann mich doch nicht jetzt alleinlassen!

Ich lernte Werner am amerikanischen Independence Day kennen, als ich zwanzig wurde und wo, nur acht bis elf Flugstunden entfernt, ein gigantisches Feuerwerk den denkwürdigen Tag der amerikanischen Geschichte umrahmte. Die Ironie, die diese zeitliche Konstellation mit sich brachte, kam mir erst viel später in den Sinn. Folglich war ich nicht bereit, meine Geburt an diesem glorreichen Tag vor zwanzig Jahren als einen historischen Akt der Geschichte zu betrachten. Für meine Mutter war mein Geburtstag, da bin ich mir nun sicher, stets der Tag der qualvollen Erinnerung an die gescheiterte Hochzeit in Manila und die Schande, die sie über ihre Familie in Negros brachte, ein uneheliches Kind in die Welt gesetzt zu haben.

Und so war der Umtrunk zur Feier meines Geburtstags am 4. Juli 2015 an der Theke der Hamburger Bar mit dem bezeichnenden Namen Goldener Stern mit meinen halbnackten Kolleginnen, die noch nicht in männlicher Begleitung waren, eher eine Art ungewollter Zeitvertreib, bevor der nächste Freier zur Tür hereinkam. Und weil es noch für vier meiner Kolleginnen nichts zu tun gab, hatte Manni, der ausnahmsweise gut gelaunt war, eine Flasche Sekt, keinen Champagner, zur Feier des Tages spendiert. „Wir trinken auf Melody, dass sie uns noch viele Jahre hier im Club erhalten bleibt", rief er laut in die Runde, „von ihr könnt ihr alle noch etwas lernen". Manni grinste, als er dieses Lob aussprach und sein Glas erhob und mir lächelnd zuprostete. Seine blendendweißen Zähne funkelten im Neonlicht so gefährlich wie die todbringenden Zähne eines mächtigen Hais kurz vor dem Zuschnappen und Verschlingen seiner Beute. Sein Lob bedeutete mir wenig, galt es doch wohl vorwiegend meiner zweifelhaften Fähigkeit, Freier gnadenlos auszunutzen, wenn es um die Entleerung ihrer Brieftaschen und ihrer Hodensäcke ging. Ein Lob als Zeichen seiner Anerkennung für gute Arbeit bedeutete noch nicht, von Manni aufrichtig respektiert und gewürdigt zu werden. Manni regierte mit Zuckerbrot und Peitsche. Wenn mir die Redewendung, von Kolleginnen oft benutzt, am Anfang unbekannt war, so sollte ich doch schnell lernen, was es mit dem Zuckerbrot und der Peitsche auf sich hatte. Seine inszenierte Unberechenbarkeit, die es ihm erlaubte, mir brutal ins Gesicht zu schlagen, wenn er der Meinung war, dass ich nicht genug anschaffte, wandelte sich noch am gleichen Abend in Sanftmut, wenn ich einen Freier dazu gebracht hatte, zwei Flaschen Champagner für jeweils hundertdreißig Euro zu bestellen, noch bevor ich mit ihm auf mein Zimmer ging, um es ihm zu besorgen, wozu er nach dem Alkoholkonsum gar nicht mehr in der Lage war. So unterschiedlich wie der Wechsel der Gezeiten in Ebbe und Flut, so unterschiedlich war die Wortwahl Mannis, die uns stets in gefährlicher Anspannung hielt. War seiner Meinung nach nicht genug Geld in die Kasse geflossen, drohte er mit Schlägen, was in der Regel keine leere Drohung war. „Was sitzt du hier rum Melody, du nichtsnutzige faule Schlampe? Geh auf die Straße anschaffen, bevor ich dir deine Scheißfresse poliere" war Ausdruck seiner Unzufriedenheit, die aber schnell in Wohlgefallen umschlagen konnte. „Melody, komm mal her. Lass dich umarmen. Du bist meine beste im Stall." Ein kleiner Klapps auf den Po und ein Küsschen auf die Wange unterstützten seine Worte ein jedes Mal, wobei er gefährlich lächelte. Man wusste bei Manni nie, woran man war. Gefährlich war auch sein attraktives Äußeres, das ihm das unverwüstliche Bewusstsein verlieh, bei Frauen nicht nur auf Grund seiner Position das zu bekommen, was er wollte. Manni sah im wahrsten Sinne des Wortes blendend aus. Manni war groß gewachsen und durchtrainiert, ohne überschüssiges Fett. Mannis Körper war bewundernswert. Ganz im Gegensatz zu der Vielzahl an ungepflegten, korpulenten und altersschwachen Freiern, die ausschließlich meinen Körper als menschliche Mülltonne für ihre Körperflüssigkeiten benutzten. Alle neuen Kolleginnen, die Manni von konkurrierenden Zuhältern abgekauft oder selbst ins Milieu eingeführt hatte, kamen um das Vergnügen nicht umhin, besonders einen Teil seines Körpers näher kennen zu lernen, da er sich das Recht vorbehielt, die neue Ware auf ihre Qualität hin genauestens zu überprüfen.

So trugen auch seine langen blond gelockten Haare, die bis zu den Schultern herunterhingen, sein ebenes, feines, makelloses Gesicht, seine blaue Augen, die einen freundlich anstrahlen oder eisige Kälte ausstrahlen konnten, zu seiner dominanten Erscheinung bei. Wie Diamanten funkelten seine weißen Zähne im halbdunklen Neonlicht der Bar, wenn er lächelte. Zu seiner Lieblingskleidung zählten neben dem langen Pelzmantel aus Fuchsfell auch seine besonders weichen schwarzen Nappalederhosen, wobei er gerne spitze Cowboystiefel trug. Gerne trug er auch Westen aller Art. Eine goldene Rolex als Statussymbol glitzerte an seinem linken Handgelenk. Er war, wie Chantal, seine Lieblingshure, sagte, die Inkarnation eines Verführers. Was auch immer das heißen mochte.

Ein untypischer Freier

Schritte im Hausflur. Licht ist eingeschaltet worden.
Ein dünner Lichtstreifen zwängt sich durch die untere
Türschwelle meiner dunklen Wohnung. Ich halte den
Atem an und lausche den Stimmen, die gedämpft in
meine Wohnung dringen. Schritte kommen näher.
Erklimmen die Treppe zu meiner Wohnung. Noch
näher. Mein Herz rast. Wilde Gedanken schießen durch
meinen Kopf. Gedanken voller Gewalt und Brutalität.
Doch die Stimmen wandern weiter die Treppe hinauf.
Ich atme erleichtert auf, lehne mich, erschöpft nach der
Anspannung, in den Sessel zurück. Die Stimmen suchen
mich noch nicht. Doch ich weiß, sie werden mich bald
finden. Wo bleibt denn nur Werner? Dreißig Minuten
über der Zeit. Er müsste doch schon längst hier sein!
Warum habe ich mich nur auf ihn verlassen? Sollte ich
mich in ihm getäuscht haben?
Werner war so ganz anders als die anderen Freier, die ich
bisher beglückt hatte. Seine Unsicherheit war mir sofort
aufgefallen, als er mit unsicheren Schritten durch den
halbdunklen Raum der Bar schritt, wo er einen kurzen
und auffallend schüchternen Blick auf die
leichtbekleidete Tabledancerin warf, die zur Musik von
Culcha Candela kopfüber, ihre Schenkel um die
verchromte Stange geschwungen, zu Boden glitt. Ein
kurzes Kopfnicken Mannis, an mich adressiert,
bedeutete das Ende des Geburtstagsumtrunks. Ich
verließ die Bequemlichkeit des weich gepolsterten

Hockers und nahm mit den üblichen Redewendungen, ihm lächelnd und mit leichten, federnden Schritten entgegenschreitend, Kontakt mit dem schüchternen Freier auf. Werner war nicht fordernd, drängend oder rücksichtslos wie viele andere Freier, die für sich das Recht beanspruchten, nur weil sie für die Liebesdienste bezahlt hatten, entscheiden zu können, welches Programm sie haben wollten. Solche Typen glauben, dir überlegen zu sein und dich wie Dreck behandeln zu können. Solche Typen musst du mit klaren Anweisungen kontrollieren, sonst machen die dich fertig. Ich sage nur: Finger weg von meinem Körper! Ich bestimme, wann und wo sie mich anfassen dürfen. Ich mache die Spielregeln. Ich bestimme das Programm.

Werner aber, nachdem wir mein Zimmer in der oberen Etage betreten hatten, fragte mich auffallend höflich, ob er sich in den Sessel neben dem zugezogenen Fenster setzten dürfte. Er machte keine Anstalten, sich zu entkleiden. „Willst du nur reden, oder was?", fragte ich ihn und bereute zugleich den scharfen Ton in meiner Stimme. „Gib mir nur erst einmal ein wenig Zeit, Melody. Ich will dich fürs Erste nur betrachten", antwortete er mit einer leisen, zarten Stimme, „du bist so wunderschön." Irgendetwas in mir veranlasste mich, meinen sonst eher barschen, ja rauen Tonfall abzulegen. Anstatt mit Sprüchen wie „Komm, mach voran, ich hab ne innere Uhr" oder „fürs Quatschen zahlst'e aber das Gleiche" zu reagieren, zeigte ich ein Verhalten, das für mich eher unbekannt und überraschend war. Ich bedankte mich nicht nur bei Werner für sein Lob, weil ich die Aufrichtigkeit in seinen Worten spürte, ich vergaß in der Verwirrung meiner Gefühle sogar, was äußerst unüblich, wenn nicht sogar unverzeihlich war, den Liebeslohn vor dem vereinbarten Programm zu kassieren. Doch dieser Fehler sollte durch seine gänzlich überraschende Großzügigkeit ungestraft bleiben, denn Werner zahlte das Doppelte des vereinbarten Lohns. „Du hast es doch mehr als verdient", schmunzelte er verlegen, und ich wusste nicht, ob ich mich mehr über seine Anerkennung meiner beruflichen Fähigkeiten freuen sollte oder über die Tatsache, dass ich einen finanziell liquiden Freier gefunden hatte, bei dem Geld wohl nicht die wichtigste Rolle in seinem Leben spielte. Werner, das war mir sofort beim Betreten der Bar bewusst geworden, legte viel Wert auf sein Äußeres. Er war älter als ich. So um die dreißig. Wie es sich in dem Gespräch danach herausstellte, war er Rechtsreferendar, einunddreißig Jahre alt, und strebte eine Zukunft als Rechtsanwalt an. Er trug einen Schnurrbart, sorgfältig getrimmt, der ihn älter erscheinen ließ. Sein dunkles Haar war kurz und korrekt geschnitten. Die Brille mit dem auffälligen schwarzen Rahmen erzeugte eine gewisse, vielleicht für einen zukünftigen Rechtsanwalt notwendige Strenge in seinem Gesichtsausdruck, wobei sein schüchternes Verhalten diesem Ausdruck widersprach. Er trug einen grauen Anzug ohne Weste. Die Bügelfalte seiner Hose war so scharfkantig wie die Schneide eines Messers. Auffallend waren seine auf Hochglanz polierten schwarzen Schuhe. Für einen Augenblick schien es mir, als hätte er sich für den Besuch bei mir besonders vorbereitet, doch ich verwarf den Gedanken sofort, da mir bewusst wurde, dass seine gepflegte Erscheinung nicht auf ein bestimmtes Ereignis konzentriert war, sondern eine bewusste Einstellung zum Leben bezeugte. Werner war ein untypischer Freier. Wie sich herausstellen sollte, hatte Werner mich schon eine lange Zeit auf der Straße beobachtet, wenn er auf dem Heimweg von seinen Seminaren an der Straße meines Arbeitsplatzes vorbeifuhr. Jedes Mal aber, wenn er mich ansprechen wollte, verließ ihn der Mut. Und so, wie der Zufall es wollte, hatte er sich endgültig entschlossen, an meinem Geburtstag, am 4. Juli 2015, mich, die Hure aus dem Goldenen Stern, kennen zu lernen.

Werner kam nun regelmäßig. Ich zockte ihn nicht ab, wie die anderen Freier, die ich zum Champagnerkonsum animierte, bevor es überhaupt zur Sache ging, was Manni sofort registrierte. Doch das Geld, das ich ihm nach dem Programm überreichte, stimmte ihn stets versöhnlich, zumal ich noch einige Gäste an den Abenden zu bedienen hatte. Dass ich das Doppelte bei Werner kassierte und so mehr für mich einbehielt, blieb mein Geheimnis, und ich hoffte, es für immer bewahren zu können. Zwei bis dreimal die Woche kam nun Werner im Goldenen Stern vorbei. Manchmal musste Werner an der Theke warten, bis ich mit einem anderen Freier, dem ich es gerade besorgt hatte, die Treppe zur Bar herunterkam, wo Werner bereits sehnsüchtig auf mich wartete. Süße, verlockende Angebote meiner Kolleginnen, doch mal mit ihnen ein wenig Spaß zu haben, lehnte Werner stets konsequent ab, obwohl ihre körperlichen Reize nicht zu übersehen waren. „Stört es dich denn nicht, dass ich gerade Sex mit einem Freier hatte?", hatte ich ihn einmal gefragt, als er beinah eine Stunde auf mich warten musste, obwohl ich mich mit Werner übers Handy für einen bestimmten Zeitpunkt verabredet hatte, doch von Manni gezwungen wurde, einen Freier außerplanmäßig in meinen Terminkalender aufzunehmen, um beide, Manni und den Freier, in ihren Bedürfnissen zu befriedigen. „Es ist dein Job. Ich habe das zu akzeptieren", hatte Werner auf meine Frage geantwortet, als wir es uns danach im Bett bequem machten. „Und andere Nutten interessieren dich nicht?", fragte ich ihn leicht provozierend, eine Zigarette rauchend, während er mich empört ansah. „Erwähne dieses Wort nicht noch einmal. Ich hasse dieses Wort. Für mich bist du keine Nutte, hörst du? Für mich bist du mein Engel." Von nun an wusste ich, dass das Verhältnis zwischen Werner und mir eine Art romantische Beziehung in einer unromantischen Umgebung angenommen hatte, wobei der Wert der Treue in der Welt der Untreue und Unmoral einen besonderen, wenn nicht gar einen bizarren Wert erhielt. Von nun an war ich bereit, das Wagnis einzugehen, Werner auch außerhalb meiner Arbeitswelt zu treffen, um mich in seinem Freundeskreis und in seiner mir noch sehr fremden juristischen Gesellschaft einzuführen. Von nun an erblühte in mir, vorsichtig zwar, einer Knospe in der Frühlingsonne gleich, das wage Gefühl der Hoffnung auf ein besseres Leben außerhalb des Milieus, in dem ich wie ein Fisch im Netz gefangen und aus Liebe hineingeraten war.

Mein Schneckenhaus

Meine Mama war noch immer wütend auf mich und sprach tagelang kein einziges Wort mit mir. Sie hatte wieder ihren Ocampo-Anfall, wie Hans-Jürgen immer sagte, wenn meine Mama auch mit dem Mann im Haus kein einziges Wort sprach. Dann herrschte, wie er sagte, dicke Luft. Dann saß meine Mama auf der Couch, furchtbar schmallippig, und starrte Löcher in die Wand oder schaute fern, die Augen starr auf den Fernseher fixierend, als wollte sie die Glotze hypnotisieren. Alle Aktivitäten im oder um das Haus herum wurden in dieser Situation auf null gefahren. Mama kochte kein Essen, Mama fuhr nicht mehr einkaufen, Mama kümmerte sich zum Glück nicht um mich, die Wäsche blieb ungewaschen, weil Mama nur noch die Wand oder den Fernseher anglotzte. „Sag, doch mal … was ist denn dein Problem? Sag mir, was ich wieder falsch gemacht habe" waren jämmerliche, wenn nicht sogar peinliche Versuche des Mannes im Haus, meine Mama zum Sprechen zu bewegen. Ihm in diesen Augenblicken zuzuhören, wenn ich von oben heimlich lauschte, wie er versuchte, wie ein reuiger Köter erbärmlich winselnd, die emotionale Blockade meiner Mama zu durchbrechen, war für mich wie eine Erlösung. Nicht nur ich hatte ein Problem mit meiner Mama, auch der Mann im Haus hatte ein Problem mit seiner Frau. Die Verachtung für den Mann im Haus vermischte sich mit einer herrlichen Schadenfreude, die ich als eine Befreiung empfand, und ich verspürte zugleich als Folge dieses Gefühls der Erleichterung den Wunsch, dass sich meine Mama nie mehr von dem Ocampo-Anfall erholen würde, so dass sie mir nie mehr ihre Liebe beweisen müsste.

Die geringste Kleinigkeit konnte diesen typischen Ocampo-Anfall auslösen: ein falsches Wort, eine falsche Entscheidung, zum Beispiel mit den Kindern zu segeln anstatt mit meiner Mama im Einkaufszentrum zu shoppen, ein längeres Gespräch zwischen Hans-Jürgen und einer hübschen Nachbarin auf der Straße und ... peng ... schon verfiel meine Mama in diese eiserne Kältestarre. Bei mir allerdings war der Auslöser dieses Ocampo-Anfalls keine Kleinigkeit, obwohl meine Verhaftung im Nachhinein, wenn ich es mir so recht überlegte, meiner Mama wirklich keinen Grund gegeben hatte, mich, wie sagt man so schön, windelweich zu hauen und mich tagelang zu ignorieren, nur weil ich eine kleine Flasche *L'ARISÈ 119* im Sonderangebot für lächerliche vierzehn Euro neunundneunzig mitgehen lassen hatte. Ab jetzt, so meine Entscheidung, würde ich nur noch teure Sachen klauen, teurer als ein Kaschmir-Pullover, so dass es sich wirklich lohnen würde, von meiner Mama halbtot geprügelt zu werden.

Leider wurde mein Wunsch nicht erfüllt. Als hätte meine Mama nur darauf gewartet, dass die Spuren ihrer übergroßen Fürsorge für mich in meinem Gesicht nicht mehr nachzuweisen waren, stürmte meine Mama eines Abends in mein Zimmer. Von Anklopfen hielt sie wenig. Vom Ocampo-Anfall sichtlich erholt, stürzte sich meine Mama auf mich, so überraschend schnell, dass ich keine Chance hatte, meine Hände als Zeichen der Gegenliebe hochzureißen, und demonstrierte erneut ihre aufopferungsvolle Liebe für mich, indem sie meine Wangen nicht mit Küssen, sondern mit harten Schlägen liebkoste. Sie wählte Tagalog, wie immer, wenn es etwas Unangenehmes zu berichten gab.

„Was soll mal aus dir werden, Geraldine? Sag es mir! Deine Lehrerein hat mich angerufen", schrie meine Mama mir ins Gesicht, so nah, dass ich eine unerwartet angenehme Nässe in meinem Gesicht spürte, bevor sie mit weiteren Liebkosungen meine bereits rot angelaufenen Wangen zum Brennen brachte, dass ich aus Freude vor so viel Liebesbekundungen zu weinen begann. Und ich hoffte zugleich, während ich verzweifelt versuchte, den Grund für ihre Wut zu erahnen, dass mein Wimmern meine Mama milde stimmen müsste.

„Frau Meyer hat mir mitgeteilt, dass du vier Tage hintereinander unentschuldigt gefehlt hast. Was machst du während der Schulzeit? Kannst du mir das mal erklären?"

Meiner Mama die Wahrheit zu sagen, hätte wohl weitere schmerzhafte Zeichen ihrer Liebe zur Folge gehabt. Hätte ich ihr sagen sollen, dass ich keinen Bock mehr auf Schule hatte? Keinen Bock auf Mathematik. Keinen Bock auf Physik und Chemie. Wozu brauchte ich all das? Ich hatte keinen Bock mehr auf Frau Meyer, die mich in ihrem Deutschunterricht ständig zum Lesen motivieren wollte, indem ich immer als erste irgendwelche Seiten aus dem Roman „Sansibar oder der letzte Grund" vorlesen sollte, wo ein Pfarrer die Holzfigur „Den lesenden Klosterschüler" vor den Nazis retten wollte.

Dabei wusste doch Frau Meyer, dass ich keine Lust hatte, vor der Klasse zu lesen, und dennoch forderte sie mich ständig auf: „Geraldine, fängst du bitte an zu lesen", „Geraldine, lies doch bitte die nächsten beiden Seiten", „Geraldine, noch drei Abschnitte. Komm, das schaffst du", während die anderen Schüler schon lange vorher zu kichern begannen, weil sie wussten, wie sehr ich das Vorlesen hasste.

Dabei las ich zu Hause sehr gerne, zumal ich beim Lesen nicht nur die quälende Einsamkeit in der Familie überwinden konnte, sondern mich in den Romanen tatsächlich wiederfand. Es gab Romane, die mich berührten. Die Mutprobe in dem Roman „Die Vorstadtkrokodile" fand ich interessant, weil sie mich an meine Mutprobe erinnerte, nur mit dem Unterschied, dass Hannes als Zeichen seines Mutes nur auf das Dach einer Ziegelei steigen und nicht einen Kaschmirpullover klauen musste. Ein anderes Mal, als die Kinder des Mannes im Haus wieder einmal mit ihrem Vater im Wohnzimmer oder im Garten wild herumtobten und ich verloren auf meinem Bett lag, fühlte ich mit Schocker, der von seiner Mutter nicht geliebt wurde. Vielleicht konnte seine Mama auch keine Gefühle zeigen. „Du hast mich nicht lieb", hatte Schocker zu seiner Mama gesagt und für einen Augenblick musste ich „Die große Flatter" zur Seite legen, weil Tränen meine Augen verklebten. Wenn es eine Person in dem Roman gab, die ich am meisten mochte, dann war es Richy. Richy erging es so wie mir. Nur wurde er nicht von seiner Mama, sondern von seinem Vater verprügelt. Und Richy wartete nur darauf, größer und stärker zu werden, um es seinem

Vater irgendwann heimzuzahlen. Richy ließ sich nichts gefallen. Wenn einer blöd kam, gab es was auf die Fresse. Für Richy war Schule genauso eine Zeitverschwendung wie für mich, nur dass er häufiger blau machte als ich. „Scheiß auf die Schule" sagte Richy und ich fühlte mich so verstanden. Richy war cool. Der Überfall auf den Juwelier allerdings war dumm. Den Juwelier mit einem Teleskop-Schlagstock totzuschlagen, war noch dümmer. Nein, das hätte ich besser geplant. Schocker war total uncool. Als Schocker und Richy im Kaufhaus etwas klauen wollten, versagten seine Nerven. Was für ein Versager. Auf jeden Fall, das war mir klar, würde ich auch irgendwann die Flatter machen. Weg von meiner Mama und von der ganzen Familie, die mich nicht vermissen würde.

Und weil ich wie Richy Schule hasste, hatte ich mir einen genialen Trick ausgedacht. Ich verließ das Haus wie immer gegen 7 Uhr, wartete in der nahegelegenen Bäckerei, bestellte dort eine heiße Schokolade bei der netten, aber neugierigen Verkäuferin, die mich stets verwundert anschaute, weil ich schon wieder den Bus verpasst hatte, der mich zur Schule bringen sollte. Ich setzte mich in die hinterste Ecke der Bäckerei, spielte mit meinem Handy so lange, während ich den Kakao trank, bis ich mir sicher war, dass alle aus dem Haus waren und kehrte dann zurück. Ich legte mich dann wieder ins Bett, hörte später Musik oder schaute fern. Gegen Mittag verließ ich dann erneut das Haus mit meiner Schultasche, bummelte ein wenig durch die Altstadt, bis es Zeit wurde, laut Stundenplan nach Hause zu kommen. Es war ein perfekter Plan, bis Frau Meyer aufgrund ihrer vollkommen übertriebenen Fürsorgepflicht bei meiner Mama schon nach vier Tagen überraschend schnell angerufen hatte. Nun musste eine Ausrede her, unter Druck erzeugt, die meine Mama beruhigte, nicht weil sie sich besondere Sorgen um mich machte, sondern weil sie besorgt war, die Rolle der besorgten Mutter bei der Klassenlehrerin nicht überzeugend genug rüberzubringen.

„Ich war bei Monika im Krankenhaus".

„Im Krankenhaus? Was machst du im Krankenhaus, Geraldine? Sag mir das mal. Und lüg mich nicht an, sonst prügele ich dich windelweich."

„Monika ist eine meiner besten Freundinnen. Sie liegt mit Krebs im Krankenhaus. Vielleicht wird sie sterben. Sie hatte mich angerufen und mich gebeten, bei ihr vorbeizukommen. Jeden Tag, weil sie jeden Tag Angst hatte, zu sterben. Verstehst du das denn nicht?"

Meine Mama war verstummt. Ein gutes Zeichen. Sie überlegte wohl, was sie von dieser Aussage halten soll. Ein Anruf bei meiner Klassenlehrerin würde ergeben, dass eine meiner besten Freundinnen tatsächlich schon seit zwei Wochen unentschuldigt fehlte. Aber nicht, weil sie Krebs hatte, sondern weil Monika genauso allergisch auf Schule reagierte wie ich. Mamas Verstummen betrachtete ich als einen Sieg, und weil ich mich plötzlich überlegen fühlte, ging ich ein großes Wagnis ein.

„Ruf doch meine Klassenlehrerin ein. Komm, mach schon. Sie wird dir bestätigen, dass Monika schon lange fehlt."

Meine Mama schaute mich für eine Weile an, prüfte meinen Blick, in dem sie meine große Sorge um Monika entdeckte, und entschied nach einer kurzen Zeit der Prüfung, dass es ein aus menschlicher Sicht durchaus ehrbares Motiv gewesen war, die Schule zu schwänzen, um der sterbenskranken Freundin Beistand zu leisten. Ein Verhalten, dass meine Mama bei mir nicht erwartet hätte. Sie verließ nachdenklich mein Zimmer ohne weitere Worte. Triumphierend setzte ich mich auf meinen Stuhl vor dem Spiegel und kämmte mir ausgiebig und lustvoll mein langes Haar, das so wunderschön glänzte und auf das ich so stolz war, das nun nach unten fiel, während ich meinen Kopf nach vorne beugte. Vielleicht würde mir ein Dutt gutstehen. Monika und Ute hatten in der Schule immer ihr Haar aufgesteckt. Mit der linken Hand mein langes Haar am Kopf festhaltend, ergriff ich mit der Rechten das Haarband auf meinem Tisch, richtete mich wieder auf und wickelte mit zwei Umdrehungen das Haarband um mein Haar. Ich befestigte das nun aufrechtstehende Haar mit einer Haarnadel und betrachtete das Ergebnis meines ersten Versuchs im Spiegel. Es konnte sich sehen lassen. Ich hatte den Eindruck, älter auszusehen. Reifer. Erfahrener. Erwachsen. Mit dem Makeup, das ich nun gleichmäßig in meinem Gesicht verrieb, fühlte ich mich wie achtzehn, mit den falschen Wimpern und dem Lidschatten, den ich vorsichtig auftrug, wie zwanzig, mit einer Parfümwolke von *L'ARISÈ 119* umgeben, hatte ich das Gefühl, das Alter erreicht zu haben, um endlich aus diesem Haus zu verschwinden. Wie Schocker, der die große Flatter versuchte. Raus aus der Siedlung. Mit Mario im LKW nach San Remo ans Mittelmeer. Sein Traum. Seine Sehnsucht. Sein Ziel, ein neues Leben zu beginnen.

Leider gescheitert. Und ich? Ich träumte davon, mein neues Leben in Deutschland mit einem neuen Leben auf den Philippinen eintauschen zu können. Weit weg von meiner Mama, von dem Mann im Haus und von seinen Kindern. So weit weg, dass sie mich nie mehr finden würden. Weit weg von der Schule, die ich nicht vermissen würde. Ich würde Schmuck stehlen wie Richy und den Schmuck für viel, viel Geld auf den Philippinen verkaufen. Für so viel Geld, dass ich mir ein Haus wie die Zuckerbarone in Bacolod kaufen könnte. Mit richtigen Fenstern, Zimmern mit Tapeten, ein Badezimmer mit Fliesen so wie hier bei meiner Mama und ein Swimmingpool. Oma Ocampo könnte darin schwimmen und Noel, aber nicht Jeffrey, der mir immer Angst bereitet hatte.

Doch das Klopfen an der Tür verriet mir, dass der Traum noch lange nicht in Erfüllung gehen würde. Das Klopfen an der Tür wies zu meiner Erleichterung zudem darauf hin, dass nicht Mama vor meiner Tür stehen konnte. Ein erneutes Klopfen an der Tür zwang mich dazu, mein Schneckenhaus zu öffnen.

„Ja?"

„Geraldine, kann ich reinkommen?"

Der Mann im Haus verlangte nach mir.

„Ja."

Der Mann im Haus öffnete vorsichtig die Tür, schaute irritiert in mein Zimmer hinein, da er eine reife Frau auf dem Stuhl vor dem Spiegel sitzen sah.

„Ehm, kommst du runter zum Abendessen, Geraldine. Deine Mutter hat *Chicken Adobo* gekocht."

Ich spürte seine Unsicherheit in seiner Stimme. Ich spürte sein Verlangen, etwas zu sagen, etwas zu ergänzen, vielleicht ein Wort bezüglich meiner Transformation, doch

er unterdrückte seinen Impuls und schluckte die gedachten Worte hinunter.

„Kann ich hier in meinem Zimmer essen?"

„Du weißt, Geraldine, dass deine Mutter dich lieber unten am Tisch sitzen sieht".

„Bitte. Ich möchte lieber hier oben essen."

Der Mann im Haus überlegte kurz. Ich spürte, soweit hatte ich ihn schon durchschaut, wie er überlegte, ob seine Entscheidung, mich hier oben in meinem Zimmer allein essen zu lassen, einen Konflikt mit Mama hervorrufen würde.

„Nun gut, ich werde dir etwas in dein Zimmer bringen."

„Ich danke dir, Hans-Jürgen."

Wie ein Luftzug im heißen Sommerwind bei geöffneten Fenstern wehten die Worte gehaucht in sein Ohr.

„Du bist so nett zu mir."

Einen letzten Blick auf mich werfend, schloss er die Tür leise und seine Schritte verloren sich im Korridor.

Meine Mama hatte es nicht gerne, wenn ich in meinem Zimmer die Speisen zu mir nahm. In der Regel erwartete sie, dass ich nach unten ins Esszimmer kam. Dabei ging es ihr nicht so sehr um die Sorge meines seelischen Wohlergehens, das sie vielleicht durch meinen Rückzug in mein Schneckenhaus hätte gefährdet sehen können, nein, ihr ging es mehr um die Effizienz ihrer Hausarbeit. Unordnung im Haus war verpönt. Und das Essen in meinem Zimmer bedeutete eventuell mehr Unordnung und somit mehr Putzarbeit. Nach der Erholung von einem Ocampo-Anfall, der ihr jeglichen Antrieb, bestenfalls für Stunden, schlimmstenfalls für Tage raubte, verlagerte sich der Arbeitsantrieb meiner Mama exakt in das Gegenteil. Dann wurde geschrubbt, gebohnert, gesaugt, gewischt und gefegt, dass keiner mehr im Haus Ruhe fand. Dabei ihre Lieder singend, betonte sie ein jedes Mal ihre Vorliebe für Sauberkeit und Ordnung im Haus, die ihre Arbeitgeber in Manila, eine reiche Kaufmannsfamilie, zu schätzen gelernt hatten. Nur wunderte ich mich ein jedes Mal, wenn sie diese Tatsache hervorhob, ob sie den Kindern der reichen Kaufmannsfamilie auch eine geballert hatte, wenn sie vergessen hatten, so wie ich manchmal, das benutzte Geschirr in die Spülmaschine zu stellen. Und so gesehen konnte die Entscheidung des Mannes im Haus, mein Abendessen in meinem Zimmer einnehmen zu dürfen, durchaus einen Konflikt mit meiner Mama provozieren.

„Geraldine! *Gaba ka agad!*"

Die Entscheidung war getroffen. Natürlich gegen den Mann im Haus. Der herrische Ton meiner Mama forderte mich auf, sofort nach unten zu kommen, um am Essenstisch Platz zu nehmen. Schlechtgelaunt verließ ich mein Schneckenhaus und schlurfte mürrisch die Treppe zum Wohnzimmer hinunter.

„Wie sieht denn Geraldine aus", rief Jakob zum Erstaunen aller aus, als ich mich an den Tisch setzte.

„Geraldine, wie siehst du denn aus!", rief meine geliebte Mama, „du siehst ja aus wie eine Nutte."

Ihre Worte trafen mich so hart wie ihre Schläge in meinem Gesicht. Einen inneren Impuls unterdrückend, einfach mit einem heftigen Ruck aufzustehen und den Ort der Demütigung zu verlassen, schaute ich starr auf den Boden, beinah wie Mama, wenn sie ihren Anfall hatte, und versuchte, die entglittene Kontrolle zurückzugewinnen.

„Nun lass doch Geraldine endlich einmal in Ruhe", verteidigte Hans-Jürgen meine Verwandlung in eine reife Frau; eine Verteidigung, die wohl darauf abzielte, es seiner Frau heimzuzahlen, die sich über seine Entscheidung, mir zu erlauben, das Abendessen in meinem Zimmer zu verzehren, hinweggesetzt hatte.

Vielleicht war der Grund, warum ich mich lieber in mein Schneckenhaus zurückzog, nicht nur die Angst vor meiner Mama und ihrer Unberechenbarkeit, sondern auch Zeuge eines ständigen Machtkampfes zwischen meiner Mama und dem Mann im Haus zu sein. Und irgendwie hatte ich das Gefühl, dass der Mann im Haus nicht der Mann im Haus war, weil meine Mama den Ton angab.

„Geraldine, geh nach oben und wisch die die Schminke aus dem Gesicht, bevor wir essen!"

„Ich möchte aber nicht. Mir gefällt es so."

„Geraldine, ein letztes Mal. Geh nach oben oder du wirst mich kennen lernen."

Die Worte kamen so laut gebrüllt wie auf einem Kasernenhof. So laut, dass nicht nur die Nachbarn in der Reihenhaussiedlung den Befehl mithören konnten, sondern so scharf im Ton, dass der kleine Jakob zu weinen anfing.

„Komm, Geraldine, tu, was deine Mama sagt", flüsterte Hans-Jürgen, der sich nun eingestehen musste, seinen Kampf gegen seine Frau wieder einmal verloren zu haben. In Erinnerung der letzten Schläge war die Drohung meiner Mama, sie kennen zu lernen, eigentlich völlig überflüssig, aber dennoch erneut ernst zu nehmen, so dass ich mich ohne Worte von meinem Stuhl erhob und die Treppe zu meinem Zimmer hinaufflog, wo ich mich auf das Bett fallen ließ und meine Gefühle mich überwältigten. Auch das Klopfen an der Tür konnte mein Weinen nicht unterdrücken, als Hans-Jürgen mir einen Teller *Chicken Adobo* ohne zusätzlichen Untersatz auf den Schreibtisch stellte.

„Komm, du musst was essen", sagte er leise und schlich, ohne auf eine Antwort zu warten, aus meinem Zimmer. Eigentlich war Hans-Jürgen gar nicht so übel, aber irgendwie wurde ich das Gefühl nicht los, dass er mich nur als einen Gast betrachtete, der irgendwann wieder das Haus verlassen würde. „Das ist deine Tochter", sagte er immer, wenn meine Mama glaubte, Probleme mit mir zu haben, „du hast sie hierhergeholt und du musst nun mit ihr klarkommen." Und er fügte immer wieder hinzu, dass er nicht der Vater sei und sie – gemeint war ich – nicht auf ihn hören würde. Immer wenn Mama und Hans-Jürgen sich stritten, ging es um mich. Und immer, wenn ihre Stimmen lauter wurden, schlich ich mich aus meinem Zimmer und lauschte vorsichtig, dass seine Kinder mich nicht beim Lauschen ertappten, was dort unten besprochen wurde.

„Ich komme mit meiner Tochter nicht mehr zurecht", sagte Mama. Und der Mann im Haus sagte: „Das ist deine Tochter, du hast sie hierhergeholt. Du musst mit ihr klarkommen." Es klang wie eine Erleichterung, nicht für mich verantwortlich zu sein. Und er fügte hinzu, dass er sich wirklich um mich bemüht habe, aber ohne Erfolg. Nun müsse meine Mama entscheiden, besonders nach dem Diebstahl und der Verhaftung, was mit mir geschehen sollte. Ich hielt den Atem an, um nur nicht ein Wort zu verpassen.

„Ich habe es satt", sagte meine Mama, „ich schicke Geraldine zurück auf die Philippinen."

„Du kannst doch deine Tochter nicht hin- und herschieben, wie du willst. Du hast sie doch erst vor vier Jahren aus den Philippinen zu uns nach Hause gebracht."

„Ich kann mit ihr machen, was ich will."

„Nun, es ist deine Entscheidung", sagte der Mann im Haus seufzend, als wäre eine schwere Last von ihm genommen, und nahm die Tageszeitung, um meiner Mama das Zeichen zu geben, dass er das Gespräch für beendet hielt, jedoch nicht ohne erneut hinzuzufügen: „Es ist deine Tochter und du hast sie hierhergeholt."

Ich schlich mich leise zurück in mein Zimmer, legte mich mit dem Rücken aufs Bett und versuchte, die Bedeutung der Worte meiner Mutter zu ergründen, was keine besondere Schwierigkeit bereitete, denn es wurde mir nun eindeutig klar, dass meine Mutter mich nicht liebte, dass sie mich nie geliebt hatte, dass sie mich vielleicht sogar hasste, so sehr, dass sie mich wieder auf die Philippinen zurückzuschicken gedachte, nur weit weg, so weit wie möglich, so dass sie mich nicht mehr zu besuchen brauchte. Die Reaktion des Mannes im Haus war mir egal. Er war nicht mein Vater und ich würde niemals eine väterliche Beziehung zu ihm aufbauen können. Sicherlich wäre auch er froh, wenn ich aus dem Haus wäre. Ich konnte es ihm aber nicht übelnehmen.

Das Einschlafen an jenem Abend fiel mir schwer. Im Bett liegend schaute ich aus dem Fenster und erblickte eine graue, tiefliegende Wolkendecke von ineinander gewachsenen Wolkenballen. Sie hingen so tief und schwer über mir, dass ich glaubte, sie berühren zu können, wenn ich auf das Dach des Hauses hätte steigen können. Es schien beinah so, als hätten sie Mitleid mit mir. Sie verharrten in ihrer Position, wollten nicht weiterwandern, um mich zu beschützen. Sie weinten um mich. Ihre Tränen klopften sanft an mein Zimmerfenster.

In dem Nachbarzimmer tobte der Mann im Haus mit seinen Kindern, bevor sie zu Bett gingen. Er las ihnen oft aus Kinderbüchern vor oder er erzählte ihnen eine erfundene Geschichte. Ich stellte mir vor, wie er sich über seine im Bett liegenden Kinder beugte, um die Umarmung seiner Kinder zu empfangen, bevor er ihnen einen Gute-Nacht-Kuss gab. Gute Nacht, Papa. Gute Nacht, Kinder. Zu mir kam niemand. Ich schaltete das Licht der Nachttischlampe aus und versuchte, Schlaf zu finden.

Der fremde Mann und die fremde Mutter

Meine Mutter hatte mir einen Kuss gegeben. Zwei Wochen nach meinem zehnten Geburtstag. Es war der Tag, an dem ich im Hafen von Manila die Familie Schneider-Ocampo kennen lernte. Noel war so glücklich gewesen. Seine Schwester hatte ihm nicht nur eine Fahrkarte für die Überfahrt mit der Fähre von Bacolod nach Manila geschenkt, um mich zu begleiten, sondern auch ein Flugticket, um zurück zur Insel Negros zu gelangen. Noch nie in unserem Leben hatten Noel und ich ein Schiff betreten, und schon gar nicht ein Flugzeug, denn Noel und ich hatten unsere Insel in unserem ganzen Leben bisher nie verlassen. Das Schiff hatte wieder einmal Verspätung. Ankunfts- und Abfahrtzeiten hatten auf den Philippinen nur eine bedingte Gültigkeit. Als die vom Monsunregen rostbraungefärbten Wellblechdächer der klapprigen Hütten entlang des kilometerweiten Slums vor dem Hafen Manila zu erblicken waren, wusste ich, dass sich mit der Einfahrt in den Hafen mein Leben schlagartig verändern würde. Ich hatte Angst vor dem Ungewissen. Ich hatte plötzlich Angst, meine Oma zu verlassen, die mich immer tröstete, wenn Jeffrey wieder etwas Gemeines mit mir angestellt hatte. Sie war immer für mich da, obwohl sie schon sehr alt war und ihr Rücken immer krummer wurde. Ich hatte plötzlich Angst, die Armut hinter mir zu lassen, weil ich die Armut kannte. Sie war mir vertraut und ich hatte mich daran gewöhnt, ohne zu klagen, mit der Armut zu leben, jeden Tag trockenen Reis und trockenen Fisch zu essen, jeden Tag mit dem gleichen Hemd zur Schule zu gehen, jeden Tag die Zuckerrohrfelder hinter dem Haus aus Stein aufzusuchen, um dort heimlich zu pinkeln. Diese Vertrautheit gab mir Sicherheit.

Meine Mutter hatte ich, als ich fünf Jahre alt war, zum letzten Mal für eine lange Zeit gesehen, als sie mich bei meiner Oma besuchte, um auf Wiedersehen zu sagen. Ich erinnerte mich an den Koffer, der ihr ganzes Leben enthielt, den sie kurz absetzte, um ihrer Mutter zum Abschied flüchtig die Hand zu geben. Keine Umarmung. Keinen Kuss. Sie nahm mich kurz in die Arme, lächelte fröhlich, setzte mich ab, ohne mich herzlich zu drücken oder mir wenigstens einen herzhaften Kuss auf die Wange zu setzen, und nahm ihr Leben im Koffer und verschwand, ohne noch einmal zurückzuschauen, in Richtung des bestellten Taxis, das sie zum Flughafen bringen sollte, wo ihr zukünftiger Mann bereits ungeduldig wartete, denn es galt, nach der Landung in Manila die Maschine nach Frankfurt nicht zu verpassen. Meine Mutter hatte mich zum zweiten Mal verlassen.

Nach fünf langen Jahren erkannte ich meine Mutter sofort, als ich die Gangway hinunterstieg. Ich war dankbar für Noel, der meine Hand fest in seiner Hand hielt, um mich vor einem Stolpern zu bewahren. Und als ich die Gangway mit schweren Beinen hinunterschritt, kam es mir in den Sinn, dass ich Noel vielleicht nie mehr wiedersehen würde. Auch nicht meine Oma, die doch schon so alt war. Auch nicht meine Freunde aus der Nachbarschaft und die Freunde aus meiner Klasse in Victorias City. Ich musste alle meine Kraft aufbringen, nicht in Tränen auszubrechen, als ich mich meiner mir doch fremden Mutter näherte. Auffallend chic angezogen war meine Mutter. Etwas runder um ihre Hüften. Älter war sie geworden. Fremder. „Mabuhay Geraldine, kumusta ka", rief sie in einem singenden Ton in Tagalog, „Yakapin mo ako." Noch bevor ich wusste, was mit mir geschah, hatte sie mich in die Arme genommen und mir einen Kuss, wenn auch flüchtig, links und rechts auf die Wange verpasst. Mir war es peinlich, in den Arm genommen zu werden. Meine Mutter duftete so schön, ich roch nach Schweiß und Dreck, mein Haar war verfilzt und verlaust.

„Hello Geraldine", sagte der fremde Mann in Englisch, der einen auffällig hellen und sauberen Tropenanzug trug. Er bot mir seine Hand zum Gruß an, die ich kraftlos ergriff. Ich fühlte keine Freude, keine Begeisterung, ich fühlte mich müde und erschöpft. Sicherlich hatte auch die zwanzigstündige Seefahrt von Bacolod nach Manila mir sichtlich zugesetzt. Nachdem das Schiff im Hafen von Bacolod abgelegt hatte, glitt die Fähre im rötlichen Feuerball der untergehenden Abendsonne in ruhiger See an kleinen, zerklüfteten Inselketten entlang der Küste von Panay vorbei, wo vereinzelt Fischer in ihren Kanus in der Hoffnung auf einen guten Fang Netze ausgelegt hatten. Der Wind nahm am späten Abend unerwarteter Weise an Kraft zu, so dass unser Schiff in den weißen Schaumkronen der Wellenmonster bedrohlich hin und her rollte. Es war nicht mehr daran zu denken, die Spiele auf meinem Handy, das mir meine Mutter vor zwei Jahren geschenkt hatte, als Zeitvertreib zu benutzen. Die Seekrankheit hatte mich in Besitz genommen. Erst am frühen Morgen, als die Fähre die ersten Ausläufer der Meeresenge zwischen Mindoro und Luzon im Morgenstrahl des hellen Sonnenlichts passierte und die See ihre Wut abgelegt hatte, wusste ich, dass ich, zwar geschwächt und unsagbar müde, den langwierigen Kampf gegen die beinah übermächtige Übelkeit gewonnen hatte.

Und so fehlte es mir an Kraft und vor allen Dingen an der Konzentration, mir die seltsam klingenden Namen der Kinder einzuprägen, die ich sofort wieder vergessen hatte, nachdem mir die drei Söhne von dem fremden Mann in einer aufgeregten Begeisterung vorgestellt wurden. Erst Tage später waren mir ihre Namen geläufig. Jakob, Gregor und Klaus. Sie alle waren jünger als ich. Zwei, vier und fünf wie der fremde Mann mit dem komischen Vornamen mir auf Englisch erklärte. Meine Mutter und die ganze Familie waren also nun aus Deutschland gekommen, um mich in ihre Familie aufzunehmen.

Während ich eher teilnahmslos, ja beinah apathisch die erste Begegnung mit meiner neuen Familie aufnahm, war Noel begeistert über die Begegnung mit der neuen unbekannten Welt. In dem von dem fremden Mann gebuchten Hotel schliefen wir zum ersten Mal in einem klimatisierten Zimmer mit sauberen und herrlich weichen Federbetten. Die Kopfkissen rochen angenehm frisch. Die Dusche war herrlich warm. Noel genoss ein Bad mit viel Badeschaum in der gefliesten Badewanne, um anschließend ein kühles Bier aus der Minibar zu nehmen und dann auf einer bequemen Couch seine Beine auf dem Hocker auszustrecken. Auch der moderne Farbfernseher mit einem superscharfen Bild entging nicht seiner Aufmerksamkeit. Im Augenblick der Glückseligkeit erfasste ihn dennoch für einen kurzen Moment ein Gefühl der Traurigkeit, musste er doch mit bangem Herzen daran denken, dass der Flug nach Bacolod nach Beendigung der Behördengänge in Manila auch die Beendigung seines kurzen Lebens in der neuen und für ihn doch so reichen und zugleich unbekannten Welt bedeuten würde.

Besonders aufmerksam verfolgten Noel, aber auch ich, die abendlichen Abrechnungen des fremden Mannes. Während meine Mutter mit großer Konzentration meine Kopfläuse im Haar zerdrückte, um etwas später das Läuseshampoo in meinem Haar einzureiben, zählte der fremde Mann das übrig gebliebene Geld nach allen Ausgaben, die an einem Tag, getätigt worden waren. Es war viel Geld. Es war so viel Geld, wie ich es noch nie in meinem ganzen Leben bisher gesehen hatte. „Hast du schon einmal so viel Geld gesehen?", fragte mich der fremde Mann amüsiert, der beim Zählen des Geldes bemerkt hatte, wie ich gebannt auf die bunten Scheine starrte. Sechsunddreißigtausend Pesos lagen gebündelt auf seinem Bett und meine Mutter, die nach der Läusebehandlung ihre schwarze Brieftasche ebenfalls geöffnet hatte, um ihr verbliebenes Geld zu zählen, fischte noch einmal fünfzehntausend Pesos aus ihrer ledernen Brieftasche heraus. Ich beobachtete Noel. Der Bruder meiner Mutter musste bei dem Anblick des Geldes heftig schlucken, denn die ungeheure Summe bedeutete für ihn, dass er mindestens vier lange und beschwerliche Monate arbeiten müsste, um mit dem Transport der Fahrgäste mittels seines motorisierten Tricycles das Geld zu verdienen, das der fremde Mann und meine Mutter nur für die nächsten Tage zur Verfügung hatten. Und die Rechnung galt nur unter der Voraussetzung, dass sein Motor nicht streikte und dass er rund vierhundertzwanzig Pesos jeden Tag, auch an den Wochenenden, einnehmen müsste, was bei allem Optimismus nicht zu erwarten war. Und in diesem Augenblick fühlte ich mich zum ersten Mal erleichtert und bedauerte Noel, dem es sichtbar Schwierigkeiten bereitete, seine verlorene, sorglose Fröhlichkeit wiederzugewinnen.

In den nächsten vier Tagen waren meine Mutter und der fremde Mann mit meinen Passformalitäten in der deutschen Botschaft und mit dem Besuch philippinischer Behörden beschäftigt. Ein anstrengendes Unterfangen, denn die Hitze und die extreme Luftfeuchtigkeit in Manila bereitete besonders dem zweijährigen Jakob große Probleme, der oft in seinem Kinderwagen von seiner Mutter beruhigt werden musste, indem sie Jakob Wasser zu trinken gab. Half all dies nicht, musste meine Mutter den kleinen Jakob aus dem Kinderwagen herausnehmen und das schreiende Etwas in ihren Armen beruhigen. Und Jakob sorgte sich nicht darum, wo er schrie. Er schrie im vollbesetzten Jeepney, so dass alle Passagiere genervt, aber doch ein Lächeln produzierend, zu uns herüberschauten. Jacob tobte im Taxi, weil nach der Hitze die extreme Kälte der Klimaanlage seinen schwitzenden Körper plagte oder er weinte im Wartebereich der Behörden, weil er Hunger oder einfach das Warten satthatte. Ich beobachtete auch Georg und Klaus. Die beiden älteren Söhne des fremden Mannes hielten sich recht tapfer, obwohl man auch ihnen die Tortur ansah, in Manila unter diesen subtropischen Bedingungen Behördengänge zu erledigen. Auch für mich war die feuchte Hitze in Manila, die stinkenden Abgase der Autos, der Lärm der verstopften Straßen, wo der Verkehr nur schrittweise voranging, ungewohnt und unerträglich. Kein Luftzug schaffte Linderung. Noch nie hatte ich in meinem Leben so hohe Häuser gesehen, deren Häuserspitzen beinah die Wolken berührten. Noch nie hatte ich so viele Autos auf den Straßen gesehen, wo wir uns mittels Jeepneys, Bussen und Taxis durch das bunte Meer der PKWs hindurchschlängelten, um das Jugendamt zu erreichen, das rund fünfzig Minuten von unserem Hotel entfernt war.

Besonders das Jugendamt in Manila war daran interessiert, die gesamte deutsche Familie meiner Mutter kennen zu lernen, denn der Beamte, der für die Formalitäten verantwortlich war, wollte schon wissen, bei wem ich denn in den kommenden Jahren leben würde. Die Tatsache, dass sich eine fünfköpfige Familie Rückflugtickets für einen interkontinentalen Flug leisten konnte, plus einem One-Way-Ticket Manila –Frankfurt für mich, galt schon einmal als deutlicher Beweis für eine finanziell zufriedenstellende Situation der Familie, die als Grundlage für einen positiven Bescheid verwendet werden konnte. Das Einkommen als Elektroingenieur, der Zusatzverdienst seiner Frau als Haushälterin bei der philippinischen Kirchengemeinde, das äußere Erscheinungsbild der drei kleinen Kinder, gepflegt, wohl genährt, aber nicht übergewichtig, ohne Anzeichen von Mangelerscheinungen, zudem adrett gekleidet, all dies deutete darauf hin, dass ich in Deutschland in geordnete Verhältnisse

54

integriert werden würde. So stünde einem positiven Bescheid nichts mehr entgegen und das Dokument für die Genehmigung der Ausreise einer minderjährigen Filipina könnte am übernächsten Tag beim Jugendamt abgeholt werden. „Na, Geraldine Ocampo, freust du dich auf Deutschland?", fragte der Beamte mich in Tagalog, einen freundlichen Blick auf mich herunterwerfend, während meine Mutter mich nervös anschaute. „Hindi ko alam", sagte ich unsicher nach einem kurzen Zögern, das für meine Mutter sicherlich wie eine Ewigkeit erschien, doch ich wusste in diesem Augenblick nichts anderes als die Wahrheit zu sagen, hatte ich doch zu diesem Zeitpunkt noch nicht gelernt, unter Druck eine plausible Lüge zu erfinden. Ich wusste wirklich nicht, ob ich mich freuen sollte, was bei meiner Mutter einen irritierenden Blick auf den Beamten auslöste, der jedoch meine Mutter beruhigte. „Alles ist neu für ihre Tochter. Sie wird sich schon an Deutschland gewöhnen." Und mit den frischen Dokumenten in der Hand verließen wir Manila nach fünf Tagen, um nach einem ungefähr neunzigminütigen Flug mit Philippine Airlines in Bacolod zu landen, wo es galt, von meiner Oma, von den Brüdern meiner Mutter und von meinen Freunden in der High School Abschied zu nehmen.

Der Flug mit dem Flugzeug der Philippine Airlines war für mich und für Noel, der aber seit kurzer Zeit sichtlich in sich gekehrt war, ein Abenteuer. Meine Anspannung, die vor dem Flug stetig zunahm, war enorm. Wie konnte überhaupt so ein schwerer Vogel aus Metall sich in die Luft heben und fliegen? Der fremde Mann überließ mir seinen Fensterplatz. Er zeigte mir, wie der Sicherheitsgurt anzulegen war. Meine Anspannung stieg. Es war kühl in dem Flugzeug. Angenehm kühl nach der schwülen Hitze in Manila. Ein kühler Luftzug berührte meine Haut. Ich beobachtete, wie immer mehr Passagiere, vorwiegend Touristen, wie ich nach dem Aussehen und dem Sprachenwirrwarr vermutete, an meinem Sitzplatz vorbeiliefen, um ihre Sitzplätze weiter hinten zu belegen. Aufgeregt legten die Passagiere vor und hinter uns ihr Bordgepäck in die dafür bereitgestellten Fächer über den Köpfen der Fluggäste, bevor sie sich in die engen Sitze zwängten. Da! Das musste der Pilot sein! Die Tür zum Cockpit war noch geöffnet! So viele Schalter, Hebel und Knöpfe! Ein leises, helles, durchgängiges Summen war zu vernehmen. Die Damen in den Uniformen liefen nun durch den Gang und kontrollierten den Sitz der Sicherheitsgurte. Gleich, das fühlte ich, würde es losgehen. Ich spürte meinen Puls. Da! Die schwere Flugzeugtür wurde von einer der Damen in Uniform geschlossen und verriegelt. Der fremde Mann neben mir schien das nicht zu interessieren. Er hatte seine Augen geschlossen und seine Beine entspannt von sich gestreckt. Was war das? Das leise schrille Summen hatte sich in ein leises Brummen verwandelt. Ein kurzer Ruck! Das Flugzeug setzte sich tatsächlich in Bewegung und rollte rückwärts von der Stelle, wo wir eingestiegen waren. Plötzlich stand eine Dame vorne vor dem Cockpit und schaute den Gang hinunter. Gleichzeit mit der Tonbandstimme, die in Englisch und Tagalog erklärte, was im Falle einer Wasserlandung zu tun wäre, demonstrierte sie die Benutzung der Schwimmweste. Aufgeregt blickte ich aus dem ovalen Fenster. Vor uns war noch ein Flugzeug! In einer Kurve, die das vor uns rollende Flugzeug nehmen musste, erkannte ich eine Maschine von der Cebu Pacific. Wohin dieses Flugzeug wohl fliegen würde? Jetzt sprach der Captain! Er war schwer zu verstehen. Seine Stimme knackte und rauschte fürchterlich. Er begrüßte die Fluggäste auf dem Weg nach Bacolod und er erwähnte die Wetterbedingungen am Zielort. Dauer des Fluges: eine Stunde und zwanzig Minuten. Plötzlich stoppte das Flugzeug. Ich hielt den Atem an. Wir warteten. Der Pilot meldete sich erneut. Ein

Flugzeug befand sich im Landeanflug. Wir warteten. Noel schaute interessiert aus dem Fenster. Er schaute zu mir hin und deutete aufgeregt mit dem Zeigefinger auf das im Landeanflug befindliche Flugzeug, das er entdeckt hatte. Jetzt! Jetzt ging es los! Ich wurde in den Sitz gepresst. Rollgeräusche, die lauter wurden. Motorenlärm. Wir wurden schneller und schneller. Die Landschaft draußen schoss an mir vorbei. Noch schneller. Ein Ruck! Die Rollgeräusche waren verschwunden. Wir schwebten. Wir schwebten im Steilflug nach oben. Immer höher. Da! Die Hochhäuser von Manila unter uns. Das Wasser! In einem Bogen flog unser Flugzeug über die Bucht von Manila. Die Wolken! Die herrlich wattierten Wolken kamen näher. Es schien, als wollten sie mich umarmen, um mich aufzufangen. Sie konnten aber nicht wissen, dass der metallische Vogel stärker war als das von ihnen ausgestreckte Wolkenband. Denn wir flogen durch die schweren weißen und graumelierten Wolkenberge einfach hindurch, ihren Protest ignorierend. Immer höher, immer weiter, bis ich keine Häuser mehr erkennen konnte und die Wolken unter uns, winzig klein und unbedeutend, gaben in ihrer Resignation den Blick auf Landschaften frei. „Wie gefällt dir das Fliegen?", fragte mich der fremde Mann auf Englisch. Ich nickte nur scheu und lächelte, was der fremde Mann wohl für eine positive Antwort hielt, denn er lehnt sich befriedigt zurück und studierte die Getränkekarte.

Was für ein Empfang in Bacold! Die ganze Familie der Ocampos war
am Flughafen erschienen, um uns willkommen zu heißen. Oma Ocampo, Jeffrey Ocampo mit seiner Frau Josefine und seinen zwei Kindern und den Schwiegereltern, Noels Frau Luisa war ebenso mit ihren drei Kindern und mit ihren Eltern erschienen und noch viel mehr Verwandte, die ich noch nie oder nur selten gesehen hatte,

empfingen meine Mutter, die stolz ihre drei Söhne an der Hand hielt. Ich lief alleine hinter ihr her. Noel lief zu mir herüber und umarmte mich. Meine Mutter fühlte sich in dem Bad der Menschenmenge sichtlich wohl. Ihr Besuch war willkommene Abwechslung in einem Leben der Menschen ohne große Höhepunkte. Ich schaute zu dem fremden Mann hinüber, der mit einem kleinen Abstand der Menschenmenge hinterherlief. Er zog etwas verlegen einige Pesos aus der Hosentasche heraus, um sie einem in Lumpen gekleideten Bettler zu geben. Doch sichtlich irritiert ließ der fremde Mann das Geld wieder in die Hosentasche hineinrutschen. Er wusste nicht, wie er dem armen Menschen das Geld übergeben sollte. Der Bettler hatte keine Hände.

Jacob begann wieder sein Lied zu singen. Natürlich im Jeepney, den meine Mutter für die ganze Familie gemietet hatte. Es hatte den Anschein, als ob dieser Jeepney speziell für diese Fahrt besonders bunt geschmückt war. Für die Fahrt vom Bacolod Flughafen in Richtung Victorias City. Es war laut im Jeepney. Eine Kakophonie aus schrillen und dunklen Stimmen vermischte sich mit dem Lärm der Straßen, der durch die offene Konstruktion der Seitenwände und durch den offenen hinteren Eingang des Jeepney, wo Fahrgäste während der Fahrt normalerweise ein- und aussteigen konnten, ungehindert eindrang. Alle sprachen aufgeregt durcheinander. Jakob, der auf dem Schoß seiner Mutter saß, schrie so laut, dass sein Kopf vor lauter Anstrengung rot anlief. Sein verschwitztes nasses Haar klebte an seiner feuchten Stirn. Gregor und Klaus saßen neben ihrem Vater. Erschöpft und stumm fixierten sie den rostigen Stahlboden des Jeepneys. Sie kämpften verzweifelt gegen die bleierne Müdigkeit an, die sie nun zu übermannen drohte. Der fremde Mann blickte in Richtung meiner Mutter. Er lächelte. Mich nicht wahrnehmend, war meine Mutter in ihrem Element. Sie redete seit der Abfahrt vom Airport unentwegt mit ihren Brüdern und Verwandten, die sie seit mehreren Jahren nicht mehr gesehen hatte. Auch mich hatte meine Mutter fünf lange Jahre seit ihrem Abschied aus Negros nicht mehr gesehen. Mit mir sprach niemand.

Kurz nach der Abfahrt von Bacolod Airport erreichten wir nach zwanzig Minuten, auf einer staubigen, holprigen Landstraße fahrend, vorbei an endlosen Zuckerrohrfeldern und kräftigen, muskulösen Carabaos, die von ihren Besitzern, an Zugleinen gezogen, zum nächsten Feld trabten, vorbei an kleinen verwahrlosten Hütten Silay City, wo wir in die Rizal Street einbogen, die uns nach Enrique B. Magalona führte, wo der Fahrer endlich in die Osmena Avenue einbog. Von dort war es nicht mehr weit nach Victorias City. Noch zwölf Kilometer und wir würden den Ort meiner Kindheit erreichen, der bisher mein Leben bestimmt hatte.

Natürlich konnte der fremde Mann mit meiner Mutter nicht in unserem Haus aus Stein wohnen, wo es keine Federbetten gab, keine Tapeten mit Bildern an den Wänden, keine Fensterscheiben, kein fließendes Warmwasser, keine elektronisch einstellbare Fußbodenheizung, kein gefliestes Badezimmer, keine Einbauküche mit einem elektrischen Herd und einem elektrischen Ofen, kein tapeziertes Wohnzimmer mit einer bequemen Wohnlandschaft und hochwertigen Gabbeh-Teppichen. Bei uns gab es nur Geckos, die an den unverputzten Steinwänden klebend unsere Fliegen und Moskitos fingen, dabei seltsame Klickgeräusche produzierend, oder Vogelspinnen, die es sich an irgendeiner Ecke des Steinhauses bequem machten. Manchmal, was aber recht selten vorkam, schlängelte sich eine Schlange durch die Küche, die Noel mit einem Spaten kompromisslos erledigte. Und im Herbst, im Winter und im Frühling schluckten wir den Staub der Landstraße, der von den hunderten am Haus vorbeidonnernden

LKWs aufgewirbelt wurde, die ihre meterhoch gestapelten Zuckerrohrstauden bei der rauchenden und dampfenden Zuckerrohrfabrik ablieferten.

Aus diesen Gründen übernachteten der fremde Mann und meine Mutter und ihre Söhne in einem Hotelzimmer, das mehrere Zimmer und ein Badezimmer mit einer riesigen Badewanne hatte, wo tausende Wasserbläschen aufstiegen, wenn man darin lag. Meinem Läusebefall war es wohl zu verdanken, dass mir auch die Annehmlichkeiten des Hotelzimmers zugesprochen wurden, denn nur in einer sauberen, läusefreien Umgebung konnte mit großer Wahrscheinlichkeit damit gerechnet werden, die Läuseplage zu besiegen, bevor wir nach Frankfurt flogen. Und so verbrachte ich die darauffolgenden Tage nicht in einem verlausten Steinhaus, sondern, wie mir der fremde Mann zu verstehen gab, in einer Suite, wo meine Mutter akribisch darauf bedacht war, die Läuse in meinem Haar zu töten.

Was für ein Abschiedsessen in Haus meiner Oma! Meine Mutter hatte alle Zutaten gekauft. Die ganze Ocampo-Familie war zusammengekommen, um mich zu verabschieden. Gab es in der Regel nur Reis und trockenen Fisch, so wurde nun so viel Essen aufgetischt, dass Oma Ocampo auch die Nachbarn zum Abschiedsmahl einlud, um ja nichts von dem Überfluss an Gerichten den Schweinen im Stall vorzuwerfen. So war es wohl, wenn man reich war. Der lange Tisch, von einer nahegelegenen Baustelle ausgeliehen und im Hinterhof neben dem Schweinestall aufgestellt, war reichlich gedeckt. Pancit canton, die leckeren Nudeln, im Wok gebraten, die herrlichen Siopao-Teigtaschen, mit Fleisch und Gemüse gefüllt, wie sehr hatte ich sie vermisst, Chicken Adobo und Berge von Frühlingsrollen und gebackene Bananen mussten nun ihre Abnehmer finden, wenn die Fliegen erst einmal mit dreimaligem Klatschen in die Hände verscheucht waren, die wahrscheinlich genauso von dem Überfluss an Nahrung überrascht waren wie wir. Die Männer tranken San Miguel Bier, das der fremde Mann kartonweise gekauft hatte, weil auch er gerne Bier trank, wie zu beobachten war. Abgesehen vom Besuch im Jollibee in der Shopping Mall in Bacolod vor ein paar Tagen, wo ich zum ersten Mal einen riesig großen Burger mit Pommes Frites gegessen hatte, konnte ich mich nicht erinnern, jemals so satt gewesen zu sein. Ich war mir sicher, dass auch alle anderen Mitglieder der Familie sich nicht erinnern konnten, jemals so satt, so voll, so zufrieden gewesen zu sein wie nach dem Besuch des Jollibees, wo meine Mutter die Rechnung stolz mit ihrer Kreditkarte bezahlt hatte, und nach dem üppigen Abendessen im Steinhaus meiner Oma, die als einzige traurig war, dass ich das Steinhaus verlassen würde. „Bist du froh, dass du uns verlassen kannst", fragte die Oma mich am späten Abend, als der lange Tisch aufgeräumt, die übriggebliebenen Speisen an die Nachbarn verteilt worden waren und Ruhe eingekehrt war. „Ich weiß nicht", antwortete ich. Eine Antwort, wie ich sie auch dem Beamten beim Jugendamt gegeben hatte. Oma Ocampo schaute mich an und streichelte mein frisch gewaschenes Haar, das herrlich nach Apfel duftete. „So schönes Haar hast du noch nicht gehabt", schmunzelte Oma, „auch ein Grund, uns zu verlassen."

„Ich werde dich vermissen Oma", sagte ich aufrichtig.

„So etwas wie heute wirst du nun immer haben. Immer einen vollen Bauch."

Ich schaute meine Oma an und ich wusste, was sie meinte.

„Viele hier in der Familie sind froh, dass du gehst."

Ich schaute meine Oma überrascht an.

„Na ja, sie sind froh, dass nun ein Esser von uns geht. Josefine hatte immer gedrängelt, dich wegzugeben. Du magst Jeffreys Frau nicht besonders, stimmt's?"

Ich nickte kurz zur Bestätigung ihrer Vermutung.

„Luisa hatte auch immer wieder gesagt, dass du zu deiner Mutter gehen sollst, die im reichen Deutschland lebt, und sie dich dort ernähren soll."

„Das hat mir Noel nie gesagt."

„Weil er dich gerne hat. Er hätte dich gerne hierbehalten, aber Luisa drängte immer häufiger, Noel dazu zu bewegen, deine Mutter in Deutschland anzurufen."

„Sie sind froh, dass ich gehe?"

Oma Ocampo schaute mich traurig an. Sie setzte sich näher zu mir heran, um mein Haar zu riechen.

„Sei nicht traurig, Geraldine. Dein Haar hat noch nie so gut gerochen. Du wirst in Deutschland ein besseres Leben führen. Du musst in der Schule schön fleißig sein und vielleicht gehst du dann zur Universität."

„Ach Oma, was soll ich denn da?"

Oma Ocampo stand plötzlich langsam vom Stuhl auf und schlurfte, schwer atmend, zu dem Regal in der Küche aus Stein, wo sie etwas aus einem Wolltuch hervorholte.

„Hier", sagte Oma Ocampo, als sie sich wieder mit einem schweren Stöhnen zu mir gesetzt hatte, „nimm diesen kleinen, aber schweren Stein. Es ist ein Muling-Amulett, den ich von deinem verstorbenen Opa erhielt, als wir in jungen Jahren heirateten. Es soll dich vor Unheil schützen. Bewahre es gut auf. Und gebe es niemals weg."

Interessiert strich ich mit meinen Händen über den glatten Stein, der sich so angenehm in der Hand anfühlte.

„Ich werde ihn immer bei mir tragen", versprach ich meiner Oma und verschwand, den Stein heimlich in meine Jeanstasche steckend, schnell aus dem Zimmer, denn Jeffreys Frau war hereingekommen, um Oma Ocampo mitzuteilen, dass sie nun mit Jeffrey nach Hause fahren würde. Noel hatte sich bereit erklärt, beide mit seinem Tricycle mitzunehmen. So wurde es auch Zeit für mich, mit dem fremden Mann und mit meiner Mutter das Hotel aufzusuchen.

Noel freute sich schon auf das reichliche Trinkgeld, dass er vom fremden Mann erhalten würde, wenn er die Familie des fremden Manns nach seiner Rückkehr von der ersten Tour zum Hotel transportieren würde. Der fremde Mann gab stets so viel Trinkgeld, so dass Noel bereits nach einer Fahrt die Einnahmen für eine ganze Woche in seine vom Öl und Staub verschmutzen Hosentasche hineinstopfen konnte. In der Zeit, in der wir uns in Victorias City aufhielten, benutzte der fremde Mann, anstatt ein Jeepney oder ein Taxi zu nehmen, stets Noels Tricycle. Der fremde Mann mochte Noel. Er mochte ihn so sehr, dass er sich über Jayke Gedanken machte. Dem fremden Mann war seit seiner Bekanntschaft mit Noels vierjährigem Sohn nicht entgangen, dass sich nicht nur die Abstände seiner Hustenanfälle auffallend verkürzt, sondern diese auch an Intensität zugenommen hatten. „Dein Sohn muss zum Arzt", hatte der fremde Mann am Abend des Festmahls auf Englisch gesagt. Besorgt hatte er Noel dabei angeschaut, der aber keine Reaktion gezeigt hatte, als wollte Noel den Ernst der Lage nicht wahrnehmen.

„Noel, hörst du? Jayke muss zum Arzt. Der Husten klingt nach einer Bronchitis. Hoffentlich ist es nicht schon eine Lungenentzündung."

„Wir haben kein Geld für einen Arztbesuch, geschweige für eine medizinische Behandlung", hatte Luisa gesagt, die das Gespräch im Vorbeigehen mitgehört hatte, mitleidsvoll in Richtung ihres Sohns schauend, der sich gerade von einem Hustenanfall erholt hatte. So besorgt um ihren Sohn, hatte der fremde Mann den geplanten *Ausflug mit der ganzen Familie zu den Gawahong Wasserfällen am darauffolgenden Tag abgesagt. Zu wichtig war dem Mann meiner Mutter die ärztliche Behandlung Jaykes. Den wiederholten Einwand Noels, nicht in der Lage zu sein, die Untersuchung des Arztes, alle eventuellen Behandlungen und notwendigen Medikamente bezahlen zu können, wischte der fremde Mann mit einer kurzen Handbewegung weg, so als ob es galt, eine lästige Fliege aus dem Gesicht zu streichen. Nach der ärztlichen Untersuchung in der Notfallstation des Krankenhauses in Silay City holte der fremde Mann eine goldene Karte aus der Brieftasche, die er der Dame an der Rezeption übergab. „Salamat, maraming salamat". Noels Dankbarkeit kannte keine Grenzen. Doch er wusste nicht, wie er es wiedergutmachen konnte, woraufhin der fremde Mann ihn anlächelte, um Noel zu beruhigen, und zugleich betonte der fremde reiche Mann wiederholt, dass er gerne geholfen habe. Und so bezahlte der fremde reiche Mann vier ausstehende Monatsraten für Noels Tricycle, bevor fremde Männer mit Macheten in das Steinhaus des Bruders meiner Mutter eindringen würden, um ihren Forderungen mit Gewalt Nachdruck zu verleihen.*

„Paalam, Geraldine; paalam Sophie, paalam Sir." Josefine und Luisa. Sie hatten es besonders eilig, mir auf Wiedersehen zu sagen. Der Tag des Abschieds. Unwiderruflich. Es gab kein Zurück mehr. Jetzt ging es nur noch vorwärts. In eine neue Welt. In eine unbekannte Welt. In eine Welt ohne richtigen Vater, mit einer Mutter, die mir beinah so unbekannt war wie das Land, das nun meine neue Heimat sein sollte. Mit Stiefbrüdern, die mir so fremd waren wie der Ehemann meiner Mutter. Die ganze Familie war wieder am Flughafen versammelt. Sogar Josefine und Luisa und ihre Kinder waren mitgekommen, um sich von mir zu

verabschieden. Sicherlich hatten sie mich auf der Fahrt zum Flughafen in Bacolod nur begleitet, um sicher zu gehen, dass ich auch wirklich die Maschine nach Manila besteigen würde. Ein letztes Mal eine Fahrt im Jeepney. Ein letzter Blick auf die staubigen, holprigen Straßen. Zwei Carabaos, von Landarbeitern vor sich hergezogen, kreuzten unseren Weg. Erst jetzt, zum ersten Mal, fielen mir die Ruhe und die kolossale Erhabenheit dieser Tiere auf, die mir in ihrer stattlichen Gemächlichkeit eine seltsame Zuversicht vermittelten. Ich verfolgte sie noch mit meinem Blick, bevor der Landarbeiter mit den Wasserbüffeln in einen kleinen unbefestigten Weg einbog, der zu einem Acker führte, wo die Kraft der Tiere für das Pflügen eines Feldes eingesetzt werden würde. Ich hatte sie aus den Augen verloren. Es tat mir weh. Ich nahm Abschied von den Zuckerrohrfeldern, die wir links und rechts der Landstraße passierten, wo die Grasstauden schon eine beträchtliche Höhe erreicht hatten. In wenigen Monaten würden Noel und Jeffrey wieder in diesen weiten Feldern, die so sehr das Bild der Landschaft prägten, ihrer gehassten Arbeit nachgehen und dennoch froh sein, ihr weniges Geld mit den Fällen der Stauden aufzubessern, um Brot mit nach Hause zu bringen. Brot für die Frau. Für die Kinder. Und ich nahm Abschied von den halb verwahrlosten Hütten, vereinzelt entlang der Straße auftauchend, die mir plötzlich gar nicht mehr so verwahrlost erschienen. Ich sah Kinder, spärlich gekleidet, die barfuß im Staub mit einem geflickten Stoffball Fußball spielten. Kinder, die lachten. Kinder, die Spaß hatten. Kinder, die glücklich waren. Kinder, die ich plötzlich beneidete.

In der Ferne, in Richtung des Flughafens, verdunkelten sich die Wolken in Sekundenschnelle. Unheimliche Wolkenmonster, so furchteinflößend, die Böses erahnen ließen, bauten sich über uns auf. Irgendetwas hatte sie wütend gestimmt.

In ihrer Machtlosigkeit, das Schicksal aufhalten zu können, schickten sie in ihrem Zorn die ersten Blitze zu uns hinunter. Es war drückend schwül im Jeepney. Obwohl der Fahrtwind zu uns hineinwehte, klagte jeder über die Tropenhitze. Zu feucht, zu heiß war die Luft, die keine Erleichterung schaffte. Es würde bald zu regnen beginnen. Der Fahrer musste sich beeilen, wenn alle sicher den Flughafen erreichen wollten. Der Regen, der in den Sommermonaten in Form von kurzen, aber gewaltigen Sturzbächen herniederging, würde die Straßen kniehoch unterspülen, so dass ein Fortkommen oft nicht mehr möglich war. Sie mussten sich beeilen. Erste schwere Tropfen trommelten auf das Dach des Jeepneys. Vielleicht würden wir den Abflug verpassen. Vielleicht würde der Regen die Startbahn unterspülen und einen Abflug verhindern. Vielleicht … Josefine und Luisa schienen meine Gedanken erraten zu haben.

„Mach dir keine Gedanken, Geraldine. Du wirst den Start schon nicht verpassen", rief mir Josefine im Lärm des nun herniederprasselnden Regens zu. Der Regen, den die Wolken in ihrer Verzweiflung schickten, drang nun in das Innere des Jeepneys. Nach wenigen Minuten war niemand mehr trocken. Ich schaute zu den Kindern meiner Mutter. Zu meinem Erstaunen saß Jakob auf dem Schoß seiner Mutter und schlief. Gregor zuckte kurz zusammen, als ein Blitz in der Nähe einen Zickzackkurs beschrieb. „Noch 5 Minuten", rief der Jeepney-Fahrer, dann haben wir den Flughafen erreicht. Meine Hoffnung schwand dahin. „Siehst du, wir schaffen das schon", unterstützte Josefine die Aussagen des Fahrers. „Wirst du uns schreiben?", fragte Luisa, und ich spürte in ihrer Frage eine Verachtung, die mich tief verletzte, erwartete sie doch indirekt, dass ich ihr niemals einen Brief zukommen lassen würde. Ich wich ihrem spöttischen Blick aus, schaute auf die dunkelgraue Regenwand, die die Straßen überflutete. Ich antwortete nicht. Der Jeepney schoss durch die überflutete Straße, das Wasser in Spritzfontänen zum kaum erkennbaren Straßenrand verdrängend. „Endlich, wir sind da", rief Luisa und deutete auf das Terminal, das wir nun erreicht hatten. Sie machte Anstalten, mir beim Aussteigen aus dem Jeepney zu helfen, als ob es ihr nicht schnell genug ginge, mich für immer und ewig loszuwerden.

Zum Glück war der Haupteingang zum Terminal überdacht, so dass der Jeepney-Fahrer zusammen mit dem fremden Mann das Gepäck trockenen Fußes abladen konnte. Nun galt es im Donnergrollen Abschied zu nehmen. Alles ging nun plötzlich ziemlich schnell. Noel umarmte den fremden Mann und bedankte sich ein letztes Mal für seine Hilfe. Meine Mutter umarmte ihre Brüder und deren Ehefrauen, die sie wohl so schnell nicht wiedersehen würde. Eine flüchtige Umarmung ihrer Mutter. Oma Ocampo, die während der ganzen Fahrt zum Flughafen schweigsam dem Geplapper im Jeepney zugehört hatte, kämpfte nun gegen ihre Tränen an, als sie mich zum letzten Mal umarmte und mir alles Glück auf Erden wünschte. „Paalam Geraldine", schluchzte meine Oma, als ein lauter Donnerschlag wie zur Ankündigung eines neuen, unheilvollen Aktes in meinem Leben über den Köpfen der Abschied nehmenden Familienmitglieder verhallte. Ein grellweißer Blitz erhellte für Sekundenbruchteile den Eingangsbereich des Terminals. Noel löste sich aus der Umgebung seiner Frau und nahm mich ein letztes Mal in den Arm. „Dein Haar duftet so schön", sagte Noel und trat einen kurzen Schritt zurück, um mich ein letztes Mal zu betrachten, „wie schön du aussiehst in deinen hübschen neuen Kleidern. Dieses Bild werde ich immer in meiner Erinnerung bewahren." Auch wütender Donner aus den dunklen Wolkenbergen, als Mahnung vor der Zukunft bewusst fehlplatziert wie ein Paukenwirbel im Adagio einer

Symphonie, konnte meine Abreise nicht mehr verhindern. Wussten die Wolken, was mich in dem neuen Land erwarten würde? „Nun komm schon, Noel", rief Luisa ungeduldig, „Geraldine verpasst sonst noch den Flug." Ohne mich von ihr und von Noels Bruder und seiner Frau zu verabschieden, winkte ich ein letztes Mal meiner Oma zu, nun meiner fremden Mutter folgend, die hastig zum Check-In eilte. „Paalam Geraldine", hörte ich Oma-Ocampo ein letztes Mal rufen, so ungewöhnlich laut für eine sonst doch so ruhige und schweigsame Frau, dass ich in dem Abschiedsgruß ihre ganze Verzweiflung fühlte. Eine Verzweiflung, die darin begründet war, mich, die sie wie ihr eigenes Kind großgezogen hatte, nun für immer und ewig verloren zu haben.

Ein seltsamer Engel

Mein Engel hat Werner mich genannt. Für mich bist du mein Engel, das hat er gesagt. Und nun? Hat er seinen Engel verlassen? Bin ich ihm als Engel nicht mehr gut genug? Aber was kann ich ihm denn schon geben? Der angehende Rechtsanwalt, der vielleicht einmal mit der Verteidigung korrupter Manager von millionenschweren Firmen viel Geld verdienen wird. Mein Gott! Ich bin doch nur eine Hure, eine Nutte, die für Geld mit anderen Männern schläft. Wieso konnte ich denn nur glauben, dass Werner es ernst mit mir meint? Wie naiv konnte ich denn nur sein, zu glauben, dass für mich ein neues Leben beginnen wird? Ich hasse mich. Ich hasse mich für meine Schwachheit. Schwachheit ist der Beginn des Untergangs. Du öffnest dein Schutzventil, lässt für einen Moment die allumfassende Flut der Liebe in dich hineinströmen, surfst auf der großen gewaltigen Welle des Glücks, bis die Welle bricht und sie dich schutzlos, gnadenlos ins Nichts mitreißt. Du wirst in deinen Gefühlen missbraucht und verletzt, wovon du dich nicht mehr erholen wirst. Aber haben nicht auch Huren das Recht auf ein Leben in Liebe und Geborgenheit? Auf ein Leben mit einem aufrichtigen Menschen, der immer für dich da ist, der dir Halt gibt und Schutz bietet? Ach was! Erbärmliche Sentimentalitäten! Werner hat mich verlassen. Das ist die Realität.

Ich gehöre nicht in seine Welt. Der Blick seines Vaters, als er mich seiner Familie vorgestellt hatte, sprach Bände.

Obwohl er mich freundlich begrüßt hatte, verrieten doch seine hochgezogenen Augenbrauen bei meinem Anblick seine Abneigung mir gegenüber. Er konnte mir nichts vormachen. Selbstverständlich hatte Werner seinem Vater, Dr. von Halfern, Richter am Landgericht, meinen Beruf verschwiegen. Es musste ein anderer Beruf herhalten, denn die erste Frage eines Richters und einer Oberstudienrätin am Gymnasium, eine Position, die seine Mutter innehatte, konzentriert sich doch bei einer Neueroberung ihres Sprösslings stets auf die Frage ihrer beruflichen Tätigkeit. „Was machen Sie denn so?" entscheidet über die Zu- oder Abneigung des Familienoberhauptes, sieht man doch bereits die zukünftige Schwiegertochter in der Eroberung ihres Sohnes. Eine Antwort wie „Ich gehe auf den Strich, ich blase mindestens zehn Schwänze am Tag" hätte nicht nur das Ende der Vorstellung meiner Person bei den von Halferns bedeutet, es hätte wohl auch unweigerlich zu einer Einlieferung des Sohnes in eine psychiatrische Anstalt geführt. „Geraldine wird als Außenhandelskauffrau ausgebildet und sie hofft später, im deutsch-philippinischen Handelsbereich eingesetzt zu werden." Gut gemacht, Werner. Er hätte sich beinahe verraten, denn mein Künstlername lag ihm schon auf den Lippen. Und Melody heißt niemand, der in einem deutsch-philippinischen Wirtschaftsbereich eingesetzt werden möchte. Von nun an basierte unsere Beziehung auf dieser Lüge. Bei seiner Schwester, bei Freunden, die wir nach meiner Arbeitszeit trafen, bei Kollegen, den Referendaren, die er manchmal besuchte, immer war ich die Auszubildende im Außenhandel. Und manchmal verlor ich mich in der Lüge und glaubte tatsächlich, bei der Firma Merkelmann, führend in der Produktion und Export von Gasdruckfedern für die Automobilindustrie, angestellt zu sein. Aber das lag wohl vor allem in der Tatsache begründet, dass ich bei Werner für das Blasen und Ficken kein Geld mehr verlangte und wir es nicht mehr im Goldenen Stern trieben, sondern bei ihm zu Hause in seiner kleinen Wohnung im Stadtteil Altona oder in meiner kleinen Einzimmerwohnung.

Ich muss jetzt raus. Er kommt nicht mehr. Ich hätte das Geld nicht bunkern sollen. Ich weiß nicht, was in mich gefahren ist, Manni zu bescheißen. Ich wollte doch nur ein bisschen mehr Geld sparen, schneller sparen, um mit Werner ein neues Leben zu beginnen. Manni wird mich suchen. Er wird mich finden. Wieso musste ausgerechnet Chantal mich dabei erwischen, wie ich den Hurenlohn unter der Matratze hervorholte? Ich bat um Stillschweigen. Doch ich kann ihr nicht vertrauen. Niemanden kannst du vertrauen. Nicht einmal Werner von Halfern. Null Uhr vierundvierzig. Er kommt nicht mehr. Ich habe das Warten satt. Komm, nimm den Koffer und geh.

Der unheilvolle Brief

Die Vorladung zur Polizei kam vier Monate nach meiner Verhaftung. Wie immer, wenn meine Mutter wütend war, kam sie, ohne anzuklopfen, in mein Zimmer gestürmt, einen Brief in der rechten Hand haltend. Instinktiv stand ich blitzschnell von meinem Schreibtischstuhl auf. Ich wollte ihre Schläge nicht in einer sitzenden Position empfangen. Doch sie beließ es bei einer ohrenbetäubenden Schimpftirade, die jeder angrenzende Nachbar, auch wenn er es nicht wollte, zu hören bekam, sie aber nicht verstand, da meine Mutter wieder einmal von Deutsch ins Tagalog wechselte.

„Post für dich, Geraldine. Hier hast du sie! Eine Einladung zur Polizei. In zwei Wochen muss ich mit dir zur Polizei. Kannst du dir vorstellen, wie peinlich das ist für mich? Meine Tochter! Eine Kriminelle!"

Ich erinnerte mich an das Gespräch des Polizisten, der mich vor einem Monat zu Hause abgeliefert hatte und für die Schläge, die ich erhalten hatte, mitverantwortlich war. Glimpflich würde es sehr wahrscheinlich ausgehen, hatte er beruhigend gesagt. Ich verstand die Aufregung meiner Mutter nicht und zuckte die Achseln, was ein Fehler war.

„So? Das ist dir alles egal, was?", schrie meine Mutter, nun in Rage versetzt, mir ins Gesicht, während ein überraschender Boxhieb in meinem Gesicht landete, auf den noch eine Barrage an Schlägen folgte, denen ich versuchte, so gut es ging, zu entgehen, indem ich meine

Arme wie ein Boxer in der Defensive schützend vor meinem Gesicht positionierte und wegtauchte. Letztendlich war es nur der Entkräftung meiner Mutter zu verdanken, die nach den Hieben erschöpft ihre Arme sinken ließ, dass nicht weitere Schläge folgten.

„Wir gehen dahin. Und bei Gott, ich wünschte mir, sie würden dich direkt ins Gefängnis stecken", keuchte meine Mutter, die mich mit einem vernichtenden Blick ansah, der mir ihre ganze Verachtung offenbarte. Einen letzten Blick in mein Zimmer werfend, wendete sie sich von mir ab.

„Und räum dein Zimmer auf! Ich komme nachher und werde es kontrollieren."

Ich nahm den Brief zur Hand, den meine Mutter auf meinem Bett fallen gelassen hatte, um effektiver zuschlagen zu können. Es war ein Brief mit dem Briefkopf des Polizeipräsidenten. Ich las etwas von einer Strafanzeige und von einem Jugendgerichtgesetz. Die Bedeutung der Worte war mir nicht bekannt. Achtlos legte ich den Brief zur Seite. Ich setzte mich vor den Spiegel und kämmte mein wunderschönes langes Haar, das so herrlich glänzte und so wunderbar duftete.

Der Mann im Haus wusste nun auch Bescheid. Auch seine Kinder wussten von dem Brief. „Musst du jetzt ins Gefängnis?", hatte Klaus eines Abends gefragt, als er mir das Abendessen in mein Zimmer brachte. Ich sagte ihm nur, dass ihn das nichts anginge und er sich aus meinem Zimmer verpissen solle. Verstört zog er von dannen. Ich hatte genug von der ehrbaren Schneider-Ocampo Familie. Meine Mutter bestand auch nicht mehr darauf, dass ich zusammen mit der Familie am

Essenstisch das Abendessen einnehmen musste, was mir nur recht war, denn so konnte ich unangenehme Fragen oder Gespräche umgehen, die doch nur dazu dienten, die peinliche Stille beim Abendessen während meiner Gegenwart zu durchbrechen. „Geraldine, hol dir dein Essen ab!", rief meine Mutter immer dann, wenn die Familie bereits am Essenstisch saß. So mieden sie Blickkontakt mit mir. Ich holte mir den vorbereiteten Teller in der Küche ab, wohl bewusst der Tatsache, dass die Gespräche am Essenstisch so lange unterbrochen wurden, bis sie mich hörten, wie ich die Treppe zu meinem Schneckenhaus mit dem heißen Teller in der Hand hinaufschlich. Ich brachte das Geschirr am Ende immer erst dann zur Küche zurück, wenn ich mir sicher war, dass ich niemandem begegnen würde. Der Mann im Haus hatte auch nicht mehr mit mir gesprochen. Sicherlich hatte er meiner Mutter nach der Lektüre des Briefes wie so oft seine Meinung kundgetan, dass ich ihre Tochter sei und sie mit mir klarkommen müsse, schließlich habe sie mich ja nach Deutschland geholt. Seine Söhne sprachen auch immer seltener mit mir. Das mussten sie auch nicht, denn sie hatten viele Freunde, die sie besuchten oder die zu ihnen nach Hause kamen, um gemeinsam Spiele auf der Playstation zu spielen. Ich saß dann oben in meinem Zimmer am Fenster, auf die Straße schauend, wo sich die Nachbarn begegneten und sich unterhielten, während ich erneut an die Worte meiner Mutter dachte, mich auf die Philippinen zurückzuschicken.

Ich konnte mir nicht vorstellen, dass Josefine und Luisa sehr erfreut wären, mich nach vier Jahren wiederzusehen. Ganz im Gegenteil. Sie würden mir das Leben schwer machen. Und Noel? Noel war nicht mehr zu Hause. Er hatte dem Drängen seiner Frau nachgegeben und sich als Bauarbeiter in Saudi-Arabien gemeldet, wo er nun zehn Stunden in der Wüstenhitze schuften musste, um das Wenige an Geld nach Hause zu schicken. Das hatte mir meine Mutter gesagt, als sie mir einmal wohlgesonnen war. Und Oma-Ocampo? Würde sie noch bereit sein, mich mit ihren vierundsiebzig Jahren wieder aufzunehmen? Auch das konnte ich mir beim besten Willen nicht mehr vorstellen. Soll mich doch meine Mutter in ein Heim schicken. Wie Schocker, den der Warga in ein Heim stecken wollte. Aber Schocker hatte es besser als ich. Er hatte Elli, in die er verliebt war. Er hatte jemanden, der für ihn da war. Kein Wunder, dass Richy richtig eifersüchtig auf Schocker war. Sogar im Knast besuchte Elli ihren Schocker.

Ich beneidete plötzlich meine Freundin Dorentina, die schon einen festen Freund hatte. Wie schön müsste es sein, einen Freund zu haben, der einen von der Schule abholen würde, der einen täglich besucht, mit dem man samstagabends in die Disco gehen kann. Er müsste etwas älter sein. So wie der Freund Dorentinas. Er war schon achtzehn und würde bald eine Lehre als Kraftfahrzeugmechaniker beginnen. Er würde dann schon regelmäßig Geld verdienen. Natalia, Adelina, Ute und Monika - wir alle beneideten Dorentina. Sie könnte bald von zu Hause ausziehen und mit Amir eine kleine Wohnung nehmen. Manchmal, wenn wir nach unserem Stadtbummel die Beute bei Natalia aufteilten und Dorentina uns schon mit ihrem Teil der geklauten Ware verlassen hatte, weil sie mit ihrem Amir verabredet war, stellten wir uns vor, was die beiden wohl noch gemeinsam anstellen würden, und es wurde uns ganz schwindelig. Ich war entschlossen, Dorentina zu fragen, wie ich es anstellen müsste, einen festen Freund zu finden, um dann mit ihm gemeinsam die Flatter zu machen. Und was meine Mutter betraf ... da war ich mir nun sicher, dass meine Mutter nach vier langen Jahren niemanden auf den Philippinen finden würde, der bereit wäre, mich wieder aufzunehmen.

Soll ich es wie Richy machen?

„Mach dir keine Gedanken wegen der beschissenen Vorladung bei der Polizei." Dorentina war cool. Vielleicht war sie so cool, weil sie vergleichen konnte. Eine Vorladung bei der Polizei war doch Fliegenschiss gegen die Erfahrung des Todes. Wer den Tod erlebt hatte, der konnte einer polizeilichen Vorladung nur ein müdes Lächeln abgewinnen. Dorentina war 5 Jahre alt gewesen, als sie mit ihren Eltern aus dem Kosovo fliehen mussten. Ihr Haus in Pristina wurde von Granaten der serbischen Milizen zerstört, weil es direkt im Kampfgebiet stand. Oma tot. Opa tot. Und ihr großer Bruder, der für die Befreiungsarmee kämpfte. Alle starben in den Trümmern des zerstörten Hauses. Ihre Eltern waren damit beschäftigt, frisches Wasser aus einer nahegelegenen Zisterne zu besorgen, als die Granaten einschlugen. Wasser war wichtig, denn die Wasserversorgung war zum Erliegen gekommen. Und Strom gab es auch nur ab und zu. Wie durch ein Wunder überlebte Dorentina unter den Trümmern. Ihre Eltern hatten sie mit ihren eigenen Händen aus den Geröllmassen befreit. Pristina war auch das Zielgebiet der NATO Kampfbomber, die ihre Bomben über Pristina abluden. Von da an gab es nur noch die Flucht. Über Albanien und dann mit einem Boot über das adriatische Meer landeten sie in Italien. Irgendwann, sagte Dorentina, waren sie in Deutschland. Dorentina redete nicht oft über das Erlebte. Nur manchmal, wenn wir in dem kleinen Park neben einem Supermarkt auf den Parkbänken herumlungerten und vor lauter Langeweile mit unseren Taschenmessern unsere Zeichen in das weißlackierte Holz der Bänke ritzten, sprach sie über den Krieg. Besonders dann, wenn Probleme beredet wurden und sie die Probleme mit ihren Kriegserfahrungen als kleines Kind vergleichen konnte. „Die Bullen werden nur eine Strafanzeige schreiben, und das war's. Also mach dir keine Gedanken", sagte Dorentina in einem eher gelangweilten Ton, dabei mich nicht anschauend, da sie damit beschäftigt war, einen Kreis in die Lehne einer Bank zu ritzen, um dann in den Kreis die Zahl Sechs zu platzieren. Zum Schluss setzte sie noch ein Pluszeichen an das untere Ende des Kreises. Unser Zeichen. Sechs Mitglieder. Alles Mädchen. „Ich dachte, du wärst cooler, Geraldine", sagte Adelina. Es klang irgendwie enttäuscht. Adelina war aus Rumänien geflohen, aus Ploiesti. Aus einem heruntergekommen Industrieviertel, wie sie sagte, wo es nach Müll stank, wo Staub und Dreck das Bild des Viertels bestimmte, wo ständiger Hunger den Lebensrhythmus bestimmte. Ihr Vater hatte sich irgendwann nach Deutschland durchgeschlagen, einen Job als Tellerwäscher in einem angesehenen Restaurant gefunden und seine Familie nach Hattingen geholt, um dann wegen einer anderen Frau abzuhauen. „Mein Scheißvater hat sich einfach verpisst wegen einer anderen, das Schwein." Immer wenn Adelina sauer war, schimpfte sie auf ihren Vater. Ihre Mutter war bei einer Putzfirma angestellt und putzte öffentliche Gebäude. Einmal putzte sie für eine Woche unsere Schule.

Adelina, das konnte man ihr wirklich ansehen, war es echt peinlich gewesen, ihre Mutter im Schulkorridor anzutreffen, wo sie mit einer Maschine den Linoleumboden wachste. Ohne ihre Mutter anzugucken, war sie an ihr vorbeigehuscht. Ohne Worte. Grußlos. Einfach so. Dabei war ihre Mutter ganz nett. Kakao hatte sie uns allen gemacht und Kekse auf einem Tablett serviert, als wir einmal Adelina besucht hatten. Und ich hatte noch nie blaue Flecken bei ihr gesehen.

„Meinst du, ich hätte Schiss vor den Bullen?", erwiderte ich Adelinas Bemerkung, die ich als eine unverschämte Provokation auffasste, „du wärst auch nicht so cool, wenn du eine Mutter wie meine hättest."

„Das stimmt", unterstütze mich Natalia, „wenn ich eine Mutter hätte wie deine, hätte ich vor ihr auch Schiss. Muss schrecklich sein. Ständig die Angst, verprügelt zu werden. Ich hätte sie schon längst angezeigt. Körperverletzung und so."

„Toll, und dann? Wo soll ich dann hin, wenn ich meine Mutter anzeige?"

„Du hast doch noch deinen Stiefvater", erwiderte Natalia, die gelangweilt an ihrem Kaugummi kaute, um es dann im hohen Bogen auszuspucken.

„Der Typ ist nicht mein Stiefvater. Ich bin nicht von ihm adoptiert worden. Außerdem geht er mir auch auf den Sack. Der hat nichts für mich übrig."

„Also musst du dich weiter verprügeln lassen", folgerte Natalia trübsinnig, die mich nun beinah traurig anschaute. Natalia kam aus Russland. Aus Rostow, am Don. Über Russland wusste sie aber nicht mehr viel. Sie war zwei Jahre alt, als ihre Eltern, Russendeutsche, ins

79

Ruhrgebiet übersiedelten und Arbeit fanden. Wir besuchten Natalia am häufigsten zu Hause, weil wir hier unsere Beute in Ruhe verteilen konnten. Ihre Mutter bevorzugte in der Regel die Spätschicht in einem Supermarkt, der um 19 Uhr die Türen verschloss. Und so kam sie als Wurstverkäuferin selten vor zwanzig Uhr nach Hause. Natalia lebte mit ihrer Mutter alleine in einer bescheidenen Zweizimmerwohnung. Ihre Mutter hatte sich von ihrem Mann getrennt, der sich dem Wodka mehr verbunden fühlte als seiner Familie. „Der Wodka hat meinen Vater kaputtgemacht", sagte Natalia immer dann, wenn sie in einem Moment der Traurigkeit ihren Vater vermisste. „Du hast es doch noch gut", hatte ich Natalia immer versucht zu trösten, „ich habe meinen Vater nie kennengelernt. Ich weiß nicht, wie er heißt, wie er aussieht oder wo er wohnt."

„Wenn ich du wäre, würde ich deiner Mutter eine in die Fresse hauen", sagte Monika, die nun von der Bank aufgestanden war, um ihre Beine zu strecken, „mit mir würde sie das nicht machen."

„Richy hat auch seinen Vater zusammengeschlagen, als er sich stark genug fühlte", sagte ich, „das war eine Demütigung für den Pietsch."

„Du und dein Roman. Du liest zu viel, Geraldine", sagte Ute, die sich nun an dem Gespräch beteiligte, ihren Kopfhörer aus dem Ohr ziehend, weil sie die Musik auf ihrem Handy nun langweilte.

„Ich lese eben gerne. Eines Tages werde ich ein Buch schreiben", entgegnete ich unüberlegt, wohlwissend, dass so eine schwachsinnige Aussage Gelächter produzieren würde, das prompt folgte.

„Du! Und ein Buch schreiben!", kicherte Ute, „was willst du da reinschreiben?"

„Es wird ein Buch über mein Leben sein."

„Über dein Leben?", fragte nun auch Natalia ungläubig und begann ebenso laut zu kichern, so dass mir das Gespräch so langsam auf die Nerven ging.

„Du bist doch nur ein philippinisches Reiskorn, wer will etwas über dein beschissenes Leben wissen?", fügte Ute abschließend hinzu.

„Buch hin, Buch her. Monikas Vorschlag wird dein Problem aber nicht lösen", sagte Adelina, das eigentliche Thema wieder aufgreifend.

„Wenn ich zurückschlage, lande ich in einem Heim", erwiderte ich.

„Deine Mutter verprügelt dich und du verprügelst deine Mutter. Am besten zeigt ihr euch noch gegenseitig bei den Bullen an. Das ist doch alles Scheiße! Da ist ein Zimmer im Heim ja fast besser als dein Zimmer bei dir zu Hause", sagte Ute im Ton der festen Überzeugung. Irgendwie hatte sie Recht. Aber meine Mutter war immer noch meine Mutter. Außerdem war ich mir nicht sicher, ob ein Zimmer im Heim wirklich das Beste für mich wäre. Ute und Monika hatten beide noch ihre Eltern. Viel wusste ich über die beiden nicht, da ich Ute und Monika zu Hause nie besucht hatte. Und sonst sprachen sie auch selten über sich. Sie bevorzugten es, ihre Sorgen und Probleme eher für sich zu behalten. An der Lösung der Probleme anderer beteiligten sie sich aber gerne. Cool fanden sie es aber, dass ich von einem Bullen in einem Bullenwagen nach Hause gebracht worden war.

Das fanden alle cool. Leider ohne Handschellen. Das wäre noch cooler gewesen.

Überhaupt trafen wir uns immer häufiger im Park und redeten über unsere Probleme. Wenn ich schon nicht zu Hause über meine Probleme reden konnte, so bot der Park mir die Rückzugsmöglichkeit, mit den anderen dort zu quatschen. Es war irgendwie befreiend, festigend, was die Bindung innerhalb der Clique betraf. Gemeinschaftsfördernd im wahrsten Sinne des Wortes. Wir fühlten uns stark. Zusammen. Gemeinsam gegen alles. Gegen die Schule, gegen die Lehrer, gegen die Streber, die sich ständig bei den Lehrern einschleimten, gegen die Arschgesichter, die uns auf dem Schulhof dumm anmachten, gegen die Ladenbesitzer, gegen die Bullen und gegen die Eltern, die uns nicht verstanden, und gegen den Stress zu Hause. Wir rauchten Zigaretten, die Ute gestohlen hatte, und tranken Alkopops, die Monika gestohlen hatte, aber nicht aus dem Supermarkt, der direkt vor dem kleinen Park errichtet worden war. Das wäre wohl zu riskant gewesen. Wenn es uns zu langweilig wurde, zogen wir los. Durch die Innenstadt. Aus Langeweile überprüften wir die Brennbarkeit von Papierkörben, testeten die Dehnbarkeit herausgefahrener Antennen alter Autos, prüften mit einem Messer den Luftdruck bei abgestellten Fahrrädern und Autos, checkten den glänzenden Lack einiger Luxusautos, verliebten uns dabei in das herrlich kratzende Geräusch, erleichterten Kinder ihrer Handys, die eh bald neue bekommen würden, und testeten die Standhaftigkeit alter Leute, die es wagten, uns entgegenzukommen. Wenn dann noch Zeit war, widmeten wir uns wieder der Überprüfung der Aufmerksamkeit von Kaufhausdetektiven und Ladenbesitzern. CDs und teure Parfüms gingen immer. *L'ARISÈ 119* für vierzehn neunundneunzig war nun unter meinem Niveau. *CHANEL Coco* musste es sein oder *Creed Aventus Eau de Parfum*. Darunter ging gar nichts. Wir zogen uns dann zurück in den Park und ließen die Wodkaflasche kreisen, die Natalia bei einem Besuch ihres Vaters besorgt hatte, der genug davon besaß. Uns wurde angenehm warm. Und wenn der Kreisel sich in Bewegung setzte und mein Weg nach Hause länger erschien als gewohnt, spürte ich plötzlich keine Angst mehr vor meiner Mutter, vor ihrer lauten Stimme, die so schöne sanfte Lieder produzieren konnte, und vor ihren Liebesbeweisen.

Eine Chance vertan

Und dann klaute ich einen Hund. Angeleint vor dem Supermarkt vor unserem Park, fiel er mir auf. Sein schönes weißes Fell, seine schwarze Stupsnase, die unter dem zotteligen Fell schüchtern hervorlugte, seine treuen Augen, die mich verlangend ansahen, als ich im Begriff war, im Supermarkt Kaugummi zu kaufen. Er verfolgte mich mit seinem Blick, sein Schwanz wedelte freundlich hin und her. Ich blieb stehen, näherte mich dem Hund, schwang meine Schultasche von der Schulter, kramte mein angebissenes Pausenbrot hervor und reichte es dem Hund, der es ohne zu zögern gierig verschlang. Hunger hatte er. Und ein Herrchen, das seinen Hund Hunger leiden lässt, hat so einen niedlichen Hund nicht verdient. Ein letzter Blick. Niemand zu sehen. Keine Kamera. Ein kurzer Handgriff. Und schon war er frei. Nun gehörte er mir. Schnell weg vom Eingangsbereich des Supermarktes. An der Leine geführt, folgte mir der Hund treu ergeben, ohne einen Laut von sich zu geben. Mein Herz klopfte wild, als ich mich dem Haus näherte. Niemand durfte den Hund sehen. Ich musste ihn heimlich in mein Zimmer bringen. Kurz entschlossen zog ich meine rosa Jacke aus, die ich immer für die Schule anzog, und wickelte sie um Benji, der mich, seinen Kopf etwas schräg haltend, verwundert ansah. „Shhh, du darfst jetzt nicht bellen, hörst du", flüsterte ich Benji zu. Leise öffnete ich die Tür mit meinem Hausschlüssel. Meine Mutter sollte noch nicht von der philippinischen Gemeinde zurück sein. Auch der Mann im Haus war noch nicht da. Sein Auto war nirgendwo zu sehen. Die Kinder. Wann kamen die Kinder von der Schule? Egal, ich musste nur vorsichtig die Treppe in mein Zimmer hochschleichen. Vorsichtig schloss ich die Haustür und huschte wie eine Katze die Treppe hoch. Geschafft! Niemand hatte mich gesehen. Ich war sicher. Niemand würde in mein Zimmer kommen. Erleichtert befreite ich Benji aus meiner Jacke, der von meinen Armen direkt auf mein Bett sprang und aufgeregt hin und her sprang, als freute er sich auf seine neue Umgebung. Ich war so glücklich. Ich war nicht mehr allein. Ich hatte jemanden, mit dem ich reden konnte. Benji würde mir immer zuhören.

In der ganzen Aufregung hatte ich nicht auf Benjis braunes Halsband geachtet. Nachdem ich mich beruhigt hatte, zog ich Benji zu mir heran, streichelte zärtlich seinen Kopf und entfernte sein Halsband, an dem ein kleines rechteckiges Metallschild herunterhing. Irgendetwas stand dort in kleinen Buchstaben geschrieben. „Hm, Foxi heißt du also. Aber ab heute heißt du Benji. Gefällt dir der Name?" Ohne auf eine Antwort zu warten, inspizierte ich das glänzende Metall etwas genauer. Eine Anschrift war auf der Rückseite der Metallplatte aufgedruckt. Es war eine Straße, die ich nicht kannte. Ich war erleichtert und zugleich besorgt. „Shh, Benji, ich bin gleich wieder da." Schnell huschte ich aus meinem Zimmer, die Tür leise hinter mir schließend, und schlich die Treppe auf leisen Sohlen hinunter zur Küche, wo sich eine Zange in einer der Schubläden befand, die ich sehr vorsichtig hervorkramte. Es brauchte nur einen kurzen Schnitt mit der Zange. Der dünne Metallring war durchtrennt. Das Metallschild landete im Papierkorb, wo ich es jedoch schnell wieder herausnahm und an einem sicheren Ort versteckte, um es später irgendwo auf der Straße wegzuwerfen. Niemand sollte mir Benji wegnehmen. Er gehörte jetzt mir.

Den ganzen frühen Nachmittag verbrachte ich mit Benji in meinem Zimmer. Wenn ich auf meinem Bett lag und Musik hörte, sprang Benji zu mir hoch und gesellte sich zu mir. Ich kraulte sein kurzes dichtes Fell, was Benji zu gefallen schien. Ich holte Kekse aus meiner Schreibtischschublade hervor, legte sie in meine rechte Hand, den rechten Arm in Hüfthöhe ausgestreckt, so dass Benji nach den Keksen schnappen musste. Erst guckte er mich verwundert an, sprang aber dann mit seinen kurzen Beinen hoch, und – hopp – schon hatte er den Keks aus meiner Hand gefischt. Was für ein drolliger Kerl! Ich streichelte ihn zur Belohnung. Wie glücklich war ich in diesem Augenblick. Ich schickte eine SMS an Dorentina, um ihr mitzuteilen, dass ich einen Freund hatte. Auf ihre SMS musste ich nicht lange warten. *Ein Freund? Gutaussehend? Wie alt? Tell me more.* Ich antwortete: *Name Benji. Netter Kerl. Alter? No idea.* Dorentina: *?????* Ich klärte sie auf und schickte ein Bild. Dorentina antwortete. Nun wusste ich, dass Benji ein Foxterrier war. Ich wusste nun auch, dass ich mit Benji Gassi gehen musste. Ein neues Wort, das Dorentina mir erst einmal erklären musste. Den Hund ausführen. Da, wo ich herkam, hatte niemand jemals einen Hund ausgeführt oder ihn an der Leine gehalten. Alle Hunde waren sich selbst überlassen. Man hielt einen *Carabao* an der Leine, aber doch keinen Hund. Dorentinas letzte SMS bereitetet mir nun doch Sorgen. *Und deine Mutter?* Was würde meine Mutter sagen, wenn sie Benji erblicken würde? Lieber Gott, bitte lass meine Mutter gnädig sein! „Geraldine, bist du schon zu Hause?" Ich hatte meine Mutter nicht ins Haus kommen hören. Verzweifelt schaute ich Benji an. „Shhh, du darst nicht bellen, hörst du?"

„Geraldine, verdammt noch einmal. Komm sofort runter. Du musst noch was einkaufen."

Besorgt schloss ich die Tür und raste die Treppe hinunter. Unten in der Küche stand meine Mutter, die vollen Einkaufstüten auf zwei Küchenstühlen platziert.

„Warum kommst du nicht sofort runter, wenn ich dich rufe!"

„Ich hatte dich nicht gehört! Die Musik war zu laut."

„Hol noch schnell zwei Dosen Bambussprossen im Supermarkt. Ich koche heute philippinisch. Hans-Jürgen wird gleich nach Hause kommen. Und er hat bestimmt Hunger".

Ein Gedanke schoss mir durch den Kopf. Da ich noch in den Supermarkt musste, könnte ich doch Hundefutter für Benji mitbringen. Ich zog mir hastig die Jacke über, rannte in Windeseile zum Supermarkt, um Benji nicht zu lange auf mich warten zu lassen. Auf dem Weg zurück entdeckte ich ein mittelgroßes rotes Plakat, das an einer Wand im Eingangsbereich des Supermarktes mit einem Klebeband fixiert worden war. Auf dem Plakat erkannte ich Benji. Darunter ein Text in Druckbuchstaben. Der Besitzer suchte seinen Foxterrier Foxi. Wer über nähere

Informationen über Foxi verfügte, sollte ihn anrufen. Darunter eine Telefonnummer. In einem günstigen Augenblick riss ich das rote Plakat von der Wand, rollte es zusammen und ließ es unter meiner Jacke verschwinden, um es in sicherer Entfernung in einen Müllcontainer zu werfen. Benji gehörte nun mir. Niemand sollte ihn mir wegnehmen.

„Was hast du nur für einen Riesenhunger". Gierig verschlang Benji sein Hundefutter, das ich heimlich in mein Zimmer mitgenommen hatte. Einen Suppenteller hatte ich in einem günstigen Moment aus dem Küchenschrank geholt. Doch ich erkannte, dass Benji ohne einen Hundenapf nicht auskommen würde. Außerdem brauchte Benji seinen eigenen Hundekorb. Auf dem Bild, das auf dem Plakat im Supermarkt angebracht worden war, lag Foxi bequem auf einer kuscheligen Decke in einem braunen Hundekorb. Man sah ihm an, dass er sich wohlfühlte. „Ich besorge dir noch eine warme Hundedecke. Und einen großen Korb sollst du auch noch bekommen." Immer wenn ich mit Benji sprach, spitzte mein bester Freund seine Ohren, als ob er mir genau zuhörte. Ich öffnete das Fenster soweit es ging, um den verräterischen Geruch des Hundefutters aus meinem Zimmer zu vertreiben. Die ganze Portion hatte Benji gierig verschlungen. Vorsichtig schlich ich mich zur Toilette und spülte die Blechdose mit warmem Wasser aus. Morgen würde ich die leere Dose irgendwo in einer Mülltonne entsorgen.

„Geraldine, hol dein Essen ab."

Meine Mutter. Natürlich. Ich hatte ganz vergessen, wie spät es geworden war. „Shh, sei schön ruhig Benji, ich komme gleich wieder", flüsterte ich leise, schloss die Tür, und huschte wie gewohnt aus meinem Zimmer, die Treppe runter, und nahm den Suppenteller mit der heißen Gemüsesuppe und dem Reis, blickte kurz durch den Spalt der halb offenen Wohnzimmertür, registrierte beim Hinausgehen aus der Küche die Familie Schneider-Ocampo am Essenstisch sitzend und gemütlich schwatzend, und huschte so leise und flink wie eine ekelerregende Küchenschabe in mein Zimmer und verspeiste mit Heißhunger und in aller Eile meine Suppe, um den Teller, noch bevor die Familie vom Essenstisch aufstehen würde, zurückzubringen. Nur schnell zurück in mein Schneckenhaus, wo Benji plötzlich anfing, leise zu winseln. Ich erinnerte mich an Dorentinas Worte. Du musst mit dem Hund Gassi gehen. Sicherlich signalisierte Benji mir, dass er nach draußen musste. Nun wurde es gefährlich. Ich musste den richtigen Moment abpassen. Alle saßen noch am Essenstisch. Ich packte kurz entschlossen meinen Freund, versteckte ihn erneut unter meiner Jacke und sauste die Treppe hinunter, und draußen war ich. Ich fühlte mich plötzlich so wunderbar, so befreit von allem. Wie fröhlich mein Freund hinter mir her trabte. Als gehörten wir schon seit Jahren zusammen.

Den Abend und die ganze Nacht verbrachte ich mit Benji in meinem Zimmer. Ich war sicher, dass niemand an meiner Tür klopfen würde. Niemand interessierte sich für mich. Niemand wollte wissen, ob ich einen schönen Tag erlebt hatte, ob ich schon die Hausaufgaben erledigt hatte oder wie mein Stundenplan für den nächsten Tag aussehen würde. Niemand wusste, dass ich einen treuen Freund gefunden hatte. Während der Nacht schlief Benji auf meinem Bett. Ich wachte ab und zu auf, einen Blick auf Benji werfend, und schlief dann beruhigt wieder ein. Wie schön war es, jemanden bei sich zu haben. Der Morgen gestaltete sich weniger kompliziert als gedacht. Niemand nahm Notiz von mir, als ich zwanzig Minuten früher als gewohnt aufgestanden war, um mit Benji Gassi zu gehen. Ich schloss meinen Freund in meinem Zimmer ein und versprach ihm, so schnell wie möglich nach Hause zu kommen, obwohl ich mit meiner Clique verabredet war, um nach dem Unterricht noch ein wenig in der Innenstadt bummeln zu gehen, denn zu Hause war es normalerweise langweilig genug. Es brauchte ein wenig Überredungskunst, meine Freundinnen davon zu überzeugen, an diesem Nachmittag ohne mich die Innenstadt unsicher zu machen. Doch mein Freund wartete sicherlich schon ungeduldig auf mich. Und Hunger hatte er sicherlich auch. Ohne mich noch lange zu verabschieden, nahm ich den ersten Bus zurück nach Hause und ließ meine Freundinnen verwundert an der Bushaltestelle zurück.

Der Paketzusteller, der am späten Nachmittag an unserer Haustür klingelte, beendete das kleine Geheimnis um meinen Freund. Ich konnte doch nicht wissen, dass Benji mit lautem Bellen auf das Klingeln an der Haustür reagierte. Jede flehentliche Ermahnung, mit Angst und Schrecken verbunden, bitte doch mit dem Bellen aufzuhören, verfehlte ihre Wirkung. Jeder musste die Hundelaute im Haus gehört haben. Es dauerte nicht lange. Jakob, Gregor und Klaus stürmten in mein Zimmer. Erstaunt standen sie um Benji herum.

„Geraldine hat einen Hund! Ist der aber süß!", rief Gregor erstaunt und streichelte meinen Benji, ohne mich vorher zu fragen. Ihre Frage bezüglich seines Namens blieb unbeantwortet, denn nun stand nicht meine Mutter, sondern der Mann im Haus in meinem Zimmer und schaute überrascht auf Benji.

„Wie kommst du denn zu diesem Hund", fragte er mich verwundert und beugte sich herunter, um mit seiner rechten Hand über Benjis struppigen Kopf zu fahren.

„Ist mir zugelaufen", antwortete ich heiser, weil mir die Angst den Hals zuschnürte.

„Hm, hat denn das Halsband keine Erkennungsmarke?"

„Habe ich nicht gesehen."

„Der Hund muss doch jemanden gehören."

„Er ist mir zugelaufen, also ist es mein Hund."

„Ich weiß nicht, ob du so einfach den Hund behalten kannst."

„Er gehört mir", sagte ich verzweifelt und schöpfte zugleich Hoffnung, als die Kinder ihren Vater baten, den Hund doch bitte behalten zu dürfen.

„Kinder! Das geht doch nicht so einfach. Erstens muss der Hund doch jemanden gehören, zweitens braucht ein Hund viel Aufmerksamkeit, er wäre doch den ganzen Vormittag alleine. Und drittens, wer soll den Hund jeden Tag ausführen – morgens, mittags und abends?"

„Ich!", rief Jakob begeistert, „und Geraldine! Eigentlich ist es ihr Hund. Sie hat ihn gefunden."

In diesem Augenblick hätte ich Jakob umarmen können. Zum ersten Mal fühlte ich so etwas wie Bruderliebe, und ich hoffte zugleich, dass Jakob seinen Vater überzeugen würde, weil der Mann im Haus seinen Sohn liebte. Der Mann im Haus runzelte seine Stirn, während er überlegte. Mein Herz pochte. Er durfte mir Benji nicht wegnehmen. Das durfte er nicht. Bitte, lieber Gott, sei gnädig.

„Nun ja", sagte Hans-Jürgen mit Bedacht, „ich hätte nichts dagegen. Aber er müsste zum Tierarzt, um gründlich untersucht zu werden".

Die Kinder jubelten so sehr, dass sie meine Tränen der Freude nicht wahrnahmen.

„Wie soll er den heißen?", fragte mich Hans-Jürgen und schaute mich freundlich an.

„Benji!", sagte ich gerührt, „Benji heißt mein Hund."

„Ein schöner Name. Und Jakob hat Recht. Du hast ihn gefunden, also gehört er dir, aber mit der ganzen Verantwortung, die die Haltung eines Hundes mit sich bringt."

Und es geschah etwas in mir, das ich bisher nicht empfunden hatte. Freudestrahlend umarmte ich Hans–Jürgen, der auch mich zum ersten Mal in all den Jahren kurz in die Arme nahm und mein Haar streichelte. Ich war überrascht, wie sehr die Wärme, die ich empfing, mein Herz umspülte und mich in einen Zustand des Glücks versetzte, wie ich es vorher nicht erlebt hatte.

„Ich habe gespürt, wie sehr du an dem Hund hängst. Vielleicht wird ja jetzt alles besser im Haus", sagte Hans-Jürgen, „denn nun hast du jemanden, für den du Verantwortung übernehmen musst."

Ich konnte mein Glück nicht fassen. Ich tobte mit den Kindern und Benji den ganzen Nachmittag im Haus. Ich war so froh, Benji nicht mehr verstecken zu müssen. Ich war so erleichtert, aus meinem Schneckenhaus herauskommen zu können, um endlich frei zu sein. Ich wollte mich bessern. Ich wollte nie mehr von der Polizei nach Hause gebracht werden. Ich wollte es allen sagen, wie sehr ich es bedauerte, der Familie Probleme bereitet zu haben. Ich wollte mich öffnen für neue Dinge und nie mehr die Schule schwänzen. Ich würde mit Hans-Jürgen zum Segeln fahren und Rad fahren, so oft er mochte. Ich würde mit den Kindern spielen, wann und wie oft sie mochten. Ich war entschlossen, mein Schneckenhaus abzulegen und mich nie mehr zu verstecken.

Der Gesichtsausdruck meiner Mutter, als sie nach der philippinischen Gemeindeversammlung verspätet, und deshalb verärgert, nach Hause kam, sprach Bände, als sie mich mit den Kindern und Benji im Wohnzimmer herumtoben sah. Ungläubig starrte sie auf meinen Hund, der gerade auf meinen Schoß gesprungen war, um meine Hand zu lecken.

„Nimm den Köter runter von deinem Schoß! Sofort! Und geh nach oben, Geraldine", kommandierte sie so laut und so schneidend, dass jeder im Zimmer erstarrte. Ihre unbändige Wut verzerrte ihr Gesicht zu einer unheimlichen und Angst einflößenden Teufelsfratze und unterband jede Art von Widerworten. Schweigend stieg ich die Treppe hoch, während Tränen mir die Sicht nahmen. Von oben lauschte ich dem Gespräch, das in einem heftigen Streit enden sollte.

„Was soll dieser Köter hier? Kann mir das mal einer sagen?"

Mit der Frage war Hans-Jürgen gemeint, denn wer sonst sollte auf diese Frage, im Kasernenhofton gestellt, eine passable Antwort geben, zumal die Kinder, vor Angst zitternd und Schutz suchend, versammelt hinter Hans-Jürgen standen. Hans-Jürgen zwang sich zur Ruhe, um nicht ebenso laut loszubrüllen, was vielleicht am einfachsten gewesen wäre.

„Nun beruhige dich erst einmal", sagte er betont ruhig, „deiner Tochter ist ein streunender Hund zugelaufen. Und sie möchte ihn behalten. Ich für meinen Teil habe nichts dagegen. Und die Kinder auch nicht. Mit dem Hund …".

„Der Köter kommt mir nicht ins Haus, hört ihr! Der macht nur Dreck und pisst überall hin", unterbrach meine Mutter die beschwichtigenden Versuche Hans-Jürgen, der nun doch lauter wurde.

„Mit dem Hund lernt Geraldine Verantwortung zu übernehmen. Und du siehst doch, wie Geraldine den Hund mag. Und…"

„Hast du nicht gehört, was ich gesagt habe? Der Köter kommt mir nicht ins Haus. Also raus mit ihm!"

„Kinder, geht mal nach oben. Ich muss mit eurer Mutter etwas klären."

Diese Anweisung bedeutete nichts Gutes. Leise schlichen Jakob, Gregor und Klaus die Treppe hoch. Zum ersten Mal versammelten sich die Kinder neben mir am oberen Treppenrand, als wären wir vereint im Kampf gegen meine Mutter. Von oben hörten wir, wie meine Mutter und Hans-Jürgen sich stritten.

Deine Tochter hängt sehr an dem Hund. Du kannst ihr doch nicht den Hund wegnehmen. Unsinn.

Der Hund muss weg. Ich dulde keinen Hund im Haus. Er macht nur Dreck. Du denkst immer nur an dich. Denk doch mal an deine Tochter. Sie wird lernen, Verantwortung für den Hund zu nehmen. Sie hat dem Hund schon einen Namen gegeben. Na und! Das heißt doch gar nichts. Warte es ab. Wenn meine Tochter jeden Tag bei jedem Wetter mit dem Köter raus muss, dann wird sie bald den Spaß an dem Hund verloren haben. Ich werde den Hund nicht ausführen! Hast du überhaupt kein Herz? Was heißt hier Herz? Ich denke nur praktisch. Außerdem – hast du dir den Hund mal genauer angesehen? Wieso? Der Hund ist sehr gepflegt. Vielleicht sucht ihn ja der Besitzer. Überhaupt – wie ist Geraldine zu dem Hund gekommen? Er ist ihr zugelaufen. Das hat sie gesagt. Und das glaubst du ihr? Plötzlich … Stille … absolute Stille. Das Schweigen Hans-Jürgens hatte mein Schicksal besiegelt. „Geraldine!" Von bangen Vorahnungen getrieben, hatte ich mich von den Kindern abgewendet, um mich voller Enttäuschung schluchzend auf mein Bett zu werfen.

Ich musste nicht lange auf den Besuch meiner Mutter in meinem Zimmer warten. „Geraldine, hörst du? Der Hund kommt weg: Er gehört dir doch gar nicht. Du hast Hans-Jürgen und meine Kinder angelogen, stimmt's?"

Auf dem Bauch liegend, meinen Kopf seitwärts auf den verschränkten Armen ruhend, starrte ich auf die weiße Wand, die sich langsam im Meer meiner Tränen aufzulösen schien. Es gab keinen Ausweg. Meine Mutter würde mir Benji wegnehmen. Ich würde meinen besten Freund verlieren. Ich drehte mich langsam um und richtete meinen Oberkörper auf, um meinen Worten, meiner Mutter entschlossen in die Augen schauend, mehr Bedeutung zu geben. „Wenn du mir Benji wegnimmst, bringe ich mich um".

Eine Woche später. Ich lebte immer noch. Und wenn ich tatsächlich gedacht hatte, dass die Drohung irgendeine positive Änderung bei meiner Mutter bewirkt und sie zum Einlenken gebracht hätte, so wurde ich eines Besseren belehrt. Benji. Mein treuer Benji, der mir stets folgte, wohin ich auch ging, wurde mir genommen. Meine Mutter. Meine Mutter hatte am nächsten Tag nichts Eiligeres zu tun, als in der Nachbarschaft herumzufragen, bis sie im Eingang des Supermarktes ein neues rotes Plakat betrachtete und erleichtert die Telefonnummer notierte. Der Besitzer meines Hundes kam am späten Nachmittag hocherfreut mit einem riesig großen Blumenstrauß daher, er strahlte vor Freude über beide Ohren und lobte meine Mutter für ihre Umsichtigkeit. Meine Mutter. Meine Mutter flötete in den höchsten Tönen ihre Geschichte, wie sie meinen Hund beim Joggen im Wald gefunden hätte, angebunden an einen Baum, ohne Futter und Wasser. Da kein Namensschild vorhanden war, habe sie persönlich in der Nachbarschaft herumgehorcht und in dem Umkreis der Nachbarschaft lag nun einmal der Supermarkt. Wie schön, dass der Hund sein Herrchen wiedergefunden hatte. Es gäbe doch nichts Schöneres als einen Hund - der beste Freund des Menschen.

Meine Mutter. Meine Mutter erkundigte sich nicht nach meiner Befindlichkeit. Auch die traurigen Augen ihrer drei Söhne nahm sie nicht zur Kenntnis. Hans-Jürgen hatte mir versprochen, mit meiner Mutter noch einmal zu reden. Vielleicht ginge da noch was, meinte er. Aber ich wusste Bescheid. Meine Mutter würde niemals dem Kauf eines Hundes zustimmen. Eine Woche war vorbei und ich hatte mich schweren Herzens allmählich an den Gedanken gewöhnt, Benji niemals wiederzusehen. Und wenn ich Benji vielleicht im Supermarkt mit seinem Besitzer sehen würde, würde es mir das Herz brechen.

In meinem Schmerz und in meiner tiefen Enttäuschung, meinen geliebten Hund verloren zu haben, hatte ich die Vorladung bei der Polizei gänzlich vergessen. Nun war der Tag gekommen. Meine Fahrt zur Polizeiwache in Hattingen. Mit meiner Mutter. Meine Mutter wortlos. Beinah ocampoanfallmäßig. Starr auf den Verkehr achtend, mich keines Blickes würdigend. Dabei ein Lied singend. Michelle. Ihre Lieblingssängerin. *Wenn die Liebe lebt*. Ich schaue, bewusst nach rechts blickend, aus dem Seitenfenster ihres Renault Twingos. Blickkontakt meidend. Es regnet. Wind fegt den Regenguss über den nassglänzenden Asphalt. Fußgänger kämpfen im Wind mit ihren mit aller Kraft nach Freiheit drängenden Regenschirmen. Doch sie verbiegen sich im Wind und bleiben Gefangene in den Händen ihrer Besitzer, die trotzdem fluchen. Eine kleine Frau läuft über die Straße. Ihr kleiner Yorkshire-Terrier ist pudelnass. Benji hat sie mir nicht gelassen. Sicherlich aus Rache. Aus Rache, eine Kriminelle im Haus zu haben. Aus Rache, weil ihr Geliebter sie kurz vor der Hochzeit in Manila verlassen hat. Aus Rache, ein uneheliches Kind geboren zu haben. Aus Rache, mich verprügeln zu müssen, weil sie mich doch so liebt. Aus Rache, mich nach Deutschland holen zu müssen, weil Josefine und Luisa und sicherlich auch Jeffrey – vielleicht auch Noel und meine Oma? – mich nicht mehr zu Hause in Victorias City haben wollten. Ich habe keine Angst. Will cool wie Dorentina sein, die den Tod kennen gelernt hat. Oder so cool wie Richy, der sich im Knast nicht unterkriegen lässt und zuschlägt, wenn einer dumm kommt. Auf der Polizeistation werde ich auch cool bleiben. Sie können mir nichts. Nur einen Ladendiebstahl können die Bullen mir nachweisen. Parfüm für vierzehn neunundneunzig. Lächerlich, dafür überhaupt vorgeladen zu werden. Ich werde cool bleiben. Schon wegen meiner Mutter.

Endlich waren wir da. Die Fahrt zur Polizei war unerträglich. *Nur die Liebe lebt.* Was für ein Witz. Ich konnte dieses Lied nicht mehr hören. Meine Mutter zog mich, nachdem wir aus dem Twingo ausgestiegen waren, hinter sich her, als wäre ich eine in Ketten gefesselte widerspenstige Verbrecherin, die zu ihrer Gefängniszelle geführt wurde. Eine Schwerverbrecherin. Ein Schwerkriminelle. Maximale Sicherheitsstufe. Der Gedanke begann, mir zu gefallen. Ihr mürrischer, zorniger, dunkler Gesichtsausdruck, Gewitterwolken gleich, verlagerte sich so plötzlich und unerwartet wie im Aprilwetter in einen freundlichen Sonnenschein, als der Polizeibeamte am Schalter des Eingangsbereich ihr gegenübertrat, um zu erfahren, was der Grund ihres Erscheinens war. Meine Mutter zeigte dem Beamten das an sie adressierte Schreiben und flötete in den höchsten Tönen, wie sehr es sie beschäme, hier mit ihrer Tochter erscheinen zu müssen, und wie sehr sie von ihrer Tochter enttäuscht sei. Und das alles in einem Atemzug.

Nach einigen Minuten des Wartens im Foyer der Polizeiwache, wieder wortlos und starr geradeausblickend, erschien eine auffallend junge Polizeibeamtin, freundlich dreinblickend, vielleicht um die zweiundzwanzig, ihr blondes Haar im Gegensatz zu ihrer Freundlichkeit streng zu einem Zopf gebunden, und begrüßte meine Mutter und mich mit einem Handschlag, was mich verwunderte, da ich doch die Kriminelle war. Nachdem sie uns in einen schlichten Seitenraum entlang eines Korridors, der frisch nach Bohnerwachs roch, geführt hatte, begann sie mit ihren Ausführungen, sich an meine Mutter wendend.

„Frau Sophia Ocampo, als Erziehungsberechtigte ihrer Tochter Geraldine Ocampo haben wir sie und Geraldine zu einer Vernehmung vorgeladen. Da sie ohne Anwalt erschienen sind, gehe ich davon aus, dass sie auf anwaltlichen Beistand in dieser Phase verzichten."

„Richtig."

„Nun gut, ihrer Tochter wird folgende Straftat vorgeworfen. Am Freitag, dem 7. Juni 2009, betrat Geraldine Ocampo die Parfümerie Dugos in der Mainzer Straße zweiundzwanzig gegen vierzehn Uhr zwanzig. Um vierzehn Uhr fünfundzwanzig hat nach Angaben des Ladenbesitzers, Herr Kornfeld, ihre Tochter ein Flasche Damenparfüm der Marke *L'ARISÈ 119* im Wert von vierzehn neunundneunzig Euro heimlich in den Hosenbund ihrer Jean versteckt, während sie zur Ablenkung gleichzeitig ihr Handy aus der Hosentasche hervorholte, um ein Gespräch vorzutäuschen. Herr Kornfeld hat daraufhin ihre Tochter angesprochen, die noch versuchte, zu entkommen, doch wurde sie von einem Praktikanten im Laden gestellt. Daraufhin wurde die Polizei gerufen, so dass der Ladenbesitzer nicht nur eine Strafanzeige, sondern auch einen Strafantrag gestellt hat."

„Und jetzt? Kommt meine Tochter nun ins Gefängnis?" Meine Mutter. Ist doch klar. Sie will mich loswerden. Die Intonation der Frage hat sie verraten. In ihr klingt so viel Hoffnung. Vorfreude. Erleichterung. Doch ich fürchte, dass der Diebstahl einer Flasche billigen Parfüms noch nicht ausreichen wird, mich lebenslänglich ein-, weg- und auszusperren. Ich kann mir plötzlich das Schmunzeln nicht verkneifen. Die junge Polizistin glaubt tatsächlich in der Frage eine große Besorgnis zu erkennen. Die Sorge einer guten, liebenden und daher leidenden Mutter.

„Nun, Frau Ocampo, so schlimm wird es wohl nicht kommen."

Ein leichtes nervöses Zucken in den Augenwinkeln meiner Mutter. Du hast dich gerade verraten, Mutter. Mir kannst du nichts mehr vormachen. Ich schmunzele, als meine Mutter die besorgte Mutter spielt und vorgibt, erleichtert zu sein. Ihr sei ein Stein vom Herzen gefallen. Ihre Theatralik ist nicht zu übertreffen. Meine Mutter. Ich schmunzele nicht. Ich grinse. Breit, unverhohlen, dreckig, um ihr zu zeigen, dass ich sie durchschaut habe.

„Was gibt es da zu grinsen, Geraldine", zischte meine Mutter. Sie schaute mich wütend an, für einen Bruchteil einer Sekunde ihre Teufelsfratze offenbarend. Doch der Gefahr bewusst, ihre fürsorgliche Rolle in Gegenwart der freundlichen Polizistin zu verlieren, änderte sie ihren Tonfall und fand zurück in den Singsang einer besorgten Mutter.

„Es ist sicherlich alles zu viel für dich, Geraldine. Wir werden das gemeinsam durchstehen, hörst du?"

Nun wendete sich die junge Polizistin mir direkt zu. Sie suchte den direkten Augenkontakt, um ihre Worte mit einer gewissen Ernsthaftigkeit zu untermauern. Ich schaute auf den Boden, Augenkontakt vermeidend. Wozu auch? Was bringt es? Ob die Aussagen des Ladenbesitzers korrekt sind, will die Polizistin von mir wissen. Ich bejahe dies, gebe zu, was nicht mehr zu verleugnen ist. Während ich spreche, tippt sie meine Aussagen in eine Word-Datei. Ob ich mir der Schwere des Vergehens bewusst sei. Bei vierzehn neunundneunzig Euro? Dennoch nicke ich zustimmend. Auf zwei Milliarden Euro belaufe sich der Schaden jährlich. Da machen doch vierzehn neunundneunzig Euro keinen Unterschied, oder? Außerdem sind die doch alle versichert. Dennoch schaue ich reuevoll. Bei Minderjährigen würde das Verfahren eingestellt werden. Aber mit vierzehn sei ich nun strafmündig. Ich schlucke leicht und ärgere mich. Und bei einem vollendeten Diebstahl könne sich nach § 242 des Strafgesetzbuches das Strafmaß auf bis zu 5 Jahre Gefängnis belaufen. Ich schlucke erneut. Schaue zu meiner Mutter. Die schaut mich an, als wolle sie mir sagen: Schau her, so weit hast du es gebracht. Daher würde, so die weiteren Ausführungen der Polizistin, die Strafanzeige, die nun hier schriftlich erstellt wird, zur Staatsanwaltschaft gesandt und sie würde über den Vorgang entscheiden. Ich schaue die Polizistin fragend an.

„Die Staatsanwaltschaft, Geraldine, wird dann entscheiden, ob der Vorgang eingestellt oder ob du vor Gericht angeklagt wirst. Hast du das verstanden?"

Ich nicke nur stumm. Meine Mutter. Plötzlich wieder hellhörig.

„Sagten Sie angeklagt? Das heißt, dass ein Gerichtsurteil gefällt wird? Also doch Gefängnis? Vielleicht sogar fünf Jahre?"

Nun musste die blonde Polizistin schmunzeln.

„So weit wird es aller Erfahrung nach nicht kommen. Ihre Tochter ist Ersttäterin und obwohl sie strafmündig ist, ist sie mit vierzehn Jahren doch noch sehr jung. Außerdem ist der Wert der gestohlenen Warte sehr gering."

Zur großen Enttäuschung meiner Mutter würden wohl, wenn es überhaupt so weit käme, Sozialstunden in einem Altersheim oder in einer anderen sozialen Einrichtung über einen gewissen Zeitraum verordnet werden, die es gälte, in der sozialen Einrichtung abzuleisten. Die Strafe habe das Ziel, eine erzieherische Wirkung bei der jugendlichen Täterin zu erzielen. Mit diesen Worten beendete die Polizeibeamtin ihren Vortrag.

Eine Begegnung der besonderen Art

„Na, was habe ich dir gesagt? Der Besuch bei den Bullen ist doch nur lächerlicher Fliegenschiss." Dorentina natürlich. Sie hatte Recht behalten. „Und weißt du was?", brüllte sie mir, gegen den Lärm der Musik ankämpfend, ins Ohr. „Du bist vierzehn. Da können sie dir noch gar nichts." Ich nickte nur und nippte an meinem Wodka Lemon. Black Eyed Peas *Boom Boom Pow* dröhnte aus den Lautsprechern.

Gotta get that

Gotta get that

Gotta get that that that

Boom
boom
boom.

Geiles Stück. Alle waren sie mitgekommen, um mein erstes Verhör bei den Bullen zu feiern. Dorentina, Natalia, Adelina, Ute und Monika, deren Schweißperlen im grellen Scheinwerferlicht wie Sterne funkelten. Sie liebten es, hemmungslos zur Musik zu tanzen. Ich hingegen bevorzugte es, die Leute zu beobachten. Wer mit wem zusammen war, wer alleine in der Disco an dem Strohhalm der Cola herumknabberte oder wer gerade wen anmachte, wer Erfolg hatte oder wer mit eingezogenem Schwanz davoneierte. Ich beobachtete meine Clique. Dorentina hatte ihren Freund dabei. Für ihn hatte sie sich zurechtgemacht. Amir war schon achtzehn und durfte über Mitternacht hinaus in der Disco bleiben. Auch Dorentina sah in diesem Augenblick viel älter aus. Ich hatte mir Dorentinas Freund viel größer vorgestellt, doch jetzt musste ich feststellen, dass meine Freundin ihn mindestens um eine Schuhabsatzhöhe überragte. Dafür zeichneten sich aber Muskelberge unter seinem verschwitzten Hemd ab, die einen zum Hingucken zwangen. Mit seinem Sechs-Millimeter-Haarschnitt, verbunden mit seiner kompakten Figur, sah Amir, der wie Dorentina aus dem Kosovo fliehen musste, wie ein kampfbereiter Bullterrier aus.

Noch am selben Tag nach meiner Rückkehr vom Polizeirevier hatten wir uns am frühen Abend für die Feier in der Disco verabredet. Es war mein zweiter Besuch in einer Disco, die ich vorher nicht besucht hatte. Dorentina kannte den Türsteher, weil der Amir kannte und der kannte den DJ und den Besitzer. Und so war es ein Kinderspiel, in die Disco hineinzukommen. Und so, wie wir uns zurechtgemacht hatten, fragte keiner nach unserem Alter. Ich war stolz und vollkommen zufrieden gewesen, als ich mich im Spiegel betrachtet hatte. Make-up, Lippenstift, Eyeliner, die hochgesteckte Frisur, Parfüm. Perfekt. Um elf bist du zurück, hatte meine Mutter als einzige Bedingung festgesetzt, um mir den Besuch zu erlauben. Hans-Jürgen hatte wieder komisch dreingeschaut, als er mich so aufgemotzt aus dem Haus gehen sah. Auch die Kinder staunten verwirrt, als sie erkannten, wer vor ihnen stand. „Sollte nicht jemand deine Tochter um elf abholen?“, hatte er noch mit einem Grundton der Besorgnis gefragt, doch meine Mutter wischte den Anflug seines Bedenkens wie die Fliegen vom Essenstisch in Victoria City mit einer kurzen energischen Handbewegung weg. „Ach was. Sie ist alt genug“, waren ihre letzten Worte, als ich, froh, das Haus für ein paar Stunden verlassen zu können, zur Bushaltestelle eilte, wo alle anderen nach und nach zusteigen sollten.

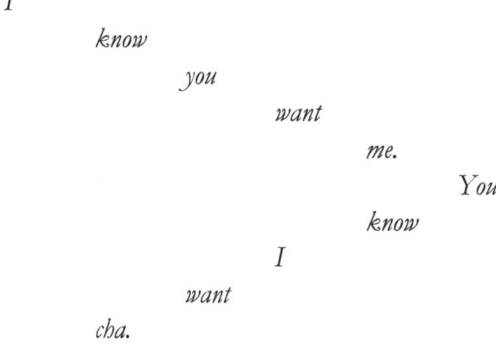

I

   know

      you

         want

            me.

               You

            know

         I

      want

  cha.

Dorentina tanzte auch nicht gerne, obwohl sie besonders auf Pitbull stand. Auch sie stand eher gelangweilt an der Tanzfläche und suchte Amir, der sich in der Disco wie ein Fisch im Wasser bewegte und überall Leute kannte, die er mit großem Zeremoniell begrüßen musste. Was mir an ihm gefiel, war nicht nur seine weiche schwarze Nappalederhose, die seine muskulöse Figur besonders betonte, sondern auch seine goldene Halskette, die an seinem halbgeöffneten Hemd, das seine buschigen Brusthaare zur Show stellte, leicht geschwungen herunterhing. Sein schwarzes Haar und sein brauner Teint ließen ihn viel älter erscheinen. Die Art, wie er die Leute begrüßte, machte mir bewusst, wie sehr er sich in seiner Rolle gefiel. Aber auch für die Leute, mit denen er sprach, schien es wichtig zu sein, mit Amir Bekanntschaft geschlossen zu haben, denn sie umringten ihn alle, wenn er zu ihnen kam und mit ihnen sprach. Nun suchten seine Augen Dorentina und mit einer entschuldigenden Geste verließ er seine Freunde, um Dorentina nicht zu lange alleine und unbegleitet in der Disco stehen zu lassen, denn alle sollten wissen, dass er mit ihr zusammen war.

„Du tanzt wohl auch nicht gerne, was?"

Amir stand nun bei uns und mischte sich in unsere Gruppe. Sein Eau de Toilette duftete verführerisch. Er fühlte sich merklich wohl unter all den Mädchen. Natalia und Adelina fächerten sich mit einer zur Ziehharmonika gefalteten Serviette kühle Luft in ihre erhitzten Gesichter. Ute und Monika lästerten über zwei Jungen, deren lüsterne Blicke verrieten, welche Gedanken sie im Augenblick beschäftigten. Erst jetzt wurde mir bewusst, dass Amirs Frage an mich gerichtet war und eine Antwort verlangte.

„Kommt drauf an", antwortete ich unbestimmt. Doch Amir ließ es dabei bewenden, hakte zu meiner Überraschung nicht nach, und wendete sich kommentarlos an Dorentina, um ihr etwas ins Ohr zu rufen. Ihr Blick richtete sich auf mich, während beide sich unterhielten. Interessiert beobachtete ich das

Gespräch. Was hatten sie nur zu besprechen? War ich der Gegenstand ihrer Unterhaltung? Zu gerne hätte ich gewusst, worüber sie sich unterhielten, doch ich sollte nicht lange auf die Lösung des Rätsels warten. Amir trat plötzlich einen Schritt näher an mich heran. Erstaunt schaute er mich an.

„Du bist erst vierzehn, habe ich gerade gehört?"

„Bald bin ich fünfzehn."

„Wow, so wie du dich aufgemotzt hast, hätte ich dich für neunzehn gehalten."

Seine Anerkennung war nicht gefaked. Er meinte es so, wie er es sagte. Ich ärgerte mich über meine Rötung im Gesicht, die nicht von der Hitze in der Disco herrührte. Nun schauten auch Natalia und Adelina zu mir herüber, denen das Interesse Amirs an meiner Person nicht entgangen war.

„Sag mal, sind deine Eltern Terroristen?"

Verwundert schaute ich ihn an.

„Du bist ja scharf wie eine Bombe!", sagte er lächelnd. Seine ebenen weißen Zahnreihen funkelten im Neonlicht. Ich schaute nervös zu Dorentina herüber, die mich anlächelte. Vielleicht war es ihr schon zur Gewohnheit geworden, Amirs Anmache mit einer gewissen Lockerheit zu betrachten. Ich antwortete nicht auf sein Kompliment, das mich verwirrt hatte. Noch nie hatte mich jemand als „scharf" bezeichnet, obwohl ich, wenn ich zu Hause ab und zu in den Spiegel schaute, diese Erkenntnis nur bestätigen konnte. Ich musste gestehen, ich fühlte mich geschmeichelt. Als Antwort setzte ich ein Lächeln auf, das ihn ermunterte, mich weiter anzubaggern.

„Ehrlich, du sieht so scharf aus, dass ich mich frage, wo dein Freund ist."

„Im Augenblick bin ich solo", rutschte es mir heraus und ich bereute sofort meine Ehrlichkeit, war ich doch in der Regel gewohnt, in angespannten Situationen eine passende Lüge zu finden.

„Das tut mir leid. Wenn ich aber ehrlich bin, solltest du doch überhaupt keine Probleme haben, einen netten Typen zu finden."

„Ich weiß nicht."

„Ich weiß es aber. Ich kenne da jemanden, ein Freund von mir, der sucht ein nettes Mädchen. Er ist ein bisschen schüchtern, aber ein netter Typ. Das kann ich verraten. Also wenn du willst, mache ich dich mit ihm bekannt".

„Ich weiß nicht."

„Du heißt Geraldine, richtig?"

„Mmh."

„Na komm schon, Geraldine, jemand wie du will doch nicht alleine sein, oder?"

Die Vorstellung, mit einem Freund zusammen zu sein, verwirrte und erregte mich zugleich. Wäre es nicht wunderbar, jemanden zu haben, der für einen da ist, der mir hilft, wenn ich Hilfe brauche, der mich schützt, wenn ich Schutz brauche und der mir Mut macht, wenn ich verzweifelt bin?

„Vielleicht."

„Na sieht du."

Amir schaute zu einer Gruppe von Jugendlichen hinüber, die seine Aufmerksamkeit erregt hatte. Mit dem Hinweis, gleich zurück zu sein, wandte er sich von mir ab und lief, sich elegant an dicht stehenden Discobesuchern durchschlängelnd, zu der Gruppe hinüber, die ihn nun von Weitem bereits erkannt hatte. Ich war irgendwie froh, das Gespräch beendet zu haben, und wendete mich wieder meiner Clique zu, die mich fragend anschaute und eine Erklärung für das rege Interesse Amirs an meiner Person verlangte. Doch bevor ich ihre Neugier stillen konnte, stand Amir plötzlich wie ein Geist, der aus dem Untergrund erscheint, wieder neben mir. Zusammen mit einem jungen Mann. Mein Atem stockte. Ich ahnte, wen Amir zu unserer Gruppe herübergeführt hatte. Ich brauchte nicht lange auf eine Erklärung warten.

„Geraldine, darf ich dir Burim vorstellen? Burim kommt wie Dorentina und ich aus dem Kosovo.“

„Hi Geraldine.“

„Hallo.“

Mehr zu sagen, fiel mir nicht ein. Ich hasste mich für meine Schüchternheit. Verlegen schaute ich an ihm vorbei, obwohl ich mit einem kurzen Blick erkannt hatte, dass dieser Typ mir gefallen konnte. Er war größer als Amir, dafür weniger muskulös, dennoch war sein Körper athletisch gebaut und deutete auf regelmäßige Workouts hin. Seine strahlend blauen Augen kontrastierten zu seinem lockigen pechschwarzen Haar, das bis zum Kragen seiner schwarzen Motoradlederjacke reichte. Sein weißes Hemd betonte seine Taille wie auch seine enganliegende Jeans, die von einem breiten, mit Nieten besetzten Gürtel gehalten, seine langen schlanken Beine akzentuierte. Die Attraktivität seiner Ausstrahlung erschwerte es mir, an seine Schüchternheit zu glauben, so wie Amir es behauptet hatte. Als er seinen Kopf in meine Richtung bewegte, gegen Kate Perrys *Hot & Cold* ankämpfend,

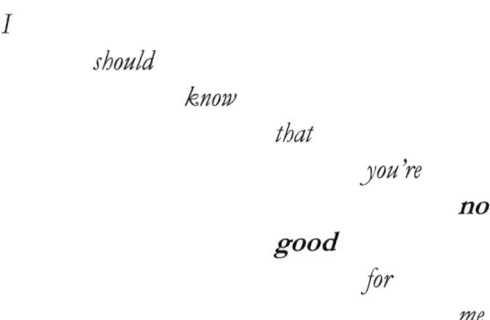

das aus den Lautsprechern dröhnte, berührten seine Lippen mein linkes Ohr, als er zu sprechen begann, während ich nervös an meinem dritten Wodka Lemon nippte, meine Clique beobachtend, die ihre Köpfe zusammengesteckt hatten und unentwegt tuschelten.

„Amir hat recht gehabt."

Ich sagte nichts und beließ es dabei, ihn fragend anzuschauen.

„Du siehst wirklich scharf aus."

Sein Blick glitt an meinem Körper herab. Ich fühlte ein wohliges Kribbeln, während er mich prüfend betrachtete.

„Hast du Lust, mit mir zu tanzen?"

„Ich weiß nicht."

Burim schaute mich amüsiert an. Meine Schüchternheit war für ihn ein verlockendes Hindernis, dass es zu überwinden galt.

„Komm", sagte er und ergriff meine kalte rechte Hand, mich in Richtung der Tanzfläche ziehend, „ich habe Lust, mit dir zu tanzen."

Ich schaute kurz zu Dorentina hinüber, die uns interessiert beobachtete, und folgte Burim, der mich, immer noch fest meine Hand haltend, wie der Bauer sein Carabao in Richtung der Tanzfläche zog. Erst dort gab er meine Hand frei, so dass ich mich im Rhythmus der Musik bewegen konnte. Während ich anfangs beim Tanzen schüchtern zu Boden blickte, um seinen prüfenden Blick, der auf mir ruhte, auszuweichen, legte ich meine Schüchternheit bei zunehmender Dauer auf der Tanzfläche allmählich ab und gab mich mehr und mehr der Musik hin. Bei The Black Eyed *Peas I gotta feeling* wagte ich es nun, Burim beim Tanzen in die Augen zu schauen. Sein ebenes, feines, makelloses Gesicht, seine blauen Augen, die einen freundlich anstrahlten, setzten in mir plötzlich ein wohliges Empfinden beim Tanzen frei, das in mir ein Gefühl des Vertrauens auslöste. Wie Diamanten funkelten seine weißen Zähne glänzend im halbdunklen Neonlicht der Disco. Ich fühlte plötzlich so etwas wie Stolz, der darin begründet war, mit einem heißen Typen zu tanzen, der mit Sicherheit von vielen Mädchen begehrt wird. Und ich? Ich tanze mit ihm zu David Guettas *When Love Takes Over*. Ich erhaschte neidische Blicke von Natalia und Adelina, die nun ganz in meiner Nähe tanzten, wohl um mich und Burim näher beobachten zu können. Ein warmes, wohliges Kribbeln

111

wanderte aufwärts in Richtung meines Herzens. Wie schön wäre es, Burim als Freund zu haben! Wie herrlich müsste es sich anfühlen, in seinen Armen zu liegen und von ihm beschützt zu werden! Ja, von ihm geliebt zu werden! Eine Liebe für immer und ewig! Eine Liebe, so erfüllt von Kraft und Herrlichkeit, die alle Hindernisse, alle Zwänge dieser Welt überwinden würde.

Burims Ankündigung, eine Pause einlegen zu wollen, durchbrach meine süßen Gedanken.

„Komm, Geraldine. Machen wir eine Pause? Ich bin schon total durchgeschwitzt".

Ohne darauf antworten zu können, nahm er mich bei der warmen Hand, und zog mich erneut hinter sich her zur Theke, wo er mir einen Wodka Lemon bestellte. Die Welt um mich herum drehte sich plötzlich so wild und laut wie ein Hurricane, während ich ruhig und fest im Auge des Hurricanes neben Burim stand und in seine blauen Augen schaute, während wir uns, ungeachtet der Zeit und aller um uns herum wirbelnden Menschen, so ausgiebig und verständnisvoll unterhielten, als gäbe es nur uns zwei auf dieser Welt. Ich hatte nur noch Augen für Burim. Wie ein Buch, das ich ihm zu lesen gab, öffnete ich ihm meine verletzte Seele und verspürte den urplötzlichen Drang, zuerst stockend, dann aus mir heraussprudelnd, ihm von meiner Kindheit auf den Philippinen und von meiner Mutter und ihren Liebesbeweisen zu erzählen. Und als er, über das Gehörte traurig dreinblickend, mit seiner rechten Hand sanft über mein Haar strich und sich mit seinen Lippen mir näherte, war es um mich geschehen.

Sie muss weg, weg muss sie

„*Tumakas ka, Geraldine! Verpiss dich endlich. Hau ab.*" *Jeffrey stand plötzlich vor meinem Bett. Er hatte mich aus dem Schlaf gerissen. Seine neue Freundin stand hinter ihm und schaute mich spöttisch an. Dabei hatte sie keinen Grund dazu, denn sie war es, die halbnackt, ihre Brüste entblößt, hinter Jeffrey stand und Grund zur Scham gehabt hätte. Immer wenn Jeffrey eine neue Freundin mit nach Hause brachte, musste ich mein Bett verlassen, denn das Bett war etwas breiter als die Schlafstellen, wo sich Jeffrey und Noel üblicherweise nachts zu Bett legten. Nur mit Mühe meine bleierne Müdigkeit überwindend, richtete ich meinen Oberkörper kurz auf, um aufzustehen, doch der Müdigkeit Tribut zollend, fiel ich entkräftet, das höhnische Grinsen seiner Freundin wahrnehmend, zurück ins Bett. Ein Fehler, den ich nun zu bereuen hatte. Mit einem Satz war Jeffrey bei mir. Sein hassverzerrtes Gesicht habe ich nie vergessen. Wütend riss er ein Haarbüschel aus meinem Haar heraus, bevor er erneut, dieses Mal fester zupackend, mein Haar ergriff und mich zum Aufstehen zwang. Meine Schmerzensschreie und Tränen beeindruckten ihn nicht. „Wenn ich sage, dass du aufstehen sollst, dann stehst du sofort auf! Hast du das verstanden!", schrie Jeffrey mir direkt ins Gesicht und ergriff meine Schultern und schleuderte mich mit aller Wucht gegen die Steinwand. Mit dem Kopf gegen die Wand prallend, sackte ich benommen zu Boden, was Jeffrey nicht daran hinderte, mit seiner neuen Freundin in meinem Bett zu versinken, wo er sich ungeniert die weichen Brüste seiner Freundin vornahm, die lustvoll stöhnte, als er mit seiner rechten Hand zwischen ihre Beine griff, die sie nun weit von sich spreizte. Als ich mich* benommen vom Boden aufrappelte, blickte Jeffrey kurz zu mir herüber. „Nun verpiss dich endlich! Verpiss dich zu deiner Mutter nach Deutschland. Was willst du hier noch!", rief er mir zu, um sich danach wieder seiner neuen Freundin zuzuwenden, die sich, mich bewusst provozierend, dabei höhnisch grinsend, lustvoll ihre Vulva streichelte.

Ich kletterte die Leiter vorsichtig herunter zu unserer Küche, wo Oma Ocampo mich mit Tränen in ihren Augen empfing. Sie hatte alles gehört, doch meine Oma war zu schwach, zu gebrechlich, um die steile Holztreppe hinaufzusteigen. Sie konnte mir nicht helfen. Auch ihre Warnungen, an Jeffrey gerichtet, verhallten ungehört im lustvollen Gestöhne zweier Liebenden, zumal Omas Stimme in den letzten Jahren doch an Kraft verloren hatte. Und Noel? Er wollte keinen Streit mit seinem Bruder und seiner neuen Freundin Josefine, und schon gar nicht wegen mir, obwohl Noel stets am verständnisvollsten mir gegenüber war. Und so blieb mir nichts anderes übrig, als mit der harten Pritsche im Vorraum des Schweinestalls vorliebzunehmen. Doch bevor ich eingeschlafen war, betrat Oma Ocampo mit sorgenvollem Blick den Vorraum. „Du kannst doch hier nicht schlafen, Kind", flüsterte sie mit leiser Stimme, „komm in mein Bett. Es ist Platz für zwei." Ich erhob mich von der harten Pritsche, nahm Omas warme Hand in meine Hand, und trottete mit ihr in der Stille der Dunkelheit zu ihr Bett, wo ich ermüdet hineinfiel.

Doch es fiel mir schwer, sofort einzuschlafen. Omas gleichmäßige Atemzüge wahrnehmend, die, auf der rechten Seite liegend, tief schlummerte, dachte ich über Jeffreys Worte nach. Vor einem Jahr hatte meine Mama mich ein zweites Mal verlassen. Obwohl ich damals erst fünf war, erinnere ich mich an den Koffer, den sie in der Küche abgestellt hatte, um meiner Oma auf Wiedersehen zu sagen. Der fremde deutsche Mann wartete draußen auf meine

Mama. Auch mich nahm sie nur flüchtig in die Arme, ohne mir einen Abschiedskuss zu geben, um sich von mir zu verabschieden. Sie bemerkte nicht meine Traurigkeit. Sie spürte nicht die Schmerzen, die ich verspürte. Sie spürte keine Schmerzen, kein Leid schien ihr Gewissen zu plagen. Sie verspürte nur einen Wunsch. Nur weg. Weg von hier. Weg von mir. Weg zu einem fremden Mann, der draußen wartete und ihr ein besseres Leben versprach. Sie hatte keine Zeit. Sie hatte eine Fähre zu erreichen, die sie nach Manila bringen sollte. Sie hatte ein Flugzeug zu erreichen, das sie ins Paradies bringen würde. Und mich? Mich ließ sie erneut alleine: mit Oma Ocampo, mit Noel und Jeffrey, der mich hasste und mir ein jedes Mal, wenn ich vor ihm stand, zu verstehen gab, mich nach Deutschland zu verpissen. Vor dem Abschied meiner Mutter nach Deutschland lauteten seine Worte ähnlich, nur der Ort, wohin ich mich verpissen sollte, war ein anderer: Manila.

Irgendwann im Sommer, ein Jahr nach meiner Geburt, hatte meine Mama ihre Babytasche gepackt und war mit der Erlaubnis ihrer reichen Kaufmannsfamilie spanischen Ursprungs, für die sie als Haushälterin in Manila arbeitete, mit mir nach Victorias City gereist, um mich dort bei meiner Oma, die gezwungenermaßen versprochen hatte, sich um mich zu kümmern, abzugeben. Der angedrohte Verlust ihrer Anstellung in Manila bei der Familie De los Santos auf Grund der mit der Geburt einhergehenden Doppelbelastung von Beruf und Aufzucht ihres eigenen Kindes ohne Hilfe eines Ehepartners hatte diese Entscheidung erforderlich gemacht, zumal meine Mama im Haus der De Los Santos wohnte. Außerdem wäre die finanzielle Unterstützung meiner Oma weggefallen, wenn meine Mama ihren Job verloren hätte. All dies hatte mir meine Oma einmal erklärt, als ich eine Antwort auf meine Frage erhalten wollte, warum meine Mama mich verlassen *hatte. Von dem Tag an sah ich meine Mama nur noch zwei- oder dreimal im Jahr, wenn sie für ein paar Tage Urlaub erhalten hatte und uns in Victorias City besuchte. „Nimm mich mit nach Manila", flehte ich meine Mama ein jedes Mal an, wenn sie zu Besuch kam. „Bitte, nimm mich mit nach Manila." Ohne sich zu mir herunterzubeugen, wiederholte meine Mama, auf mich herunterblickend, ein jedes Mal die gleichen Worte. „Du weißt, dass das nicht geht. Ich verliere meinen Job in Manila. Und dann kann ich deiner Oma kein Geld mehr zuschicken. Du musst brav sein und tapfer, hörst du?" Ich spürte eine teilnahmslose Kälte in ihrem Tonfall. Hart klangen die Worte, die sie an mich richtete. Und dann wendete sie sich von mir ab, nahm ihren Koffer, und verließ eilig, ohne einmal zurückzublicken, unser Haus aus Stein an der staubigen Straße, die zur Zuckerrohrfabrik führte. Sie hatte keine Zeit. Sie hatte eine Fähre zu erreichen, die sie nach Manila bringen sollte. Sie bemerkte nicht meine Traurigkeit. Sie spürte nicht die Schmerzen, die ich verspürte. Sie spürte keine Schmerzen, kein Leid schien ihr Gewissen zu plagen. Sie verspürte nur einen Wunsch. Nur weg. Weg von hier. Weg von mir. Weg nach Manila, wo meine Mama in einer Villa wohnte und sich um den Haushalt der reichen Familie De Los Santos kümmerte und die drei Kinder der reichen Familie betreute. Manchmal schickte meine Mama Bilder. Es tat mir weh, die Bilder mit meiner Oma zu betrachten. Auf einem Bild war meine Mama vor der Villa zu sehen, in einem weißen Kleid und in weißen Schuhen. Ihre Arbeitskleidung, wie sie auf der Rückseite des Fotos geschrieben hatte. Um sie herum stand die Familie De Los Santos, fröhlich in die Kamera blickend. Zu einem Kind heruntergebeugt, hielt meine Mama schützend ihren Arm um die Taille des kleinen Mädchens, das ebenso fröhlich in die Kamera blickte.*

Ja, ich musste brav sein, tapfer sein. Das galt vor allem für Jeffrey, der mich, je älter ich wurde, zunehmend quälte, indem er mir fiese Streiche spielte. Mal landete eine handflächengroße Spinne auf meinem Kopf, die er dort zu seiner Belustigung platzierte, um mich beim Schlafen aufzuschrecken, oder eine Schlange landete unter meiner Bettdecke, so dass ich in Todesangst und mit wildem Geschrei aufsprang, während er mit schallendem Gelächter die Schlange ergriff und sie aus dem Fenster in den Staub warf, wo sie, seitwärts schlängelnd, schnell die Flucht in die unserem Haus gegenüberliegen Zuckerrohrfelder ergriff. Ich konnte doch beim Anblick der Schlange nicht wissen, dass sie völlig ungiftig und als Würgeschlange zu klein war, um mich zu gefährden. Spielte er mir keine Streiche, dann verlangte er von mir, wenn er im Haus war, seine staubigen Schuhe zu putzen, seine dreckige Unterhose oder sein zerschlissenes Hemd zu waschen, ganz im Stil einer Haushälterin, so wie er sich den Job seiner Schwester in Manila vorstellte. Dass ich, von Jeffrey stets befohlen, die Schweine füttern und den Stall ausmisten musste, waren für mich, sich ständig wiederholende Pflichten, die meine Mama in der Villa der reichen Familie sicherlich nicht erfüllen musste. Auch Omas Ermahnungen halfen nichts. Und Noels Aufforderungen, mich endlich in Ruhe zu lassen, fruchteten bei seinem großen Bruder wenig. So fiel ich ein jedes Mal müde und einsam in mein Bett und dachte an meine Mama in Manila. Manila. Wie schön es doch wäre, mit meiner Mama in Manila zu leben. Und je stärker meine Gedanken mit Manila verbunden waren, desto stärker empfand ich den Schmerz, von meiner Mama getrennt zu sein.

Noch einige Male riss mich Jeffrey aus meinem Bett, um mit seiner Freundin Josefine in meinem Bett Sex zu haben, bevor sich beide wie durch ein Wunder und zu meiner großen Erleichterung entschlossen hatten, gemeinsam ihr Leben zu verbringen und, für mich wichtig, aus Omas Haus auszuziehen. Das war im vierten Jahr nach dem Abschied meiner Mama nach Deutschland. Ich weiß das deshalb so genau, weil ich an dem Tag der Entscheidung Jeffreys und Josefines Post aus Deutschland erhalten hatte. Ein Bild meiner Mama in Deutschland. Sie stand vor einem kleinen Haus, viel kleiner als die Villa der De los Santos; dafür hielt sie aber einen Wagenschlüssel in der linken Hand und streichelte mit der rechten das Dach eines blauen Autos. Mama hatte nicht nur einen Führerschein, sondern auch ein Auto bekommen. Erstaunt zeigte ich das Bild Noels, der sich darüber sehr freute. Jeffrey verweigerte einen Blick auf das Bild und fragte mich nur mürrisch, warum ich noch hier sei. Ich solle mich doch nun endlich nach Deutschland verpissen.

An meiner High School, etwas außerhalb von Victorias City gelegen, wusste jede Schülerin in meiner Klasse, dass ich das Kind war, dessen Mutter in Deutschland lebte. Meine Lehrer und Lehrerinnen schauten mich stets mit einem fragenden Blick an, der offenkundig ihre Verwunderung zum Ausdruck gab, warum mich meine Mutter hier auf Negros allein zurückgelassen hatte. Ich kann mir heute vorstellen, was so in ihren Köpfen vorging, wenn sie mich beim Betreten des Klassenraums wahrnahmen. Geraldine Ocampo. Was für ein armes Mädchen. Vielleicht hatte ja der deutsche Ehemann nicht das Risiko eingehen wollen, ein fremdes Mädchen mit in die Familie aufzunehmen. Vielleicht hätte der deutsche Mann seine philippinische Freundin nicht geheiratet, wenn sie darauf bestanden hätte, ihr Kind mitzunehmen. Vielleicht hatte die Mutter auch Probleme mit ihrer Tochter, die sie auf Grund ihrer beruflichen Tätigkeit in Manila selten gesehen hatte und die ihr somit doch eher fremd geblieben war. Irgendeinen Grund musste es doch geben, warum Geraldines Mutter ihr Kind auf Negros zurückgelassen hat, um in Deutschland ein neues

Leben zu beginnen. Aber vielleicht war gerade dies der Grund. Um in Deutschland ein neues Leben zu beginnen, musste die Mutter ihres Kindes mit dem alten Leben abschließen. Die Anwesenheit ihrer Tochter in Deutschland hätte sie nun mal immer an ihr altes Leben erinnert. Und hatte nicht der philippinische Mann seine zukünftige Frau kurz vor der Heirat verlassen, als er von der Schwangerschaft erfahren hatte? So oder ähnlich mussten die Gedanken meiner Lehrer und Lehrerinnen gewesen sein, wenn sie mich am Morgen zur ersten Stunde erblickten und mich mit einem freundlichen „How are you today" im Englischunterricht empfingen. Eine Begrüßung, die ich unbeantwortet ließ, schließlich konnten sie sich doch sicherlich vorstellen, wie ich mich nach einem beinah einstündigen Fußmarsch zur High School, immer entlang der Zuckerrohrfelder, die Zuckerrohrfabrik auf der linken Seite passierend, fühlte, was wiederum dazu führte, dass mich die netten Lehrer und Lehrerinnen für mürrisch, verstockt und unfreundlich hielten.

Vielleicht hatten sie auch Grund dazu, mein Wesen so einzuschätzen, denn meine Erfahrungen mit Jeffrey zu Hause, seine hässlichen Gemeinheiten und seine Demütigungen, hatten mir auf der einen Seite wehgetan, auf der anderen Seite aber entwickelte sich eine Abwehrhaltung gegenüber anderen Menschen, die sich darin auszeichnete, keinem Menschen mehr zu vertrauen und freundliche Regungen der Menschen mit Vorsicht zu genießen. Dies galt ebenso für meine Mitschüler in der Klasse. War es für mich zu Hause unmöglich, mich gegen Jeffrey durchzusetzen, so hatte mir doch seine rohe Gewalt eine Richtung vorgegeben, die ich außerhalb des Hauses konsequent einhielt, um Probleme zu lösen. Joel in der 4th Grade musste es am eigenen Leib erfahren. Nicht dass ich ihn vorher einige Male gewarnt hatte, aber Joel hatte sich entschieden, meine Warnungen nicht mit dem notwendigen Respekt zu registrieren. Alles begann mit seinem Versuch, bei mir während eines Tests in Geographie abzuschreiben, nur weil ich beim letzten Test zum ersten Mal ein B geschrieben hatte, was bei mir selten vorkam, war ich doch eher eine durchschnittliche, lustlose Schülerin. „Komm, sei nicht so. Lass mich abschreiben. Ich habe nicht gelernt", flüsterte er mir von der Seite zu und verlangte, dass ich mein Heft auf meinem Tisch schräg zu ihm rüberschieben sollte, so dass er einen Blick darauf werfen konnte.

„Zieh Leine, lass mich in Ruhe."

„Komm, sei nicht so. Ich will keine schlechte Note schreiben."

„Dein Problem."

„Na warte, das zahle ich dir heim", zischte Joel und gab seinen Versuch auf, von mir abzuschreiben. Ich mochte Joel nicht und weil ich ihn nicht mochte, war ich nicht bereit, ihm zu helfen. Joel war penetrant. Immer hing er um einen herum und wollte etwas von einem. Nun aber begann er nach dem Erdkundetest während der Pause mit gehässigen Bemerkungen, für alle Schüler hörbar, die mir nicht gefielen.

„Deine Mutter mag dich nicht, weil du eine Schlampe bist. Darum bist du noch hier und nicht in Deutschland." Ich verzog keine Miene, schaute zu meinen Mitschülern herüber, die mich grinsend fixierten und auf eine Reaktion von mir warteten. Ich trat nahe an Joel heran. „Lass die Sprüche sein oder du kriegst Ärger mit mir", warnte ich Joel, der sich nun eine verbale Steigerung ausgedachte hatte, um sich bei seinen Freunden in Szene zu setzten.

„Deine Mutter ist eine Hure, die es mit jedem treibt."

Meine Geduld war nicht grenzenlos und hatte mit dieser Beleidigung ihr Ende genommen. Wer nun dachte, dass ich auf diese verbale Entgleisung unmittelbar reagieren würde, sah sich getäuscht. Ich schaute noch einmal zu ihm herüber und verließ ohne Worte und zur Enttäuschung seiner Mitschüler den Pausenraum.

Wer nun dachte, die Angelegenheit wäre erledigt, sah sich ebenso getäuscht. Ich wartete nur auf einen günstigen Augenblick, Joel ohne Beisein seiner Freunde die passende Antwort zu geben. Als ich Joel am nächsten Tag allein an seinem geöffneten Spind stehen sah, schlug ich zu. Das heißt nicht, dass ich meine Fäuste benutzte, um es Joel, diesem feigen Bully, heimzuzahlen; ich hatte von meiner Freundin Emirlina gelernt, Jungen dorthin zu treten, wo es ihnen allgemein richtig wehtat. Noch bevor Joel nur ein Wort herausbringen konnte, stand ich neben ihm und rammte ihn meinen rechten Fuß so fest zwischen seine Weichteile, dass er stöhnend zu Boden sank und wie ein Fisch nach Luft schnappte. Ich hatte Lust, noch einmal zuzutreten, so wehrlos, wie er auf dem kalten Linoleumboden lag, doch ich zog es vor, mich über ihn zu beugen, um ihm eine erneute Warnung zukommen zu lassen. Er hatte mich wohl verstanden. Seit meiner Attacke ließ er mich zur Verwunderung seiner Freunde in Ruhe. Von nun an entschied ich mich, nie wieder Opfer zu sein. Bei Jungen trat ich zu, bei Mädchen schlug ich zu, auch wenn es mit Strafen verbunden war, die mir in den Klassenkonferenzen auferlegt wurden, um mein wildes Wesen, wie die Lehrer es nannten, zu züchtigen.

Emirlina war meine beste Freundin. Sie wohnte in der Nachbarschaft, so dass wir uns oft nach der Schule trafen, um gemeinsam mit den anderen Kindern zu spielen. Emirlina war drei Jahre älter als ich. Wenn der Stundenplan es vorsah, liefen wir gemeinsam den langen Weg zur Schule, was ich als eine Erleichterung empfand, da wir uns nicht nur unterhalten konnten, sondern auch zu zweit sicherer waren, wenn Fahrer vorbeifahrender Autos uns manchmal anzügliche Bemerkungen zuriefen, bevor der aufgewirbelte Staub der Hinterräder uns umhüllte. Emirlina konnte sehr lustig sein, doch die meiste Zeit war sie sehr traurig, weil die Armut ihrer Eltern sie sehr belastete. Sie fühlte sich *unwohl, zur Schule zu gehen, weil sie wusste, dass ihre Eltern jeden Peso sparten, um ihr den Schulbesuch zu ermöglichen, damit sie es einmal besser haben würde als ihre Eltern. Viel lieber hätte sie gearbeitet, um Geld mit nach Hause zu bringen, so dass sie ihre Eltern genug zu essen hatten. Obwohl ihre Eltern jeden Peso hätten gebrauchen können, hatten sie Emirlina verboten, während der Erntezeit auf den Zuckerrohrfeldern zu arbeiten, wozu viele Kinder gezwungen waren, um ihre Eltern finanziell zu unterstützen. Lieber hungerten die Eltern, als dass Emirlina nur einen Schultag verpassen sollte, verknüpften sie doch mit einem qualifizierten Schulabschluss ihrer Tochter die Hoffnung auf ein besseres Leben oberhalb der Armutsgrenze.*

Doch eines Tages war Emirlina plötzlich verschwunden. Sie stand nicht wie üblich vor der Wellblechhütte ihrer Eltern, um auf mich zu warten, um gemeinsam mit mir den Schulweg zu nehmen. Stattdessen begrüßten mich ihre Eltern, die mich schon von Weitem kommen gesehen hatten. Ich blickte in ratlose, traurige Gesichter, die ihren Kummer verrieten. Sie wussten nicht, wohin Emirlina verschwunden war. Und das kurz nach ihrem dreizehnten Geburtstag Ende Mai. Auch mir hatte sie mit keinem Wort etwas von ihren Absichten erzählt. Vielleicht hatte sie sich entschieden, Arbeit zu suchen, denn besonders nach der Ernte des Zuckerrohrs gab es für viele Menschen im Sommer kaum Arbeit. Sicherlich hatte sie es nicht mehr mit ansehen können, wie sehr ihre Eltern unter der Armut litten. Vielleicht war sie nach Bacolod gegangen, denn wenn es Arbeit gab, dann nur in einer größeren Stadt. Und so musste ich ab jenem Tag den langen Weg zur Schule alleine bewältigen. Auch in der Schule wusste niemand, was mit Emirlina geschehen war. Auf dem Weg nach Hause traf ich zu meinem Erstaunen und zu meiner Freude zugleich Noel, der mich mit seinem Tricycle mit nach Hause nahm. Ich hatte nichts Eiligeres zu tun, als ihm von dem plötzlichen Verschwinden Emirlinas, die er als Nachbarkind gut kannte, zu berichten. „Hoffentlich ist deine Freundin nicht in einem Bordell in Silay City oder in Bacolod gelandet", rief Noel mir laut zu, der gegen den knatternden Lärm seines klapprigen Gefährts ankämpfen musste. Gegen den feinen Staub der holprigen Landstraße hatte Noel sein Halstuch vor seinem Mund gewickelt, so dass er schwer zu verstehen war. Ich wusste bereits, was ein Bordell war, denn ich hatte mich darüber bei meiner Oma erkundigt, da Jeffrey immer dann, wenn er auf mich wütend war, mich oft aufforderte, im Bordell Geld für die Familie anzuschaffen, obwohl Jeffrey und Noel Geld verdienten und meine Oma nicht nur eine kleine Rente, sondern auch Unterstützung von meiner Mama aus Deutschland erhielt. „Aber Emirlina ist doch erst dreizehn", rief ich Noel zu, der mich traurig ansah, weil er wusste, dass Emirlinas Schicksal keine Seltenheit war. Zuhälter, so erzählte mir Noel nach der Ankunft zu Hause, müssten gar nicht nach Frauen suchen, um für sie anschaffen zu gehen. Sie kämen freiwillig zu ihnen, um ihren Familien zu helfen. „Und? Muss ich auch anschaffen gehen?", fragte ich Noel ängstlich, der mich daraufhin in die Arme nahm und mich fest drückte. „Hab keine Angst. Uns geht es doch recht gut. Deine Mama schickt doch jeden Monat Geld an deine Oma und ich habe einen Job, wenn auch nicht immer gut bezahlt. Und auf den Zuckerrohrfeldern arbeiten brauchst du auch nicht, da das Geld deiner Mama vorwiegend für deinen Schulbesuch bestimmt ist. Das restliche Geld hilft uns allen. Also hör nicht auf meinen Bruder, wenn er dich wieder mit bösen Worten ärgert, hörst du?" Erleichtert nickte ich zur Bestätigung seiner Worte mit dem Kopf und wendete mich wieder meinem Handy zu, das mir meine Mama im letzten Paket zugeschickt hatte. Und um Neid in der Familie zu umgehen, hatte sie auch für Noel und Jeffrey jeweils ein Handy *dem Paket zugefügt. Es waren keine neuen Handys, sondern die alten Handys ihrer Familie in Deutschland, die nicht mehr benötigt wurden. Doch für mich waren sie wie neu. Und ich ertappte mich, wie ich immer häufiger das Handy benutzte, um damit zu spielen. Dabei schaltete ich den kleinen Fernseher ein, den wir vor zwei Wochen mit dem Geld meiner Mama in einem Secondhandshop in Silay City gekauft hatten. Es lief eine australische Soap im Fernsehen, Neighbours, die ich nun seit zwei Wochen, wenn ich müde und erschöpft von der Schule nach Hause kam, verfolgte. Es war so schön, sich einfach hinzusetzen, mit dem Handy zu spielen, und sich vor dem Fernseher am späten Nachmittag auszuruhen, dass ich nun oft die Rufe der Nachbarskinder, die mich zum Spielen aufforderten, ignorierte. Und wenn es meine Oma erlaubte, lud ich die Kinder zu mir nach Hause ein und wir schauten gemeinsam fern. Ein jedes Mal gaben mir die Kinder zu verstehen, wie gut ich es hätte, eine Mutter in Deutschland zu haben.*

Doch meine Mutter fehlte mir sehr. Wie schön wäre es, mit meiner Mutter hier bei uns Zuhause vor dem Fernseher zu sitzen und gemeinsam mit ihr die Soap anzuschauen, sagte ich zu meiner Oma, wenn sie sich, interessiert am Fernsehprogramm, neben mich setzte. „Aber wahrscheinlich hätte deine Mama überhaupt keine Zeit für dich, denn die Verrichtung des Haushaltes ihres Ehemanns und die zusätzliche Betreuung ihrer Kinder nimmt sicherlich viel Zeit in Anspruch", sagte Oma zu mir, was ich mit einem Seufzen wohl oder übel bestätigten musste. Ich schaute aus dem Fenster ohne Glas und beobachtete die herrlich weißen Wolken am blauen Himmel, vom Sonnenlicht durchbrochen, wie sie majestätisch über die Zuckerrohrfelder hinweg in Richtung Norden wanderten. Ich wünschte mir, so frei zu sein wie die Wolken am Himmel. Niemand konnte sie aufhalten. Niemand konnte sie einfangen oder ihnen den Weg versperren. Wenn ich könnte, würde ich zu den Wolken hinaufsteigen, würde auf ihnen reiten und mit ihnen weiterwandern, würde sie bitten, mich zu meiner Mutter zu bringen, die ich so sehr vermisste.

Seit dem urplötzlichen Verschwinden Emirlinas hatte ich das Gefühl, zwei wichtige Menschen in meinem Leben verloren zu haben. Nach drei Wochen, kurz vor dem Beginn der Sommerferien, fingen mich Emirlinas Eltern auf meinem Schulweg ab und zeigten mir aufgeregt einen Brief, den Emirlina ihnen geschrieben hatte. Geld war auch in dem Brief enthalten, so sagten sie mir. So viel Geld, dass sich die Eltern Nahrungsmittel für einen ganzen Monat kaufen konnten. Doch der Kummer in ihren Augen verriet mir, dass sie sich immer noch Sorgen um ihre Tochter machten, auch wenn Emirlina in ihren Brief erwähnte, dass es ihr gut ginge und die Eltern keinen Anlass zur Sorge hätten. Immerhin wussten die Eltern nun, wo sich ihre Tochter befand, denn der Brief war in Bacolod aufgegeben worden. Warum Emirlina ihre Adresse in ihrem Schreiben nicht verraten hatte, gab den Eltern begründeten Anlass zur Sorge. Auch die Frage, wie ihre Tochter zu dem Geld gekommen war, so dass ihre Eltern einen Monat lang ausreichend zu essen hatten, blieb unbeantwortet.

Während des ganzen Wegs zur Schule überlegte ich, ob Noel mit seiner Vermutung recht gehabt hatte. War Emirlina tatsächlich freiwillig in ein Bordell gezogen, um sich den Freiern anzubieten? Dank Jeffrey, der mich stets rücksichtslos vom Bett jagte, wenn er eine neue Eroberung zu Besuch hatte, wusste ich schon mit sechs Jahren, was Männer mit Frauen machen oder auch andersherum. Mir konnte keiner mehr etwas vormachen. Die erste Beobachtung war ein Schock für mich, obwohl ich das Gesehene nicht richtig einordnen konnte. Irgendwann einmal, als Jeffrey mich erneut vom Bett verjagte, wollte ich wissen, was es mit diesen seltsamen

Geräuschen auf sich hatte, wenn ich unten auf der Pritsche lag und nicht einschlafen konnte. Leise kletterte ich eines Nachts bei Mondschein die Leiter zum oberen Zimmer soweit hinauf, dass ich im fahlen Licht des Mondes sehen konnte, wie Jeffreys Freundin breitbeinig auf ihrem Rücken lag und Jeffrey, auf ihr liegend, etwas Großes, Hartes in die behaarte Mitte ihres Schoßes hineinschob. Und es schien beiden zu gefallen, denn die Freundin stöhnte nicht vor Schmerz. Es klang eher wie das lustvolle Genießen eines Stückes leckerer Schokolade. Und Jeffrey war in seinen komischen Rein- und Rausbewegungen so konzentriert, dass er nach einer Weile plötzlich erleichtert aufstöhnte und zur Seite rollte, als beide ermattet auf meinem Bett lagen. Vorsichtig, so dass die Leiter nicht knarrte, kletterte ich zurück in die Küche und schlich auf leisen Sohlen zurück zu meiner Pritsche. Ich war entschlossen, als ich mich zum Schlafen legte, beim nächsten Besuch seiner Freundin herauszufinden, was das Harte war, das er in seine Freundin steckte, das beiden so viel Freude machte.

Ich sollte nicht lange auf diese Gelegenheit warten müssen. Schon am nächsten Abend brachte Jeffrey erneut seine Freundin mit nach Hause, so dass es sich für mich erübrigte, mein Bett aufzusuchen. „Du lernst aber schnell", sagte Jeffrey grinsend, als er sah, wie ich die Pritsche für die Nacht vorbereitete. Er kletterte nach seiner Freundin die Leiter zu meinem Zimmer hoch, dabei ihren dicken Hintern kneifend, was mit einem lustigen Gekicher seiner Freundin kommentiert wurde. Ich wartete, bis alles ruhig war. Als ich erneut das unterdrückte Kichern seiner Freundin hörte, wusste ich, dass es Zeit war, der Sache auf den Grund zu gehen. Erneut kletterte ich mit aller Vorsicht Stufe für Stufe die Holzleiter soweit hinauf, bis mir der Blick auf das Bett freigegeben wurde. Instinktiv riss ich meine Hand vor den Mund. Denn das, was ich sah, ließ mich schauerlich erschrecken. Nun wusste ich, was das große Harte war, das Jeffreys Freundin in ihrem Mund wie ein Eis am Stiel lutschte, während Jeffrey auf seinem Rücken lag, die Arme hinter seinem Kopf verschränkt, und genussvoll die Augen verschlossen hatte. Natürlich hatte ich schon Noel oder Jeffrey draußen im Hinterhof nackt beim Duschen erwischt, wenn sie sich einen Eimer kalten Wasser über ihre Köpfe gossen, um die Seifenlauge von ihren Körpern zu entfernen. Dass ihr Ding aber auch hart wird, wusste ich erst seit jener Nacht. Und dass es Jeffrey Spaß machte, das harte Ding von seiner Freundin wie ein Bonbon gelutscht zu bekommen, war eindeutig. Aber machte es ihr auch Spaß? Ich wollte gerade, verwirrt und benommen wie ich war, die Leiter herunterklettern, als ich sah, wie nun das alte Spiel von gestern Nacht von Neuem begann. Nur dieses Mal ruhte der Körper der Freundin auf ihren Knien und Jeffrey schob sein hartes Ding hinten bei ihr rein. Vor Schreck fiel ich beinahe die Treppe hinunter. Ich konnte den Sturz noch abfangen, als ich von oben schon Jeffreys laute und wütende Stimme hörte: „Wer ist da? Bist du das Geraldine?" Leise kroch ich zu Oma ins Bett und genoss ihre wohlige körperliche Wärme und fand endlich Schlaf.

Von da an wusste ich, wozu Jeffrey das breite Bett benötigte und warum es für mich, wenn seine zahlreichen Freundinnen uns besuchten, stets notwendig wurde, mit der Pritsche Vorlieb zu nehmen. Doch im vierten Jahr nach der Abreise meiner Mutter hatte ich das Bett für mich ganz alleine. Jeffrey und seine Josefine hatten geheiratet und eine kleine Hütte für sich gefunden. Ihr erster Sohn war geboren. Noel und seine Frau Luisa lebten mit ihren zwei Kindern immer noch bei Oma Ocampo. Mit dem unregelmäßigen Einkommen als Tricycle-Fahrer war es schwierig für Noel, eine kleine Hütte für seine Familie zu kaufen oder zu mieten. Mit der erwarteten Niederkunft des dritten Kindes drängte Noels Frau immer häufiger auf eine Lösung des Wohnproblems bei Oma Ocampo und forderte meine Oma zum wiederholten Male auf, endlich ihrer Tochter in Deutschland einen Brief zu schreiben, um sie eindringlich zu bitten, Geraldine abzuholen. „Geraldine muss gehen", hörte ich Luisa zu Noel sagen, „wir haben immer weniger Platz im Haus und Geraldine wird älter und größer. Und in acht Monaten kommt unser drittes Kind." Ich hatte es mir zur Angewohnheit gemacht, Luisa zu belauschen, weil sie eine Schlange war. Betont freundlich mir gegenüber, immer lächelnd, wenn sie mit mir sprach, verriet ihre Mimik aber ein anderes Bild. Sie konnte mich nicht täuschen. Ihr Lächeln hatte etwas Gezwungenes. Ja, ich war mir sicher, dass Luisa mich im tiefen Innersten hasste, weil meine Mama in Deutschland war, weil ich ein Leben im Wohlstand leben könnte und weil sie diese Chance niemals erhalten würde. „Geraldine muss weg, hörst du Noel", drängte Luisa Noel, um endlich diesbezüglich etwas in Bewegung zu setzen. Noel schwieg. Er schaute nur Luisa traurig an, weil er wusste, dass er gegen seinen Willen handeln musste. Er war mit seinem geringen Einkommen nicht in der Position, mit der Faust auf den Tisch zu schlagen, um die leidige Diskussion ein für alle Mal zu beenden. Stattdessen nickte er Luisa wortlos zu und verließ den Raum, um mit meiner Oma zu sprechen, die traurig im Nebenzimmer saß und auf ein leeres Blatt Papier starrte, das es auszufüllen galt, um es auf die lange Reise nach Deutschland zu schicken.

Pitbull Burim

„Geraldine muss weg. Sie muss zurück nach Negros, hörst du Hans- Jürgen?" Meine Mutter. Erneut diskutierte meine Mutter mit dem Mann im Haus mein zukünftiges Schicksal. Ich hockte wieder einmal auf der Treppe zu meinem Zimmer und belauschte mit klopfendem Herzen das Gespräch an einem Sonntagmittag in der Küche, während der Mann im Haus den Geschirrspüler ausräumte und das gewaschene Besteck nach Messern, Gabeln und Löffeln sortiert in die Schublade legte, um danach mit dem Ausräumen der Teller zu beginnen. „Hast du mich gehört?", fragte meine Mutter ungeduldig. Ihr war anzumerken, dass die neue Situation sie belastete. Meine Mutter erwartete Hilfe von dem Mann im Haus, der eigentlich keine Hilfe anzubieten hatte, weil er sich nicht für die Situation verantwortlich fühlte. Schließlich war ich nicht seine leibliche Tochter. „Es ist deine Tochter und du hast sie hierhergeholt", sagte Hans-Jürgen, „du musst mit ihr klarkommen."

„Ach ja! So einfach machst du dir das, nicht wahr?"

„Ich finde, du machst es dir sehr einfach, wenn du deine Tochter, die du vor vier Jahren von den Philippinen geholt hast, nun zurückschicken willst. Und wer soll sie betreuen? Deine Mutter etwas? Oder Noel? Der ist in Saudi-Arabien und arbeitet auf einer Baustelle. Du glaubst doch nicht, dass sich Luisa um deine Tochter kümmern wird oder Josefine. Vergiss es!"

Recht hatte Hans-Jürgen. Angespannt verfolgte ich auf der Treppe das Gespräch, ab und zu nach oben schauend, um schnell reagieren zu können, falls die Kinder ihre Zimmer verlassen sollten und mich beim Lauschen entdeckten. Hans-Jürgen hatte Recht. Wo sollte ich denn hin, wenn meine Mutter mich zurückschicken würde? Und Burim? Ich liebte ihn. Ich würde ihn nie verlassen. Niemals würde ich ohne Burim Deutschland verlassen. Ich konzentrierte mich erneut, um das Gespräch weiter verfolgen zu können.

„Aber meine Tochter ist jetzt vorbestraft. Vielleicht rutscht sie noch weiter ab in die Kriminalität", sagte meine Mutter, während sie die vorbereiteten Frühlingsrollen als Beilage für das Reisgericht vorsichtig in die Fritteuse legte, wo sie, im heißen Öl zischend, schnell eine knusprige Bräune annahmen.

„Nur weil Geraldine einige Sozialstunden in einem Altersheim drohen, muss das noch nicht der Beginn einer kriminellen Karriere sein. Sie hat einmal etwas gestohlen. Parfüm für 15 Euro. Ich bin sicher, dass die Strafe ihr eine Lehre sein wird."

Ich schmunzelte bei dem Gesagten und fand Hand-Jürgen plötzlich richtig süß.

„Dennoch ist sie vorbestraft", erwiderte meine Mutter, „ich werde schon einen Weg finden, Geraldine zurückzuschicken."

Plötzlich wechselte Hans-Jürgen das Thema. Gespannt lauschte ich seinen Worten. „Was mir eher Sorge bereitet, da wir gerade einmal wieder von deiner Tochter sprechen, ist der Typ, den deine Tochter an Land gezogen hat. Ich mag ihn nicht und will nicht mehr seinen Besuch hier im Haus."

Bevor ich die Antwort meiner Mutter in Erfahrung bringen konnte, musste ich blitzschnell von der Treppe aufstehen, weil Klaus plötzlich oben an der Treppe erschien. „Was machst du denn da, Geraldine?", fragte Klaus verwundert und ich gab vor, Geldmünzen auf der Treppe zu suchen, die ich verloren hätte, während ich die Bedeutung der Worte Hans-Jürgen verarbeitete. Warum mochte er Burim nicht? War es die Tatsache, dass er fünf Jahre älter war als ich oder dass er mit neunzehn Jahren schon einen schicken Ford Mustang fuhr, für den ihn alle bewunderten? Vielleicht war Hans-Jürgen neidisch auf Burim, weil Hans-Jürgen sich so einen Wagen nicht leisten konnte. Es war herrlich, mit Burim im Cabrio bei geöffnetem Dach im warmen Herbstwind die Landstraßen entlang der im Herbstkleid gefärbten Bäume zu fahren. So etwas hatte Hans-Jürgen bestimmt noch nicht erlebt. Und eigentlich, wenn ich es recht bedachte, sah der Mann im Haus neben Burim wie ein Spießer aus. Ein deutscher Spießer. Rechtschaffen, ehrlich, langweilig. Das war es! Ja, das musste die Antwort sein, warum er sich ab sofort weigerte, Besuche Burims bei uns zu gestatten. Hans-Jürgen war neidisch. Er war neidisch, weil Burim so geil aussah. Seine schlanke Figur, sein knackiger Arsch. Ja, seine ganze Erscheinung strahlte einen Glanz aus, dem keiner entkommen konnte. Und ich. Ich war es, die er liebte.

Wir trafen uns jetzt regelmäßig. Meistens am Wochenende. Immer wenn wir uns verabredeten, holte Burim mich von zu Hause ab. Dann wartete er in seinem

Auto auf mich, das er in Sichtweite meines Fensters parkte, so dass ich nur noch, wenn ich den Wagen nach sehnsüchtigem, ruhelosem Warten endlich erblickt hatte, die Treppe hinunterfliegen und durch die Haustür gleiten musste, um in seinen Armen zu landen. Nur einmal kam Burim auch ins Haus hinein, um sich bei meiner Mutter vorzustellen. Meine Mutter wollte es so. Dass sich ein reifer neunzehnjähriger junger Mann für ein vierzehnjähriges Mädchen interessierte, war für meine stolze Erzeugerin kein Problem, schließlich war die Verlockung, mich an den zukünftigen Wochenenden nicht mehr im Haus vorzufinden, zu verlockend, zu süß, um irgendwelchen Zweifel an der Aufrichtigkeit der Absichten des männlichen Verehrers aufkommen zu lassen.

Wann immer es die Zeit erlaubte, verbrachte ich von nun an die Wochenenden bei der Familie meines Freundes, wobei ich meistens nur die Mutter antraf, da Burims Vater oft auf Montage war, was auch immer das bedeutete. Nur pünktlich um 17 Uhr, so die Bedingung meiner Mutter, sollte ich sonntags zurück sein, um mir noch ausreichend Zeit zu geben, mich für den nächsten Schultag vorzubereiten. Diese Forderung, aufgestellt am Tag der ersten Begegnung meiner Mutter mit Burim, entlockte ein müdes Gähnen bei mir und auch Burim konnte sich ein leichtes Grinsen nicht verkneifen, das meine Mutter aber nicht wahrzunehmen schien oder nicht wahrnehmen wollte. Nur Hans-Jürgens hochgezogene Augenbrauen verrieten seine Abneigung meinem Freund gegenüber. Doch was sollte er auch tun? Er war nicht mein leiblicher Vater und ich war nicht seine leibliche Tochter. Er hatte mich nicht hierhergeholt. Er musste mit mir nicht klarkommen. Das war auch gut so, denn die kurze Antwort Burims auf Hans-Jürgens wohl wichtigste Frage, die im bürgerlichen Milieu über Sympathie oder Antipathie entscheidet, was er denn beruflich so mache, vertiefte nur die Abneigung des Mannes im Hause. Auf Jobsuche zu sein, war nicht die Antwort, die er erwartet hatte. Nein, diese Antwort schuf neben der Frage, was denn ein neunzehnjähriger junger Mann in einer vierzehnjährigen Pubertierenden sieht, nur Verwirrung, wenn man aus dem Fenster schaute, wo der rote Ford Mustang den kleinen grauen Polo des Nachbarn zuparkte.

Auch Jakob und Gregor schauten eher verstört in Richtung Burims, bevor sie, nachdem sie ihn schüchtern und mit leiser Stimme begrüßt hatten, ohne ihm jedoch die Hand zu schütteln, die Treppe hinaufschlichen, um sich in ihren Zimmern zu verkriechen. Vielleicht hatten Jakob und Gregor Angst vor ihm. Alles an Burim wirkte an diesem Tag, als er sich bei meiner Mutter vorstellte, bedrohlich. So als hätte er bewusst diese Erscheinung gewählt. Sein lockiges pechschwarzes Haar, seine schwarze Nappalederhose und seine schwarze Motoradlederjacke verliehen ihm einen Ausdruck furchterregender Unnahbarkeit, zumal eine dunkle Sonnenbrille sein Gesicht bedeckte, die er während des Gesprächs nicht abgenommen hatte.

Selbstverständlich bat Hans-Jürgen meinen Freund nicht, ins ordentlich aufgeräumte Wohnzimmer zu kommen, denn das hätte ja ein Eindringen in die Privatsphäre der Familie Schneider-Ocampo bedeutet, was es zu verhindern galt. Mir war das nur recht. Denn so fand das Vorstellungsgespräch, auf das Wesentliche begrenzt, im beengten Hausflur statt, und ich glaubte, alle im Haus waren froh, als ich endlich in den roten Ford Mustang stieg, um mit Burim zusammen den Dunst der deutschen Spießigkeit im Klang des laut aufbrüllenden Motors hinter mir zu lassen.

Für mich war Burim wie ein muskulöser Pitbull, der mich beschützte, nur dass ich ihn nicht an der Leine hielt. Schocker hatte Elli Grün, die ihm Halt gab, die Schocker sogar im Gefängnis besuchte. Sie gab ihm Hoffnung. Hoffnung auf ein besseres Leben. Sie wollte Schocker aus der Siedlung herausholen. Weg von dem gemeinen Warga, der Schocker niemals Liebe gab. Aber auch weg von Richy, der doch nur ein schlechter Einfluss für Schocker war und ihn dort hinbrachte, wo Schocker nicht hingehörte. Ja, die Flatter zu machen. Das ist es! Und ich? Ich hatte den starken, großen Burim. Auch ich machte die Flatter, wenn ich mit Burim das Wochenende verbrachte. Ich fühlte mich befreit von meinem Schneckenhaus. Es war zwar nur eine kleine Flatter, aber vielleicht der Beginn einer großen.

Flucht

Mein Mulin-Amulett in der Hand haltend, warte ich geduldig auf die Ankunft Werners. Ich gebe die Hoffnung nicht auf. Wenn das Amulett mich wirklich vor Unheilschützen soll, wie meine Oma mir versprochen hat, dann wird Werner kommen, um mich zu retten. Doch wo bleibt er nur? Bald ist es ein Uhr. Noch nie war Werner so unpünktlich. Ob er es sich anders überlegt hat? Sicherlich haben ihn seine Eltern überredet, von mir fernzubleiben, um sich eine Bessere zu suchen. Eine Auszubildende im deutsch-philippinischen Außenhandel ist ihnen sicherlich nicht gut genug. Vielleicht doch lieber eine Juristin? Oder eine Zahnärztin? Oder eine hübsche Frau aus einer reichen Familie, die dann einen Adelstitel erhält. Ihr würde ein Adelstitel besser stehen als einer Hure. Die Vorstellung ist ja geradezu lächerlich: Geraldine von Halfern. Nein, er wird es sich anders überlegt haben. Es hat sich ausgeengelt. Sicherlich hat Dr. von Halfern Recherchen angestellt und die Wahrheit über mich erfahren und nichts Eiligeres zu tun, als seinen Sohn bloßzustellen, um ihm dann zur Unterstützung seiner Forderungen die Pistole an seine Brust zu setzen.

Vielleicht hat Werner aber auch Angst. Angst vor Manni, der Werner verfolgen könnte, um ihn dann auf der Fahrt zu meiner Wohnung aufzugreifen. Seine Kumpane würden seinen Wagen ausbremsen, sie würden ihn zu dritt aus dem Wagen herauszerren und gnadenlos mit Faustschlägen malträtieren, und zwar so lange, bis Werner unsere Flucht verraten würde. Dann wäre es um uns geschehen. Heute muss die Flucht geschehen. Da ich meine Blutungen habe, hat Manni mir freigegeben. Seit zwei Tagen habe ich im Goldenen Stern nicht mehr angeschafft. Doch Mannis Großzügigkeit ist teuer erkauft, denn die zwei Tage ohne Einnahmen müssen durch Sonderschichten wieder hereingeholt werden. Zu verschenken gibt es schließlich nichts.

Ein Uhr. Wenn Werner nicht gleich kommt, werde ich ein Taxi nehmen und zu ihm fahren. Die Ungewissheit raubt mir den Verstand. Zum hundertsten Mal schaue ich aus meinem dunklen Zimmer aus dem Fenster. Vorsichtig, so dass ich nicht die Gardine berühre. Es hat zu regnen begonnen. Die Lichtkegel der dann und wann vorbeifahrenden Autos spiegeln sich auf dem glänzenden Asphalt und ziehen schnell vorüber. Warum musste Chantal mich bei Manni verraten? Nur wegen ein paar tausend Euro. Warum nur? Glaubt sie wirklich, bei Manni Vorteile daraus ziehen zu können? Ein Wagen fährt vor. Es muss Werner sein. Endlich. Mein Gott! Wie lange habe ich gewartet? Ein letzter flüchtiger Blick aus dem Fenster, bevor ich den Koffer ergreife. Manni! Es ist Manni, der vor der Haustür steht. Manni und Bernd, der für die Erledigung von Drecksarbeiten immer dabei ist. Vor dem Fenster stehend, schrecke ich vor Angst einen Schritt zurück, einen Schrei unterdrückend, als Manni zu meinem Fenster hinaufschaut. Sein feixendes Grinsen lässt mich kalt erschauern. Ich muss handeln. Hastig ergreife ich meinen Koffer. Es klingelt an meiner

Wohnungstür. Ein Blick nach unten. Noch stehen Manni und Bernd draußen im Regen und betätigen erneut die Klingel zu meiner Wohnung. Der schrille, eindringliche Ton dringt durch Mark und Bein. Ich muss aus der Wohnung! Bevor sie bei einem Nachbarn klingeln! Aber das kann dauern, bis die Haustür geöffnet wird. Nachts um eins. Ich husche die dunkle Haustreppe hinunter, sehe ihre dunklen, bedrohlichen Umrisse im milchigen Glasfenster der Eingangstür, und schleiche unbemerkt an der Haustür vorbei in den Keller hinunter, wo eine Tür zum Hinterhof führt, wo die Mülltonnen stehen und wo ein in der Regel unverschlossenes Tor einer Toreinfahrt zur gegenüberliegenden Straße führt, das ich oft benutze, um den Weg zum Taxistand abzukürzen. Ich renne los. Der Koffer ist nicht so schwer. Zum Glück besitze ich nicht viele Kleider. Ich wage es nicht, zurückzuschauen. Mein Herz pocht. Hoffentlich ist das Tor nachts nicht verschlossen. Wird jemand meine Hilferufe hören, wenn Manni mich ergreift? Nachts um eins? Niemand wird mir helfen. Zu meiner großen Erleichterung ist das Tor unverschlossen. Durch die dunkle Toreinfahrt haste ich in Richtung der Straße. Das gelbe Neonlicht der Straßenlaternen am Ende der nachtschwarzen Toreinfahrt zeigt mir den Weg. Dort, wo das fahle Licht die Dunkelheit durchbricht, ist der Taxistand. Zwei Taxen stehen hintereinander am Straßenrand. Die Taxifahrer warten auf Fahrgäste. Beide lesen eine Tageszeitung zum Zeitvertreib.

„Hallo! Hilfe! Bitte helfen Sie mir!"

Mein verzweifelter Hilferuf, verstärkt durch den Widerhall in der engen Toreinfahrt, zerreißt die Stille der friedlichen Nacht. Ein Taxifahrer ist ausgestiegen. Er muss mich gehört haben. Er läuft in schnellen Schritten um seinen Mercedes herum und rennt auf mich zu.

„Brauchen Sie ein Taxi?"

„Ja, beeilen Sie sich. Ich werde verfolgt."

Ohne weitere Worte wirft der Taxifahrer meinen Koffer auf den ledernen schwarzen Rücksitz seines Mercedes und hilft mir beim Einsteigen.

„Machen Sie! Bitte! Fahren Sie los!"

Da sind sie! Manni und sein Schläger! Sie kommen auf uns zu gerannt.

„Los! Fahren Sie!"

Mit quietschenden Reifen schießt das Taxi in Richtung der herbeieilenden Verfolger, die sich nur mit einem Sprung zur Seite retten können. Ich reiße meinen Kopf herum, erblicke durch die Rückscheibe des sich schnell entfernenden Taxis Mannis hassverzerrte Fratze, Vorbote dessen, was mir widerfahren wird, wenn ich ihm in die Hände fallen sollte. Erleichtert für den Moment lehne ich mich zurück. Nur langsam weicht die Anspannung der letzten Minuten von mir. Eine plötzlich einsetzende lähmende Müdigkeit legt sich wie ein schwerer bleierner Umhang auf meinen Körper.

„Mich geht es zwar nichts an, aber wer waren denn die beiden Typen?"

Ich schaue in Richtung des Taxifahrers, der mich mit dem kurzen prüfenden Blick eines Taxifahrers von oben bis unten abtastet und nicht weiß, was er von mir halten soll. Wäre ich von meiner nächtlichen Arbeit gekommen, hätte er ein leichtes Spiel gehabt. So aber, dies ist ihm deutlich im Gesicht geschrieben, wundert er sich, warum eine junge Frau mit offensichtlichem Migrationshintergrund von solchen Typen verfolgt wird.

„Das wollen Sie lieber nicht wissen. Es sind Typen, die über Leichen gehen."

Es ist ihm deutlich anzumerken, dass er eine konkretere Antwort gewünscht hätte, doch er lässt es dabei bewenden.

„Wohin soll es denn eigentlich gehen?"

Es ist eine Frage, die mich für einen kurzen Augenblick irritiert. Wenn die Frage auf mein Leben bezogen ist, offenbart sie eine eklatante Orientierungslosigkeit, denn ich weiß nicht, in welche Richtung sich mein Leben entwickeln wird. Ich weiß nicht einmal, wenn ich es mir ehrlich eingestehen soll, welche Adresse ich als Zielort angeben soll. Zu Werner? In die Rückertstraße in Altona? Oder in die Von-Stresow-Straße in Hattingen? Das wäre eine schöne Fuhre für den Taxifahrer. Vierhundert Kilometer. Da käme was bei rum. Zu gönnen wäre es ihm. Doch zurück zu meiner Mutter kann ich nicht, will ich nicht. Ich bin allein in dieser Welt. Ohne Mutter, ohne Vater und ohne jeglichen emotionalen Rückhalt. Nicht einmal Werner. Der mich so angehimmelt hat. Vergessen und verloren. Niemand ist da, der mir helfen kann. Nur mit großer Mühe kämpfe ich gegen meine Tränen an.

„Fahren Sie mich in die Rückertstraße in Altona. Da wohnt mein Freund."

139

Zufrieden registriert der Taxifahrer die Adresse. Ab und zu schaue ich mich nervös um. Manni kann mich eigentlich nicht verfolgen. Die Zeit, die sie brauchten, um zu ihrem Wagen zurückzulaufen, müsste ausgereicht haben, um genügend Abstand zwischen den Verfolgern und unserem Taxi aufgebaut zu haben.

Mein Handy.

Eine Whatsapp-Nachricht.

Ist es Werner?

HALLO MELODY. GLÜCK GEHABT. WENN ICH DICH KRIEGE, MACH ICH DICH FERTIG!

„Und? Gute Nachrichten?"

Neugierig ist er schon, mein Taxifahrer. Sicherlich ist ihm der heftige Schreck auf diese Nachricht nicht entgangen, der für einen kurzen Augenblick meine Glieder lähmt.

„Fahren Sie einfach weiter. Und so schnell wie möglich."

Ein schrecklicher Gedanke lässt mich hochfahren.

„Fahren Sie nachher zurück zum Taxistand?"

„In der Regel ja. Warum?"

„Diejenigen, die mich verfolgt haben, werden vielleicht dort warten, um herauszufinden, wo Sie mich hingebracht haben."

„Ich verstehe."

„Wenn die mich finden, machen die mich fertig."

„Gut. Ich werde in der Zentrale anrufen und einen anderen Taxistand wählen."

Dankbar schaue ich ihn an. Dennoch war es ein Fehler, dem Taxifahrer meinen Zielort zu nennen. Dieser Fehler wird mir nicht noch einmal passieren. Nachdem ich mich ein wenig beruhigt habe, nehme ich mir Zeit, ihn näher zu begutachten. Als Hure lernt man auf Grund der Erfahrung, Freier schnell einzuschätzen. Oft genügt ein prüfender Blick. Mein erster Eindruck ist durchaus positiv. Ich schätze ihn so um die fünfzig. Sein dunkelblondes Haar ist bereits an den Seiten grau gefärbt, wobei der saubere Schnitt auf einen vor kurzem stattgefundenen Frisörbesuch hinweist. Überhaupt muss er sich viel Zeit für die Pflege seines Körpers nehmen. Sein Gesicht ist glattrasiert, ein Blick auf seine Fingernägel verrät seinen Zeitaufwand für gepflegte Hände. Erste tiefe Falten haben sich um seinen Mundwinkel gelegt. Doch es sind weiche Gesichtszüge, die ihn freundlich erscheinen lassen. Er ist verheiratet. Sicherlich ist er stolz, verheiratet zu sein, denn sein goldener Ehering funkelt an seinem rechten Ringfinger wie ein heller Stern in einer klaren Winternacht. Seine Frau wird zu Hause ängstlich auf die Rückkehr ihres Ehemanns von der gefährlichen Nachtschicht warten. Sicherlich hat er Kinder, die er zu versorgen hat. Kein einfaches Leben als Taxifahrer. Schwer verdientes Geld. Sicherlich kein Puffbesucher.

Wie Hans-Jürgen jetzt wohl aussieht? Ich habe ihn seit dem Besuch in Burims Wohnung vor ungefähr drei Jahren nicht mehr gesehen. Erstaunlich, wie schnell die Jahre vergehen. Sicherlich sind seine Kinder alle auf dem Gymnasium und pauken für ihr Abitur, um anschließend studieren zu können. Es muss schön sein, vom Vater geliebt und beschützt zu werden, der einem hilft, der immer da ist, wenn Probleme zu lösen sind. Nachdenklich schaue ich aus dem Fenster. Regentropfen laufen in kleinen Rinnsalen an der Fensterscheibe hinunter. Es ist behaglich warm in dem Mercedes.

„Darf ich Sie etwas fragen?"

Seine Neugier steht ihm im Gesicht geschrieben, doch ich kann ihm die Frage nicht verwehren.

„Fragen Sie ruhig."

„Sie sind keine gebürtige Deutsche, oder?"

„Nein, ich komme aus den Philippinen. Ich habe aber seit zwei Jahren einen deutschen Pass."

„Wusste ich es doch! Ich habe zuerst nicht gewagt, Sie zu fragen. Meine Frau ist nämlich auch eine Filipina."

Nicht dass es mich besonders interessiert, doch ich höre ihm geduldig zu und erfahre, wie glücklich er mit seiner Frau geworden ist. Er und seine Frau haben ein kleines Haus auf den Philippinen gebaut, in Cebu, nur ein paar Schritte vom Meer entfernt. Jedes Jahr fahren sie mit den Kindern dort hin und genießen dort ihren Urlaub. Ein schönes Land, die Philippinen. Ein schönes Land, wenn man reich ist, erwidere ich kurz. Der Taxifahrer verstummt und biegt wortlos in die nächste Seitenstraße ein. Mein Handy summt. Die nächste Whatsapp-Nachricht.

HALLO GERALDINE. TUT MIR LEID. HABE MICH VERSPÄTET.
KOMME DICH ABHOLEN. 10 MIN.

Werner! Es ist tatsächlich Werner!

Wie sehr habe ich auf ein Zeichen von ihm gewartet. Warum nur hat er mir nicht früher eine Nachricht geschickt? Doch zu meiner Wohnung darf er nicht fahren. Nein, das wäre sehr gefährlich. Was ist, wenn

Manni ihn dort abfangen wird? Er wird Werner niederschlagen. Er wird ihn anschließend in seinen Wagen zerren. Er wird womöglich Werner im weit verzweigten Keller des Goldenen Sterns einsperren, um mich zu zwingen, zu Manni zurückzukehren. Manni hätte mich in der Hand. Das darf nicht geschehen! Hastig öffne ich die Whatsapp-Seite meines Handys, drücke Werners Whatsapp-Nummer und tippe nervös die Buchstaben der Tastatur.

GEFAHR!!! KOMM NICHT ZU MIR!! BIN AUF DEM WEG
ZU DEINER WOHNUNG!

Hoffentlich ist es nicht zu spät. Hoffentlich liest er die Nachricht. Doch wenn er Auto fährt, kann er die Nachricht nicht lesen. Er wird sie lesen, wenn er vor meiner Wohnung hält. Zu spät! Es ist zu spät! Verdammt! Warum hat er sich nicht früher gemeldet? Soll ich umkehren? Zurück zu meiner Wohnung? Doch was würde es bringen? Soll ich nicht besser vor Werners Wohnung warten? Doch was ist, wenn Manni Werner nicht zum Goldenen Stern fährt, sondern ihn zwingt, mit ihm zu seiner Wohnung zu fahren, wo Manni vielleicht hofft, mich vorzufinden? Warum rufe ich ihn nicht einfach an? Erneut greife ich zu meinem Handy. Ein Freizeichen! Komm! Geh ran! Verdammt! Die Melodie verrät mir die Unerreichbarkeit Werners. *Der Empfänger ist im Augenblick nicht zu erreichen. Sie können aber eine Nachricht hinterlassen.* Verzweifelt schicke ich eine neue Nachricht an Werner.

BITTE MELDE DICH! FAHR NICHT ZU MIR! MANNI WARTET
DORT!

143

„Wir sind gleich da. Ist alles in Ordnung?"
„Ja, ja, fahren Sie nur".

Es ist soweit

„Komm, du willst es doch auch." Burims drängendes Verlangen nahm von Wochenende zu Wochenende zu. Lange würde ich ihn nicht mehr hinhalten können. Aber ich hatte ein wenig Angst davor. Es würde schon ein wenig wehtun, hatte Dorentina gesagt. Außerdem müsste ich mir die Pille verschreiben lassen. Das wäre sicherer. Nur mit Gummi, das wäre zu gefährlich. Oder wollte ich mit vierzehn einen dicken Bauch und mit fünfzehn ein plärrendes Balg am Hals haben? Die Pille. Die Pille verschrieben zu bekommen, setzte einen Besuch beim Frauenarzt voraus. Zusammen mit meiner Mutter? Ein vertrauliches Gespräch mit meiner Mutter über das Thema Verhütungsmittel? Absurd. Letztendlich versprach mir Dorentina mit einem süffisanten Grinsen, die Pille zu besorgen. Dann würde es keine Ausreden mehr geben. Nicht, dass ich es nicht auch wollte. Aber die Entscheidung sollte bei mir bleiben.

Komm, du willst es doch auch. Burims Verlangen, endlich seine prächtige Gurke bei mir einzuparken, verlagerte sich bei meiner bisher erfolgreichen Gegenwehr erstaunlicherweise in die entgegengesetzte Richtung. Da er meiner Bitte, mir doch noch ein wenig mehr Zeit einzuräumen, kein Gehör mehr geben wollte, drohte er, auf das Beisammensein mit mir an den

Wochenenden zu verzichten, um mir die Zeit und die Gelegenheit zu geben, über mein, wie er sagte, unerklärliches Backfischdasein nachzudenken. Auch wenn ich die Bedeutung seines sicherlich bewusst gewählten Wortes nicht verstand, konnte ich nicht umhin, dieser Formulierung eine negative Bedeutung zuzuordnen, denn es sollte mich sicherlich verletzen. Was mehr ins Gewicht fiel, war nun die beängstigende Aussicht, die Wochenenden wieder bei meiner Mutter und dem Mann im Haus zu verbringen, wo ich mich wieder in mein Schneckenhaus zurückziehen würde, um die Zeit damit zu verbringen, mit schmachtendem Herzen an Burim zu denken, der vielleicht bald bereit sein würde, mich für eine andere aufzugeben.

Burim war sich seiner Anziehungskraft bei Frauen bewusst. Immer wenn er sich nackt aus unserem gemeinsamen Bett erhob, positionierte er sich vor dem Spiegel seines Kleiderschranks, und begutachtete wie ein Pfau mit ausgebreitetem Putz stolz und ausgiebig seinen athletischen Körper, sich dabei vor dem Spiegel hin und her wendend. Sein prüfender Blick wanderte dann zu mir herüber, um mir zu verstehen zu geben, wie froh ich sein könne, mit ihm zusammen zu sein. Wenn Burim mit seinen schweren, eisernen Hanteln vor dem Spiegel seinen stahlharten Bizeps trainierte, einen Film kleiner Schweißperlen auf seinem muskulösem nackten Oberkörper produzierend, erinnerte er mich stets an Lester Burnham aus *American Beauty*, der notgeile Familienvater, der sich paradoxerweise in die mindestens fünfundzwanzig Jahre jüngere High-School-Schülerin Angela Hayes verknallt hatte, Freundin seiner Tochter

Jane. Auch Lester versuchte sich mit freiem Oberkörper an den Hanteln in der Garage seines Hauses, um Angela zu gefallen, die letztendlich durchaus gewillt war, von dem ungefähr Mitvierziger gevögelt zu werden. Doch auch sie hatte Angst vor dem ersten Mal. Der Film ging mir nicht mehr aus dem Sinn, weil Lester nach dem Geständnis ihrer Jungfräulichkeit von ihr abließ, wohl um ihr die Zeit und die Chance zu geben, nicht von einem alten Sack, sondern von einem jungen, gut aussehenden Typen ihres Alters defloriert zu werden.

Komm, du willst es doch auch. In Anbetracht seiner durchaus gefährlichen Drohung, mich an den Wochenenden nicht mehr sehen zu wollen, gestand ich mir nun ein, dass nun doch so langsam der Zeitpunkt gekommen war, seinen harten Stolz in der Wärme meiner Grotte zu empfangen. Oder, wie Burim es in romantische Worte kleidete: es wurde nun Zeit, von ihm so richtig durchgefickt zu werden. Das Bett, das in seinem Zimmer war, war eigentlich ein Sofa mit Schlaffunktion. Immer wenn wir uns zum Zubettgehen vorbereiteten, musste das Sofa ausgeklappt und die Kissen und Bettdecken aus dem Bettkasten herausgenommen werden. Natürlich wusste ich, was auf mich zukommen würde. Schließlich hatten mir Jeffrey und Josefine im frühen Kindesalter schon gezeigt, was es mit dem Geschlechtsverkehr auf sich hat. Wie konnte ich diese Bilder vergessen? Ich wusste, was Männer gerne wollten. Aber was ich wollte, so genau wusste ich es nicht. Wenn ich mit Burim im gemeinsamen Bett lag, war ich stolz auf seinen nackten, durchtrainierten Körper. Ich war stolz, wenn sein viel geliebter Stolz hart

147

in meiner warmen, weichen Hand wurde und sich warm in ihr ergoss. Ich lernte, Petting und Cunnilingus zu genießen. Ich war stolz, dass er Gefallen an meinem jungen Körper fand. Doch bisher hatte ich meinem heißen Liebhaber den Königsweg zur göttlichen Grotte seiner Begierde versperrt. Doch Burims Drängen wurde unerbittlicher, forscher, verlangender, aggressiver, so dass ich keinen Ausweg mehr fand, die unschätzbare und einzigartige Kostbarkeit meiner Jungfräulichkeit länger zu bewahren. Schließlich wollte ich Burim nicht verlieren.

Am 10. Dezember, zwei Wochen vor Heiligabend, endete meine Jungfräulichkeit im Alter von vierzehneinhalb Jahren in der Nacht vom Samstag zum Sonntag um ein Uhr vierundvierzig und transformierte mich unwiderruflich in einem Akt unvergessener Rohheit in die Rolle einer jungen Frau, die von nun an dazu bestimmt war, den Mann zu beglücken. Jeglicher Gedanke an Romantik, die ich mit diesem Akt verbunden hatte, erlosch in dieser Nacht zischend wie ein Feuer im Regen und wurde im Sarg der Lächerlichkeit begraben. Jegliche flehentliche Bitte, vorsichtig zu sein, wurde in der gewalttätigen, gefühllosen Wollust meines Geliebten überhört. Heftig keuchend, sein vor körperlicher Anstrengung schwitzendes Gesicht zu einer Fratze verzerrt, wurden meine Schenkel auseinandergerissen. Seine Adern am Hals und an den Armen wie Eisendrähte angespannt. Ohne Vorwarnung wurde in mich eingedrungen. Meine Schmerzensrufe überhörend, wurde in meinem Körper eingehämmert und Hartes gefühllos in mich hineingerammt. Mein Körper wurde wie durch Geisterhand herumgeworfen. Von vorne, von hinten, wie er, nicht wie ich es wollte, wurde erneut und erneut in mich eingedrungen, bis endlich nach einer gefühlten Unendlichkeit ein grausames animalisches Stöhnen den Akt meiner Defloration beendet hatte und Tränen mein Kopfkissen nässten.

Nun gehörst du mir, waren die Worte Burims, als er das Bettlaken mit meinem darin getrockneten Blut am nächsten Morgen vom Schlafsofa entfernte, es zusammenfaltete und wie ein Faustpfand seines glorreichen Triumphes über den Willen einer jungen Frau in der Hand hielt. Für mich gab es nur den stillen Gang zum Badezimmer, wo ich meinen nackten Körper unsicher im Spiegel betrachtete. Ich glitt mit meinen Händen an meinen zierlichen Brüsten entlang, die noch nicht, das wusste ich, ihre endgültige Blüte erreicht hatten. Ich streichelte sanft meinen flachen Bauch wie eine Mutter, die ihr erstes Kind erwartete. Meine langen, wohlgeformten Schenkel waren weich und schlank. Äußerlich, so stellte ich mit Genugtuung fest, waren meine Rundungen nach wie vor so zart und zierlich wie vor der Nacht, doch innerlich fühlte ich mich nun nicht mehr wie ein junges Mädchen, sondern wie eine junge Frau, die nun ihren geliebten Partner beglücken durfte und dabei aufpassen musste, nicht in ein selbstverschuldetes Unglück hineinzugeraten, das nach neun Monaten in einer Katastrophe enden würde.

Nun gehörte ich ihm. Unter der Dusche stehend, genoss ich den wohlig-heißen Wasserstrahl, der die Spuren der nächtlichen Vereinigung mittels duftender Essenzen an meinem warmen, weichen Körper hinunter in Richtung des Abflusses spülte. Unter der Dusche stehend, fand ich die notwendige Zeit und Ruhe, über das Geschehene und die damit verbundenen Worte Burims nachzudenken. Über das taube Gefühl erlittener Entmenschlichung in der vergangenen Nacht hatte sich nun wie eine große, schwere Decke, die ein Feuer erstickt, eine nüchterne Erkenntnis gelegt, die unwiderruflich mein zukünftiges Leben bestimmen würde. Ich gehörte nun Burim. Ich war ihm auf Gedeih und Verderb ausgeliefert, weil ich keine Mutter hatte, die mich liebte. Weil ich kein Zuhause hatte, das mir anstatt Schutz und Geborgenheit nur das grausame, kalte Gefühl des Nicht-Willkommen-Seins gab. Weil ich Burim trotz alledem liebte. Weil er mich liebte. Weil ich mit Burim irgendwann die Flatter machen konnte. Und weil ich mich nun wie eine junge Frau fühlte. Und die erlittene Demütigung in der letzten Nacht glaubte ich mit dem Prinzip der Hoffnung ausgleichen zu können. Denn ich war gewillt, mir fest und unumstößlich einzureden, dass so eine Nacht wie die letzte Nacht nicht noch einmal geschehen würde. So gesehen, begann ich seine Worte, ihm zu gehören, als etwas Positives, vielleicht als eine Chance zu sehen, einen neuen glücklicheren Lebensabschnitt zu beginnen, der mir den begehrten Platz an der Sonne garantieren würde.

Ein weiter Grund für das aufkeimende Gefühl, nun eine erfahrene, erwachsene junge Frau zu sein, waren Burims Erinnerungen an den Kosovo, die er mir anvertraute, wenn wir zusammen im Bett lagen. Wie meine beste Freundin Dorentina hatte auch Burim den Tod erlebt, auch wenn seine Verwandten im Kosovokrieg vom Tod verschont wurden. Das erzählte mir Burim, nachdem wir nachts von der Disco müde und erschöpft vom Tanzen in die Wohnung seiner Eltern zurückgekehrt waren und es uns in seinem Bett gemütlich gemacht hatten, gemeinsam einen Joint rauchend. Seine Familie hatte einfach nur Glück gehabt, wie er sagte. In der Nähe von Prizren, wo Burim geboren wurde, schlug eine Bombe der Amerikaner in ein benachbartes Wohnhaus ein und tötete viele Kosovaren. Auch Burim half bei der Bergung der Verschütteten. Sein Vater wollte es so. Burim sollte das wahre Leben und den Tod früh kennen lernen. Dabei war er erst neun Jahre alt, als er zusammen mit den Anwohnern seiner Straße die schrecklich zugerichteten Leichen aus den Trümmern hervorzerrte. Die apokalyptischen Bilder der abgetrennten Körperteile konnte er, wie er mit leisem Ton sagte, nicht mehr vergessen. Besonders ein Bild konnte er aus seinen Erinnerungen nicht löschen. Ein im Rinnstein liegender Kopf. Der hübsche Kopf eines vierjährigen Mädchens, das blonde Haar sorgfältig zu einem Zopf gebunden, die Augen noch geöffnet, in den Himmel blickend, beinah friedlich, so als hätte es ihren Frieden bei Gott gefunden. Doch im gleichen Jahr verbesserte sich die politische Situation in Prizren, wie Burim sich, neben mir liegend und das duftende Gras inhalierend, erinnerte. Nachdenklich fixierte er mit seinen Augen die weiß gestrichene Zimmerdecke über unserem Bett, als wäre es die Projektionsfläche für den Film, der in seinem Kopf ablief. Deutsche Soldaten im Auftrag der UN fuhren mit Panzern in Prizren ein, begrüßt von den Einwohnern der

Stadt, nachdem die Serben Prizren verlassen hatten. Er erinnerte sich, wie er neben einem großen, schweren Leopard-Panzer lief und zu dem deutschen Soldaten hochschaute, dessen behelmter Kopf aus der stählernen Luke ragte. Er lächelte den Jungen an, der als Reaktion freundlich zu ihm hochwinkte. Endlich war sie da. Die Kfor-Truppe. Von der UN geschickt. Die Sicherheitstruppe Kosovo-Force beruhigte die Situation in der Stadt. Für Burims Familie galt es nun, den Kosovo zu verlassen, um in Deutschland, dem gelobten Land, eine neue Existenz aufzubauen. Und solange der Kosovo nicht unabhängig war, war die Chance günstig, als Flüchtling anerkannt zu werden. Denn die Angst, dass Serbien doch noch eines Tages, ungeachtet der UN-Mission, den Kosovo besetzen würde, steckte unauslöschlich in den Köpfen der Kosovaren. Das hatte ihm sein Vater stets erzählt, wenn Burim seinen Vater nach dem Grund der Flucht fragte.

„Lassen wir die Vergangenheit ruhen", flüsterte Burim mir zu, den Joint zu mir herüberreichend, und begann, mit der rechten Hand ungewöhnlich sanft meine jugendliche Brust zu streicheln. Seit der Nacht hatte ich meine Ablehnung gegen Marihuana aufgegeben. Seit jener Nacht teilte ich mit Burim seine Joints. Es war besser so. Ein plötzlich einsetzendes verlangendes Stöhnen aus dem Nebenzimmer, das sich mit kurzen, wollüstigen Schreien verband, verriet uns auf Grund der Enge der Wohnung und der dünnen Wände, dass Burims Vater, der zu Weihnachten von der Montage nach Hause zurückgekehrt war, nun seinen Spaß bei seiner Frau einforderte, auf den er lange verzichten musste. Einen letzten Zug nehmend, legte ich den Joint zu Seite, und wendete mich nun Burim zu, der sich nun auf mich legte und hart meinen Mund küsste. Ich schlang meine nackten Beine, auf dem Rücken liegend, um seine schlanke Hüfte und erwiderte seine fordernden Zungenküsse, nun meinerseits leise stöhnend, während ein letztes Aufstöhnen, sich laut entladend, im Nebenzimmer die wohlige Ermattung ankündigte. Meine Hände verloren sich in Burims pechschwarzem Haar. Seine rechte Hand suchte die Wärme meines Schoßes. Zugekifft, im siebten Himmel schwebend, war ich bereit, Burim harte Männlichkeit in mich aufzunehmen.

Sex spielte trotz jener Nacht nun eine wichtige Rolle in meinem Leben, wollte ich Burim nicht verlieren. Allerdings hatte es eine Weile gedauert, bis ich mich von den Ängsten und Ungewissheiten befreien konnte, die mich daran gehindert hatten, Burims Eindringen als annähernd lustvoll zu empfinden. Denn er bestand weiterhin auf sein Recht, mich, wie er in seiner sportlichen Überzeugung sagte, hart einzureiten. Und da ich bis dahin nichts anderes kennen gelernt hatte, lebte ich mit der Vermutung, dass Sex weniger mit Romantik und mit schönen Gefühlen verbunden war als mit dem Ziel des Mannes, ohne Rücksicht auf die Bedürfnisse einer Frau sportliche Höchstleistungen im Bett zu vollbringen. Doch wenn er mich wirklich liebte, so hoffte ich, dann würde irgendwann Rücksichtnahme und Zärtlichkeit als Voraussetzung für eine vertrauensvolle Beziehung geile Rohheit ersetzen.

Der Traum

So, wir sind da." Der Taxifahrer ist vorsichtig auf den Rand des Bürgersteigs gefahren, um mich vor dem weiß gestrichenen Mehrfamilienhaus in der Rückertstraße aussteigen zu lassen. Bei laufendem Motor springe ich schnell aus dem PKW heraus, öffne mit einem heftigen, aber unnötigen Ruck die Hintertür, um meinen Koffer auf dem Rücksitz herauszuzerren, zahle, mich dabei hektisch umschauend, den Preis für die Fahrt und gebe dem Fahrer ein großzügiges Trinkgeld, für das er sich freudig bedankt. Mit der Versicherung, nicht an seinen alten Taxistand zurückkehren zu wollen, setzt er den Blinker und fährt langsam los. Kein Wagen fährt an uns vorbei. Es ist still. Es ist beinah beunruhigend still auf der in dem fahlen Licht der Straßenlaternen glänzenden, regennassen Straße. Erst nachdem das Taxi nach einhundert Metern rechts abgebogen und aus meinem Sichtfeld verschwunden ist, ergreife ich meinen Koffer. Nach der wohligen Wärme im Taxi spüre ich nun die Kälte des regennassen Windes in meinem Gesicht. Ich hätte einen Regenschirm mitnehmen sollen. Doch wer denkt an einen Regenschirm, wenn man auf der Flucht vor seinem Zuhälter ist? Die Kälte kriecht unter meinen Mantel. Ein kurzer Schauer durchzieht meinen Körper und ich weiß plötzlich nicht, ob es die feuchtkalte Nässe der Straße oder die Angst um Werner ist, die mich zittrig frösteln lässt.

Ich schaue zum Wohnzimmerfenster in der ersten Etage des Altbaus hoch und wünschte mir für einen Augenblick, dass im Wohnzimmer das Licht brennen würde. Doch sein Zimmer ist dunkel. Graue Schatten der sich im Wind bewegenden Äste der Straßenbäume schleichen sich im Licht der Straßenlaternen wie Diebe an der grauweißen Häuserfront entlang. Der Lichtkegel eines langsam vorbeifahrenden Autos erfasst meine dunklen Umrisse vor der Haustür, hält mich kurz gefangen, und gibt mich wieder frei. Erleichtert öffne ich die schwere Tür des gepflegten Altbaus und schleiche wie eine Katze vor dem Sprung die mit einer Stufenmatte belegte Treppe des großzügig gestalteten Treppenhauses hoch und bin froh, dass Werner mir einen Zweitschlüssel für seine Wohnung als Zeichen seines Vertrauens gegeben hat.

Trotz meiner Anspannung komme ich nicht umhin, seine gemütliche Wohnungseinrichtung, im warmen Licht der Stehlampe eingefangen, erneut zu bewundern, ist sie doch ganz im Gegensatz zu der spartanischen, zweckorientierten Einrichtung meiner Wohnung, die nur zur kurzfristigen Erholung meines weiblichen Unterbaus dient und nicht zum langfristigen Wohnen einlädt, geschmackvoll eingerichtet. Hier passt alles zusammen. Die breite Wohnlandschaft ist farblich an der modernen Schrankwand orientiert, die in der Mitte einen großen Freiraum offenlässt, der von einem überdimensionalen Flachbildfernseher ausgefüllt wird. Die Bilderwand mit zahlreichen amerikanischen Landschafts- und Straßenmotiven wird abends von einer LED-Lichtersäule bestrahlt. Der schwere Teppich federt meine Schritte wunderbar ab, als ich, nachdem ich das Licht vorsichtshalber ausgeschaltet habe, zum Fenster neben der Balkontür gehe und ängstlich aus dem Fenster schaue, das den Blick auf die verkehrsberuhigte Straße freigibt. Alles ruhig. Doch wo ist Werner? Noch hat er nicht auf meine Whatsapp-Nachricht geantwortet. Soll ich ihm eine neue Nachricht schicken? Soll ich ihm mitteilen, dass ich in seiner Wohnung bin? Ist es nicht zu gefährlich? Ich wende mich vom Fenster ab, husche auf leisen Sohlen in die Küche, wo ich hoffe, die halbgeleerte Flasche Wodka im Eisfach zu finden, die wir gemeinsam vor einer Woche angebrochen hatten. Die Küche. Wo bei mir in der sogenannten Küche ein alter schäbiger Herd mit zwei Kochfeldern und mit einem eingebrannten, verkrusteten Ofen die Freude am Kochen und Backen eher gering hält, so ist paradoxerweise die mangelnde Motivation, in Werners hochmoderner, mit den teuersten elektrischen Küchengeräten ausgestatteten Einbauküche kulinarisch kreativ zu werden, darin begründet, dass die Küche einfach zu schön für Küchenarbeiten ist, um sie der Gefahr des Zerkratzens und Verschmutzens auszusetzen. Es ist doch herrlich, einen Vater zu haben, der seinen Sohn finanziell unterstützt, denn mit seinem Referendargehalt, das hat mir Werner offen und ehrlich einmal eingestanden, könnte er sich die Drei-Zimmer-Eigentumswohnung nicht leisten.

Froh, den Wodka im Eisfach gefunden zu haben, setze ich mich auf den Hocker neben der Küchentheke und spüre die entspannende Wirkung des Alkohols, der mich für den Moment von den düsteren Gedanken befreit.

Alles wird gut werden. Ich schaue auf die Küchenuhr. Vor ungefähr fünfunddreißig Minuten habe ich meine Wohnung verlassen. Fünfunddreißig Minuten, die meine Rettung bedeuten könnten. Wenn sich nur Werner melden würde. Mit Werner werde ich wirklich ein neues Leben beginnen, wenn er es ernst meint, wenn er sich nicht meiner Vergangenheit schämt und wenn er nicht vor seinem Vater, dem ehrenwerten Richter am Landgericht, einknickt, der sich, das lässt er mich bei jedem Besuch fühlen, eine bessere Partie für seinen Sohn gewünscht hätte. Dabei scheint mir seine Mutter eher wohlgesonnen. Bisher hat sie mich immer freundlich empfangen, und ich meine eine echte, keine aufgesetzte Freundlichkeit bei ihr zu verspüren. Ich bin doch noch jung, um ein neues, besseres Leben beginnen zu können. Ich kann mich noch ändern. Ich bedaure es, mit meiner damaligen Clique geklaut zu haben. Ich bedaure es, zu schwach gewesen zu sein, um mich von Burim zu lösen, der mich doch nur ausgenutzt hat. Vielleicht mache ich wirklich eine Ausbildung. Vielleicht als Anwaltsgehilfin. Für Werner. Oder ich gehe zur Schule und mache mein Abitur wie die Kinder von Hans-Jürgen. Ich werde einen Hund haben, vielleicht genauso einen Foxterrier wie Benji. Ich werde mit meinem süßen Hund jeden Tag spielen und mit ihm Gassi gehen. Ich möchte keine fremden Schwänze mehr blasen. Will nicht mehr der menschliche Eimer für die Körperflüssigkeiten dicker, dünner, alter, junger, geiler, greiser, schüchterner, versauter, gepflegter, ungepflegter Männer sein. Mein geliebter Werner. Ich bin doch sein Engel. Das hat Werner mir immer wieder gesagt. Und er hat mich wie

157

einen Engel behandelt. Er respektiert mich als Mensch. Er ist einfühlsam. Er fragt mich, was ich mag. Niemand hat bisher gefragt, was ich mag. Im Bett, wenn wir zusammen schlafen, fragt Werner mich, was mir gefällt. Und er besteht nicht auf das, was mir nicht gefällt. Vielleicht sollte ich nicht zu viel Wodka trinken. Mein Handy vibriert. Eine Nachricht! Endlich!

MELODY! ICH BRAUCHE DICH IM GOLDENEN STERN.
KOMM ZURÜCK! ICH VERZEIHE DIR!

Gregor und ich

Wenn Weihnachten das Fest der Liebe ist, weil Jesus Christus geboren wurde, dann hat Gott mich nicht lieb. Am Heiligen Abend verkroch ich mich nach der Bescherung in mein Zimmer. Wie immer, wenn ich im Wohnzimmer zusammen mit der Familie meiner Mutter verweilte, war ich nur stiller Zeuge, nicht aktiver Teilnehmer an der Familienfeier. Nach dem Besuch der Messe in der philippinischen Gemeinde gab es Kartoffelsalat und Bockwürste zum Abendessen. Warum es zu Heiligabend immer Kartoffelsalat und Bockwürste zum Abendessen gab, hatte ich nie verstanden. Nach der Messe in der philippinischen Gemeinde war es zur Gewohnheit geworden, ein Büffet mit herrlichen philippinischen Gerichten aufzubauen, die mich immer an das Abschiedsessen in Victorias City erinnerten, doch wir fuhren stets nach Hause, weil es Kartoffelsalat mit Bockwürsten gab.

Schweigsam am Tisch sitzend, meine dampfende Bockwurst verzehrend, hörte ich beim Abendessen dem aufgeregten Geschnatter der Kinder zu, die die Bescherung nicht mehr erwarten konnten, während die weihnachtstypische Fahrstuhlmusik der Stillen Nacht, Heiligen Nacht im Hintergrund mich so dermaßen einlullte, dass ich beinah glaubte, von einem schlechten Joint zugekifft zu sein. Als es endlich soweit war, rutsche ich benebelt von dem Süßer Die Glocken Nie Klingeln vom Stuhl, um mich zum vorwiegend in Blau geschmückten Tannenbaum zu bewegen, unter dem die Geschenke vom dicken, fetten Weihnachtsmann verteilt waren. Die Bescherung hätte nicht schöner sein können. Ich packte ohne große Erwartung meine zwei in buntem Weihnachtspapier eingewickelten Geschenke aus. Lasst Uns Froh Und Munter Sein plärrte aus den Lautsprecherboxen, was mich an diesem Abend zum ersten Mal, vorsichtig in Richtung meiner Mutter schauend, zum leichten Schmunzeln bewegte. Doch bei Morgen Kinder Wird's Was Geben, plötzlich an die vielen bunten und blaufleckigen Liebesbeweise meiner Mutter in den letzten Monaten denkend, brachen alle Dämme und mein lautes Lachen prustete unkontrolliert heraus. Vollends gab ich meine defensive Haltung auf, als ich meine herrlichen Geschenke begutachtete: eine Strickstrumpfhose und eine neue Schultasche.

Pumasok sa iyon silid!

Das war das Ende der Weihnachtsfeier am Heiligen Abend. Um genau acht Uhr zwanzig abends befahl mir meine Mutter im gewohnten Kasernenhofton, in mein Zimmer zu gehen. Und zum Lied Alle Jahre Wieder verabschiedete ich mich von der herzlichen Gemeinschaft an diesem geselligen Abend und huschte, doch irgendwie froh, dem Zwang des Beisammenseins entkommen zu können, die Treppe zu meinem Zimmer hoch, beglückt von der Aussicht, am nächsten Tag Burim zu besuchen, bei dem ich die nächsten Tage bis zum Neujahr verbringen würde.

So verbrachte ich die letzten Stunden des Heiligen Abends alleine in meinem Zimmer. Nur der Heilige Abend, dafür war ich Jesus Christus dankbar, hatte meine Mutter davon zurückschrecken lassen, mir ihre süßen Liebeskundgebungen zukommen zu lassen, lag es ihr doch an diesem gesegneten Abend fern, die weihnachtliche Stimmung unten im Wohnzimmer und die Freude ihrer drei Söhne über ihre Geschenke vom dicken, fetten Ho-Ho-Ho Weihnachtsmann zu zerstören. Und wenn ich es recht betrachtete, hatte mich der liebe Gott doch lieb.

Und mit diesem beruhigenden Gedanken legte ich mich auf mein Bett, faltete mein Kopfkissen zu einem kleinen Hügel, um meinen Kopf besser darauflegen zu können, schaltete die Leselampe ein, um endlich in der Stille meines Zimmers mit meiner Lektüre fortzufahren, während ich unten das fröhliche Lachen der Kinder hörte. Auch wenn ich es hasste, in der Schule laut vorzulesen, und die Lehrerin mich zum Vorlesen zwingen musste, so las ich doch gerne, weil ich mich in den Büchern, die ich während der Woche zu Hause verschlang, wiederfand und sie mir Trost gaben. In Sansibar oder der letzte Grund bewunderte ich den Mut des Pfarrers Helander, der sich den Nazis widersetzt und unter großer Gefahr die Skulptur des „Lesenden Klosterschülers" außer Landes bringt. Schocker und Richy zum Beispiel. Beide werden von ihren Eltern nicht geliebt oder verstanden. Richy wird von seinem besoffenen Vater misshandelt, aber Richy rächt sich später an seinem Vater. Die große Flatter hatte ich zweimal gelesen. Der Roman Tschick. Auch den hatte ich mit großem Interesse gelesen, weil auch hier zwei Jugendliche mit einem gestohlenen Auto die Flatter machen, quer durch Ostdeutschland. Und genauso wie ich werden Julia und Max in „Elefanten Sieht Man Nicht" zu Hause verprügelt. Mascha, ein dreizehnjähriges Mädchen, lernt die beiden Kinder kennen und weiß, was mit ihnen zu Hause passiert. Doch keiner, denen sie es erzählt, glaubt ihr. Am Ende verlässt die Mutter mit ihren Kindern den gewalttätigen Ehemann. Da hatten wir es! Das war der kleine Unterschied! Der Mann im Haus würde nicht wegen mir seine gewalttätige Ehefrau verlassen. Es gab keinen Anlass dazu, schließlich hatte seine Ehefrau noch nie bei seinen Söhnen ihre Hand angelegt.

Und dann mussten wir im Deutschunterricht Kafkas Verwandlung lesen. Es war nicht leicht, die ganzen verschachtelten Sätze zu lesen, aber als ich mich endlich eingelesen hatte, entdeckte ich Parallelen zu meinem Leben in meinem Zimmer im Haus meiner Mutter. So ein Unsinn! So ein Quatsch, ein Mensch, der sich in ein Ungeziefer verwandelt! Warum müssen wir den Scheiß lesen? Dorentina und meine Freundinnen erkannten den Sinn der Geschichte nicht. Aber ich, ich entdeckte Gemeinsamkeiten zwischen mir und Gregor Samsa, der sich zu einem ekelerregenden Insekt entwickelt hatte, nur dass nicht der Vater, sondern meine Mutter die Bedrohung war. War ich nicht auch wie Gregor in meinem Zimmer gefangen? War ich nicht ebenso isoliert? Wurde ich nicht ebenso ausgegrenzt und wie eine Aussätzige behandelt? Sicherlich war es der Wunsch Gregors, nicht mehr seinen Verpflichtungen im Leben nachzukommen, schließlich hatte er mit seinem Einkommen als Handlungsreisender die ganze Familie ernährt, so dass er sich wünschte, als Ungeziefer niemals mehr sein Zimmer verlassen zu müssen. Und dabei hat seine Familie ihn nur ausgenutzt. Das hätte mich auch angekotzt. Und war es nicht gar ein Versuch des Vaters, seinen Sohn, in einen Käfer verwandelt, zu töten, als er ihn mit brutalen Stockschlägen in sein Zimmer zurückdrängte, bis Gregor blutete? Und als Gregor in seinem Zimmer krepiert war, bedankte sich der Vater bei dem lieben Gott. Und für einen Augenblick, als ich die letzten Seiten im hellen Lampenschein meines dunklen Zimmers verschlungen hatte, hoffte ich, in düsteren Gedanken versunken, dass meine Mutter, so helfe mir Gott, gnädiger sein würde als der Vater Gregor Samsas.

Den zweiten Weihnachtstag und die Tage darauf bis zum neuen Jahr verbrachte ich bei der Familie Burims, die zunehmend zu meiner Ersatzfamilie wurde. Ich kiffte mich zu, trank eine Menge Wodka-Kirschsaft mit Burims Mutter Ramona und seinem Vater, der Adnan hieß, der dann im Schlafzimmer, so gut es im Suff noch ging, seine Ramona poppte, der dann lauschte, wenn sein Sohn Burim mal wieder auf mich stieg, und sich wohl dabei Phantasien ausmalte, wie es wohl wäre, eine Lolita zu beglücken. Zum Glück schloss Burim immer seine Zimmertür vor unserer körperlichen Vereinigung ab. Zum Glück war Adnan nicht mehr lange im Haus, um seinen Phantasien neue Bilder hinzufügen zu können, denn ein neuer mehrwöchiger Montageauftrag in einer Kleinstadt irgendwo in Brandenburg machte seinen Dienstantritt Anfang Januar erforderlich.

163

Obwohl ich beinah regelmäßig bei der Familie Kolegeci übernachtete, wurde meine Anwesenheit bei den Kolegecis beziehungsweise meine Abwesenheit bei Schneider-Ocampos niemals hinterfragt. Fragen wie, was macht dein Stiefvater oder woher kommt denn deine Mutter, wurden nie gestellt. Es schien die Kolegecis nicht zu interessieren. Es interessierte Burims Eltern auch nicht, wie Burim seinen Tag verbrachte. Hauptsache Burim hatte seinen Spaß. Hauptsache, Burim brachte Geld für den Unterhalt der Mietwohnung seiner Eltern mit.

An einigen Abenden verbrachte ich meine Zeit alleine mit den Kolegecis, ohne meinen Pitbull, der Geld eintreiben musste, wie er geheimnisvoll gesagt hatte. Dann saß ich mit seinen Eltern im Wohnzimmer, schaute mit ihnen die Schlagerparade oder, wenn ich Glück hatte, andere interessante Sendungen über Satellit aus dem Kosovo und täuschte am noch frühen Abend kolossale Müdigkeit vor, um den lüsternen Blicken des Alten zu entgehen, der mich gedanklich schon entkleidet hatte. Ich verkroch mich in Burims Zimmer und hoffte inständig auf seine Rückkehr, meistens spät in der Nacht, wenn er, bevor er sich zu Bett legte, sein Geld mit großer Befriedigung zählte, das er in der Nacht eingenommen hatte. Wir frühstückten gegen elf oder zwölf, zockten ein paar Stunden an der Konsole, aßen Tiefkühlpizza gegen vier und zogen uns abends den Joint rein, wenn Burim gerade nicht Geld eintreiben musste. Doch zunehmende Geschäfte verlangten seine zunehmende Abwesenheit am Abend. Fragen bezüglich der Art seines Einkommens wich Burim konsequent aus, wohl aus

Angst vor dem Geständnis, seine Sozialleistungen mit diesem beim Arbeitsamt nicht angegebenen Job aufzubessern. Vielleicht war es aber auch ein Job, der, dies wurde mir zunehmend klar, keine Nebentätigkeit mehr war, über den ich wirklich besser nichts Näheres wissen sollte.

Doch wenn ich ehrlich war, lauerte ein viel größeres Problem im undurchsichtigen Dickicht des Alltagsdschungels, das mir größere Sorgen bereitete als die Frage, wie mein Burim als Jobsuchender beim Arbeitsamt nachts so viel Kohle mit nach Hause brachte, dass er sich einen Ford Mustang leisten konnte, den er immer so nah wie möglich am Eingang der Disco parkte, so dass die Discobesucher oft nicht wussten, ob sie entweder den Fahrer oder seinen geilen heißen Schlitten zuerst bewundern sollten. Und dieses Problem entwickelte sich über die nächsten Tage so langsam, aber auch so unaufhaltsam und unabänderlich wie ein gewaltiger Hurricane, der alles wegfegte, was sich ihm in den Weg stellte. Mein Problem war eine Monsterwelle, ein Tsunami. Aber im Gegensatz zu meinem Problem können sich Menschen auf einen Hurricane vorbereiten. Hausbesitzer können Türen und Fenster abdichten, mit Brettern vernageln, Geschäftsinhaber lassen die Rollläden herunter, schließen ihre Geschäfte. Oder sie setzen sich in ihre Autos und fliehen vor dem Problem und verbringen ein, zwei Tage in einem Hotel, bis der Sturm vorübergezogen ist. Aber ich, ich hatte kein Auto, um zu fliehen. Bretter, Nägel und heruntergelassene Rollläden konnten mein Problem nicht lösen, weil es unlösbar war. Ich war gezwungen, meinem Problem der

Zeugnisausgabe am Ende des ersten Schulhalbjahres direkt in die Augen zu schauen.

Meine Zeugnisausgabe zelebrierte Frau Meyer wie eine Hinrichtung. Vor versammelter Klasse wurde ich auf das Schafott geführt und auf die Bank gelegt und festgebunden. Genüsslich verkündete die Henkerin das Urteil, indem sie vor den leuchtenden, sensationslüsternen Augen der Klasse meine hervorragenden Noten einzeln vorlas. Hervorragend im negativen Sinne, wie sie mit erhobenem Zeigefinger, für alle hörbar, betonte. Sie genoss den Triumph. Sie genoss ihren Sarkasmus. Sie gefiel sich in ihrer Rolle als Vollstreckerin der Hinrichtung, als sie den Hebel für das Fallbeil bediente und mir mein Halbjahreszeugnis mit den letzten Worten vor meinem Tod überreichte: Versetzung gefährdet.

Die Überreichung meines Halbjahreszeugnisses war aber nur ein kleines Problem eines größeren Problems. Als ich nach der Rückkehr aus der Schule leise die Haustür aufschloss, stand sie vor mir. Wie eine dunkle, schwarze Gewitterwand. Bedrohlich. Angsteinflößend. Sie musste mich bereits erwartet haben. Sicherlich hatte sie mich schon, am Küchenfenster stehend, beobachtet, als ich mit zittrigen Händen den Hausschlüssel aus meiner Hosentasche herauskramte. Meine Mutter. Mein Hurricane. Mein Tsunami.

Am letzten Freitag im neuen Monat erhielt ich die ersten frischen, unverbrauchten Schläge im neuen Jahr. Sie folgten den meteorologischen Gesetzmäßigkeiten eines stürmischen Naturereignisses. Windstille. Hi, Geraldine, schon aus der Schule zurück? Ihr Tonfall: säuselnd.

Wind langsam zunehmend. Windstärke drei bis vier. Zeig mir mal dein Halbjahreszeugnis, Geraldine. Tonfall: auffrischend. Zunehmender Wind. Windstärke sieben bis acht. Was sehe ich da! Fünf in Mathe. Fünf in Physik. Fünf! Fünf! Fünf! Tonfall: aufbrausend. Sturm. Erster Donner. Das kann doch wohl nicht wahr sein! Versetzung gefährdet? Tonfall: wütend. Blitze, die einschlagen. Die erste rechte Hand landete in meinem Gesicht. Ein Brennen im Gesicht. Wie Feuer. Versuche, dem Gewitter zu entgehen, wirken nicht. Ich werde mehr tun im nächsten Jahr. Absolut wirkungslos. Zweiter Blitz, der einschlug. Ich nehme Nachhilfe. Wirkungslos. Ein dritter Blitz schlug ein. Neuer Donner. Langanhaltend. Das glaube ich dir nicht. Du lügst doch wie immer. Du bist stinkefaul. Und ich weiß warum. Seitdem du mit Burim zusammen bist, tust du nichts mehr für die Schule. Ein letzter Blitz, der mich auf den Boden warf. Zusammengekauert in Embryonalstellung schützten meine Hände in Erwartung neuer Blitzeinschläge meinen Kopf. Ich spürte warmes, klebriges Blut im Mund. Unterdrückte den Drang, es auszuspucken. Klingeln an der Haustür. Ihre Kinder kamen aus der Schule. Das Gewitter verzog sich unfreiwillig. Ich richtete mich auf. Ich spukte Blut auf den Teppich. Blutflecken als Indizien eines gnadenlosen Gewitters. Es war vorbei. Dieses Mal. Stille in meinem Zimmer. Diese Stille. So friedlich. Absurd, pervers friedlich. Unten flötete meine Mutter und lobte ihre Kinder für die Einsen und Zweien in ihren Zeugnissen in einem Singsang wie eine leichte Brise im warmen Sommerwind.

Ich stand nicht auf. Ich legte mich wie gewohnt mit dem Rücken auf den Teppich und schaute aus dem Fenster. Ich beobachtete die weißen Wolkenberge, so weiß wie Schnee, wie sie sich in immer größeren und zerklüfteteren Formationen zusammenstauten und erhaben an meinem Fenster vorbeizogen, ab und zu einen Blick durch mein Fenster werfend, um sicher zu gehen, dass ich noch lebte. Ich wünschte mir erneut, eine von ihnen zu sein. Doch ich würde meine Farbe ändern. Ich würde mich zu einer dunklen, schwarzen Wolkenwand verwandeln, vor deren Anblick meine Mutter erschauern und um Gnade winseln würde. Denn ich würde sie mit einer Regenflut biblischen Ausmaßes überschütten, die alles, aber auch wirklich alles wegschwemmen würde. Ich sehe meine Mutter, wie sie in dem tosenden Wasserstrudel, vergeblich meinen Namen um Hilfe rufend, in einer rotierenden Bewegung langsam in dem Sog versinkt. Doch ich löste mich von dem Gedanken und konzentrierte mich auf die Schönheit der weißen, weichen Wolken. Ihr Anblick gab mir Mut und Kraft und erfüllte mein Herz mit der Gewissheit, dass mein Martyrium irgendwann ein Ende nehme würde und ich so frei wie die Wolken davonschweben würde.

Endlich Schluss

Werner hat mich noch nie geschlagen. Er hat mich auch noch nicht angebrüllt oder beleidigt, was sicherlich bei meinem bisherigen Werdegang leicht zu bewerkstelligen wäre. In seiner Sanftmut liegen so viel Güte und unverfälschte Aufrichtigkeit, verbunden mit einer menschlichen Wärme, die mir ein ungeahntes Gefühl der Geborgenheit vermittelt. Und diese neue Empfindung gibt mir Schutz vor der gefährlichen List einer Schlange, die mich mit süßen Worten zur Rückkehr zum Goldenen Stern verführen will. Manni braucht mich nicht. Er hat viele Huren, die ihm Geld bringen. Eine weniger würde seinen Umsatz nicht wesentlich schmälern. Und wenn doch, so braucht er nur sein klebriges Spinnennetz aufzubauen, in dem sich bald ein neues Opfer verfangen würde, das er dann verspeisen kann. Manni ist ein Chamäleon, das seine Farbe von einer Sekunde auf die andere verändern kann. Manni lächelt dich an, freudig strahlend, und dann schlägt er blitzschnell zu, das strahlende Gesicht zu einer Teufelsmaske mutiert. Das musste nicht nur seine Lieblingshure Chantal erleben. Dominique hatte es tatsächlich gewagt, sich Mannis Anweisung zu widersetzen, Silvester anschaffen zu gehen.

„Du willst Silvester nicht arbeiten?" Freundlich lächelnd, als würde Manni tatsächlich Verständnis zeigen.

„Kannst du mir irgendeinen triftigen Grund dafür geben, warum du Silvester nicht anschaffen willst?" Nun gefährlich über beide Ohren grinsend. Seine weißen Zähne funkelten wie Diamanten. Eine erfahrene Kollegin hätte in diesem Augenblick einen Rückzieher von ihren Absichten vollzogen, doch Dominique war neu im Goldenen Stern. Keine von ihren Kolleginnen hatte sie vor dem Chamäleon gewarnt.

„Nee, einfach kein Bock, Manni. Ich brauche mal ne Pause."

Wie die Zunge eines Chamäleons stieß seine rechte Hand blitzschnell, fürs bloße Auge kaum wahrnehmbar nach vorne und landete, noch bevor Dominique das letzte Wort aussprechen konnte, mit einem brutalen und gezielten, kräftigen Schlag mitten im Gesicht der überraschten, widerspenstigen Quertreiberin. Mit seinem ganzen Gewicht drückte Manni nun seinen angewinkelten Arm gegen die Kehle der neuen Kollegin, dabei mit seiner linken Hand ihre brünetten langen Haare nach hinten zerrend, dass sie vor Schmerzen hätte schreien wollen, wenn ihr nicht die Luft genommen wäre.

„Du arbeitest Silvester, ist das klar?", zischte Manni wütend, „und wenn du nicht genug Kohle macht, wendet Bernd andere Methoden an. Ist das auch klar?"

„Ja Manni. Ist schon gut Manni".

„Und jetzt wasch dir dein Gesicht und leg neues Make-up drauf. Was sollen die Freier von dir denken", lächelte er vergnügt, ihr Gesicht zärtlich streichelnd.

Mannis Worte, mir zu verzeihen, waren nicht nur mit Vorsicht zu bewerten, sondern ganz und gar abzulehnen, auch wenn die Verlockung für einen kurzen Augenblick groß ist, bei einer Rückkehr zum Goldenen Stern Frieden mit Manni zu schließen. Doch ich hatte Geld gebunkert. Geld für eine Flucht. Und wenn es um Geld geht, kennt Manni kein Erbarmen. Ich ergreife mein Smartphone. Ein letztes Zögern, was die Wahl meiner Worte betrifft. Dann, um ein Uhr achtundvierzig, trenne ich die Nabelschnur von meiner Abhängigkeit. Es markiert das mutige Ende und den Beginn einer neuen Zeitrechnung. Nachricht an Manni.

FICK DICH!

Alt werden, ist nicht schön

„Geraldine, *bumaba kaagad.*"

Meine Mutter. Ihr Befehlston verhieß nichts Gutes. Wenn ich mein Zimmer verlassen und nach unten in die Küche kommen sollte, musste etwas Wichtiges, etwas sehr Unangenehmes passiert sein. Ich legte den Werther auf die Bettkante und fühlte mich sofort unwohl. In Sekundenschnelle durchliefen Bilder der letzten Wochen im schnellen Rücklauf meinen Denkapparat, als ich den Flur zur Treppe entlanglief. Ich konnte mich an kein Ereignis erinnern, das meine Mutter hätte erzürnen können. Bilder und Gesprächsfetzen Burims tauchten vor mir auf. Burim, der, nachdem er das sichtbare Ergebnis der fürsorglichen Liebe meiner Mutter im neuen Jahr in meinem Gesicht geschrieben sah, meiner Mutter einmal die Meinung sagen wollte, dabei theatralisch seine rechte Hand zur Faust geballt, hart in seine linke flache Hand schlagend. Burim, der es aber auch vehement abgelehnt hatte, die Polizeiwache aufzusuchen, um meine Mutter anzuzeigen. Burim der mir den Rat gegeben hatte, mir beim nächsten Mal nichts mehr gefallen zu lassen und endlich zurückzuschlagen. Bilder wie Blitzlichter.

„Geraldine!"

Und da stand sie. In der Küche. Nachmittags um halb fünf. Einen geöffneten Brief in der Hand haltend. Von Noel? Von meiner Oma? War sie gestorben? Wurde ich nun zurückgeschickt?

„Ein Schreiben des Gerichts, Geraldine."

Ihre Stimme klang nicht bedrohlich. Eher triumphierend. Ein „Ich-habe-es-doch-gewusst"-Ton. Nicht ein „was-habe-ich-dir–gesagt?"-Ton. Nur der letzte Ton bedeutete Prügel, Schläge, Hiebe, Stöße, blauen Flecken, Blut und Tränen. Ich spürte, wie die Anspannung von mir wich. Doch außer Gefahr war ich dennoch nicht. Ihre Stimmung war gefährlichen Schwankungen ausgesetzt.

„Du hast es geschafft, Geraldine. Du bist jetzt vorbestraft. Nun ist es schriftlich. Dreißig Sozialstunden musst du ableisten. Wenn du sie nicht antrittst, gehst du für vier Wochen in den Knast."

Erst jetzt mit dem Erhalt des Schreibens vom Gericht im April des neuen Jahres schloss sich nach sechs Monaten der Kreis der Ermittlungen. Die Ladendiebstähle im Frühjahr des letzten Jahres, die Verhaftung im Juni, die Strafanzeige, der Besuch bei der Polizei im Oktober, die Ermittlungen der Staatsanwaltschaft, die Gerichtsverhandlung. Alles schien mir so weit entfernt wie meine Heimat. Und nun die Strafe für den Diebstahl. All dies wegen einer Flasche billigen Parfüms der Marke L´ARISÈ für vierzehn neunundneunzig.

Die Aussicht, dreißig Sozialstunden in einem Altersheim abzuleisten, löste bei mir wahrlich keine große Begeisterung aus. Die Bedingung, in den nächsten drei Wochenenden von Freitag bis Sonntag jeweils drei Stunden meine Schuld abzuarbeiten, bedeutete für mich, und das war das größte Problem, Burim an den nächsten Wochenenden seltener oder vielleicht gar nicht sehen zu können. Ich müsste die Wochenenden ungewohnter Weise wieder zu Hause bei meiner Mutter und bei dem Mann im Haus verbringen. Doch ich war gewillt, das kleinere Übel in Kauf zu nehmen, als vier Wochen im Gefängnis zu verbringen, obwohl ich, wenn ich es mir recht überlegte, bereits im Gefängnis lebte. Und so trat ich meinen nicht ganz freiwilligen Dienst in einem Altersheim, das nur zwanzig Minuten Fußweg von dem Haus meiner Mutter entfernt war, an einem wunderschönen sonnigen und warmen Nachmittag im Mai an.

Ich wusste natürlich nicht, was mich in einem Altersheim erwarten würde. Meine Oma auf den Philippinen und alle alten Leute, die ich in der Nachbarschaft von unserem Haus in Victorias City kennen gelernt hatte, lebten mit ihren Kindern und Enkelkindern zusammen. Am frühen Morgen kochten sie den Reis für das Frühstück, sie halfen beim Waschen der schmutzigen Wäsche oder pflückten Mangos von den Mangobäumen. Und wenn sie tagsüber müde wurden und sich ausruhen mussten, schlummerten sie im Schatten der umliegenden Bäume. Abends, wenn die Hitze des Tages sich langsam gelegt hatte, saßen Alt und Jung zusammen und plauderten über die Ereignisse des Tages.

So war es auch bei uns zu Hause in Victorias City. Meine Oma war nicht nur für mich da. Sie half Noels Kindern beim Anziehen und spielte mit ihnen Fangen und Verstecken, ihr Lieblingsspiel, weil meine Oma, einmal ein gutes Versteck ausgesucht, sich dann wenig bewegen musste und sich ausruhen konnte. Zusammen mit Luisa kochte sie das Essen oder fuhr manchmal, wenn sie nicht zu müde war, mit ihr zum Einkaufen. Und Noel half meiner Oma, wenn sie wichtige Dinge erledigen musste, wie zum Beispiel den Besuch bei den Behörden, wenn es um die Rente ging. Dann nahm Noel meine Oma mit in die Stadt und kaufte ihr, sofern er bereits Geld eingenommen hatte, ein leckeres *Pancit Canton* bei einem der vielen Straßenhändler. Wenn Besuch kam, zum Beispiel ein Freund Noels, dann zeigte er Respekt gegenüber meiner Oma, indem er die Rückseite ihrer ausgestreckten Hand an seine Stirn legte. Bei uns wurden alte Leute gebraucht und für ihr hohes Alter respektiert. Und wenn jemand starb, kamen die Familie und alle Menschen in der Nachbarschaft, die die Person gekannt hatten, in der Kirche zusammen und feierten eine Woche lang, in weißen Kleidern gekleidet, ihren Tod, bevor sie beerdigt wurde. Alle Trauernden brachten leckeres Essen mit. Es wurde viel gelacht und geplaudert. Es wurde viel gegessen und getrunken, während jeder die Gelegenheit hatte, durch das Glasfenster in den unterhalb der Kanzel aufgebarten Sarg hineinzuschauen, um persönlich Abschied von der Gestorbenen zu nehmen. Es war komisch, die geschminkte Leiche der Großmutter unserer Nachbarfamilie zu betrachten, die mit ihren roten Lippen, mit dem Rouge auf ihren Wangen, das Haar sorgfältig gekämmt, die Augen friedlich geschlossen, die Hände über der Brust gefaltet, beinah wie eine Puppe aussah. Irgendwie hatte ich das komische Gefühl, dass sie, obwohl sie nicht mehr unter uns weilte, nicht allein war. Wir nahmen alle gemeinsam Abschied von der Großmutter, die oft zu uns herübergekommen war, um mit meiner Oma gemütlich zu plaudern. Und aus diesem Grund konnte ich mir nicht vorstellen, warum alte Leute in einem Altersheim leben mussten.

Ute, meine deutsche Freundin in meiner Clique, gab mir mit ihren Berichten über ihre zweiundachtzigjährige Oma, die in einem Altersheim gestorben war, einen Vorgeschmack auf das, was auf mich zukommen würde. Ich traf meine Clique immer seltener während der Woche, weil ich von meiner Mutter gezwungen wurde, Nachhilfe in den Fächern zu nehmen, in denen ich eine Fünf erhalten hatte, und das waren nicht wenige Fächer. Die Strafandrohung, Burim an den Wochenenden nicht sehen zu dürfen, wenn ich nur eine einzige Nachhilfestunde verpasste, kam zwar einer Erpressung gleich, zeigte jedoch tatsächlich Wirkung. So groß war meine Angst, das Wochenende bei meiner Mutter und bei dem Mann im Haus zu verbringen, dass ich an den Nachmittagen mit Widerwillen die Nachhilfestunden tapfer über mich ergehen ließ und zugleich den Kontakt zu meiner Clique vernachlässigte.

Wenn wir uns aber im Park trafen, waren die Themen, über die wir sprachen, meistens auf wenige Dinge beschränkt. Selbstverständlich wollten alle wissen, wie es zwischen mir und Burim lief, und ich behielt mir das Recht vor, mir die Wahrheit so zurechtzulegen, wie es mir gefiel. Schließlich glaubte ich auch nicht alles, was

Dorentina über Amir alles so erzählte. Dass Amir so gut im Bett war, weil er seine ersten sexuellen Erfahrungen mit sechzehn bei einer reifen Frau im Alter von über dreißig gesammelt hatte, glaubte ich Dorentina ebenso wenig wie Natalias Schilderung ihrer ersten großen Liebesbeziehung mit Jewgenij, der ihr tatsächlich bei jedem Treffen rote Rosen schenkte.

Und natürlich galt das Interesse der Clique auch meiner zukünftigen, zum Glück zeitlich befristeten Tätigkeit im Altersheim, die, zugleich als Strafe gedacht, mich dahingehend erziehen sollte, nicht mehr fremdes Eigentum unrechtmäßig zu erwerben. Warum aber ausgerechnet dreißig Sozialstunden in einem Altersheim mich vor dem Diebstahl teuren Parfüms, das ich mir auf normalem Wege niemals leisten konnte, bewahren sollte, war eine Logik, die sich mir nicht erschließen wollte. Dass der Job eine Art Strafe sein würde, konnte ich aus den Schilderungen Utes erahnen, deren Großmutter im Altersheim gestorben war.

„Hast du mal faules Fleisch gerochen?", fragte Ute mich in einem Ton der Überlegenheit, „grässlich, einfach grässlich." Als ich Ute nur verwundert anschaute, folgte ihre Erklärung.

„Als ich meine Oma einmal spontan besuchte und ihr Zimmer betrat, lag sie, auf die linke Seite gedreht, im Bett. Ihre offene, tief bis ins Fleisch eingedrungene Wunde am Rücken wurde von einer Pflegerin behandelt. So muss der Tod riechen. Nach Fäulnis."

Ich hatte nicht die Gelegenheit, nach dem Grund für die Wunde zu fragen, denn einmal in einen Redefluss gekommen, sprudelte es nur so aus Ute heraus.

„Oder einmal, als ich meine Oma erneut besuchte, kam mir ein alter Mann mit seinem Rollator entgegen. Ich wunderte mich, warum es plötzlich beim Vorbeigehen so stank. Und weißt du, was der Grund war?“

Ute gewährte mir und den anderen eine kurze Pause in ihrer Schilderung, um die Spannung, die in der Beantwortung ihrer Frage lag, so zu erhöhen, dass jeder in der Clique sie neugierig anschaute.

„Scheiße! In dem Korb des Rollators lag eine Windel voller Scheiße! Wie die da rein kam, weiß ich bis heute nicht.“

Das Gelächter unserer Clique betrachtete Ute als Beifall und Anerkennung für eine gute Geschichte, weil sie uns so fremd war.

„Und dann der Geruch! Entweder roch es nach Pisse im Zimmer meiner Oma oder nach Desinfektionsmitteln. Also, viel Spaß Geraldine. Ich hätte keinen Bock, im Altersheim zu arbeiten.“

Mit diesen Worten beendete Ute ihren kleinen Vortrag, der mir wohl oder übel zu verstehen gab, dass die kommenden Wochen nicht nur äußerst unangenehm werden würden, sondern auch eine harte und gerechte Strafe für den Diebstahl einer kleinen Flasche billigen Parfüms.

Vier Wochen nach dem Erhalt der frohen Botschaft, Sozialstunden ableisten zu müssen, und mit dem Gefühl der Ungewissheit, was auf mich zukommen würde, machte ich mich an einem Samstagmorgen auf den Weg zum Altersheim Henriettenhof. Natürlich ohne Begleitung meiner Mutter, die es nicht für nötig hielt, gemeinsam mit mir bei der Heimleiterin vorzusprechen.

Nach den Bildern zu urteilen, die ich auf der Homepage des Henriettenhofes gesehen hatte, machte das Altersheim einen gepflegten Eindruck. Der gelbe Anstrich der Fassade des modernen Gebäudes, ein Neubau, vor vier Jahren in einer Parkanlage in der Nähe der Ruhr fertiggestellt, die Balkone, die groß genug waren, um eine Liege oder eine kleine Sitzgruppe mit einem Sonnenschirm aufzustellen, und der großzügig angelegte, verglaste Eingangsbereich, links und rechts mit mannshohen Yucca-Palmen dekoriert, erzeugten ein Bild des Vertrauens in die gute Lebensqualität, die die alten Leute hier erwarten durften. Hier konnte ein Gefühl von Sicherheit und Geborgenheit entstehen, wie es auf der Homepage des Henriettenhofes beschrieben wurde, weil der Mensch in seiner ganzen Persönlichkeit wahrgenommen würde. Einhundertzweiundzwanzig Seniorinnen und Senioren würden kompetent und einfühlsam von einem erfahrenen Pflegeteam betreut. Das Altersheim hatte tatsächlich die Note Eins in der jährlich durchgeführten Qualitätskontrolle erhalten. Und die vage Hoffnung, vielleicht im heimeigenen Swimmingpool mit den alten Leuten jeden Nachmittag schwimmen zu gehen, so wie es auf dem Foto der Homepage zu sehen war, erfüllte mich für einen kurzen Augenblick mit einer für mich unverständlichen Freude, als ich das farbenfrohe Foyer des Henriettenhofes betrat, um mich an der Rezeption vorzustellen.

Die Dame, meine plötzliche Gegenwart wahrnehmend, unterbrach sichtlich verärgert die Lektüre eines offensichtlich interessanten Artikels in einem Frauenmagazin, schob es widerwillig zur Seite und erhob sich von ihrem Hocker. „Aha, du bist also Geraldine Ocampo. Wir haben dich schon erwartet". Der Tonfall und ihr allwissender Gesichtsausdruck gaben mir zu verstehen, dass sie über mich Bescheid wusste. Ohne weiter auf mich einzugehen, ergriff sie das Telefon, wählte eine einstellige Nummer, mich dabei wortlos von oben bis unten begutachtend, bis sie den erwünschten Kontakt erreicht hatte. „Setz dich da vorne hin. Die Heimleiterin kommt gleich", sagte die Rezeptionistin kurz angebunden, froh mich loszuwerden, um sich wieder, nachdem sie das Telefonat beendet hatte, dem Artikel über die Liebe einer bekannten Schauspielerin zuzuwenden.

„Ich hatte eigentlich auch deine Mutter erwartet", sagte Frau Lehmann, die Heimleiterin, als sie mir nach einigen Minuten des Wartens zur Begrüßung mit einem auffallend weichen Händedruck so kurz, wie es unbedingt notwendig war, die Hand schüttelte. Frau Lehmann war eine Frau, dies wurde mir sofort klar, die nicht lange um den heißen Brei redete. „Ich will nicht über die Gründe urteilen, die dich hierhergebracht haben", sagte sie ohne große Einleitung, „dennoch sollst du wissen, dass wir immer ein Auge auf dich werfen werden, du verstehst?" Wenn mir auch die Redewendung damals nicht vertraut war, so glaubte ich doch zu wissen, was damit gemeint war. Dabei hatte ich seit meiner Verhaftung vor beinah zehn Monaten zur Freude aller Ladenbesitzer keinen Scheiß mehr gebaut. Und warum sollte ich ausgerechnet hier bei den alten Leuten, bei denen eh nichts zu holen war, wieder anfangen? Ich nickte zur Beantwortung ihrer Frage kurz mit dem Kopf, worauf eine kurze Einweisung in die Tätigkeiten, die ich ab sofort verrichten sollte, folgte.

„Hier kommt Frau Kramer. Sie wird dir die weiße Arbeitskleidung geben und dann geht es sofort los." Ohne einen Abschiedsgruß verschwand Frau Lehman in ihr Büro hinter der Rezeption und überließ mich der überraschend jungen Altenpflegerin. Sabine, wie sie mit Vornamen hieß, hatte vor drei Jahren ihre Ausbildung als Altenpflegerin beendet, wie sie mir beim Umziehen im Umkleideraum zu verstehen gab. Ich erhielt eine weiße Bundhose und ein weißes Piquekleid. Zum Wechseln erhielt ich noch eine weiße Schlupfjacke mit V-Ausschnitt. Weiß, so schien es, war die Grundfarbe der Arbeitskleidung. Ich schätzte das Alter meiner Betreuerin auf Mitte zwanzig. Ihr langes blondes Haar hatte sie, sicherlich aus Gründen der Hygiene, hochgesteckt, so dass es nicht über ihre Schultern fallen konnte. Auffallend war ihre kräftige Figur, die darauf hinwies, dass sie sicherlich hart anpacken konnte, wenn es darum ging, die Alten und Schwachen aus dem Bett zu heben. „Und nun komm! Wir sind immer unter Zeitdruck", befahl sie mir und schickte mich, mit Putzutensilien ausgerüstet, ohne Aufsicht in den Raum 2.10 in der zweiten Etage, wo ich die Schränke einer Bewohnerin auswischen musste, die, wie Sabine bedeutungsvoll sagte, am gestrigen Donnerstag ausgezogen war.

Das erste, was ich beim Betreten des Zimmers wahrnahm, war die für den Monat Mai unangenehme Wärme in dem Zimmer. Die Luft war trocken und stickig. Ich würde jetzt beim Betreten der Zimmer

immer alte Menschen sehen, schoss es mir durch den Kopf, als ich eine alte Dame in dem Sessel neben dem Fenster sitzen sah, die mich erwartungsvoll anblickte, als ich das Zimmer betrat, und dann enttäuscht von mir abließ, um aus dem Fenster zu schauen. Das erste, was mir bei ihr sofort auffiel, war ihre schlanke Figur und ihr gepflegtes Äußeres, das sie trotz ihres Alters von einundachtzig Jahren erstaunlicherweise jung erscheinen ließ. Ihre grauen Haare, zu einer Dauerwelle geformt, ihr Make-up, das ihre zarten Gesichtsfalten unnötigerweise kaschierten, und ihre rot lackierten, sorgfältig geschliffenen Fingernägel zeugten von der gelungenen Absicht, ihre Attraktivität auch im hohen Alter zu bewahren. Passend zu ihrem angenehmen Äußeren trug sie keine bequeme Freizeitkleidung, was man in der Privatheit der Situation hätte vermuten können, sondern sie trug einen feinen grauen Rock, passend dazu einen feingestrickten rosafarbenen Kaschmirpullover und moderne schwarze Straßenschuhe. Frau Schmidt, wie Sabine mir die Dame vorstellte, wirkte beinah so, als ob sie darauf wartete, von ihrer Verwandtschaft abgeholt zu werden, um vielleicht gemeinsam in einem netten Restaurant Mittag zu essen. Dazu hätte auch der Schmuck gepasst, die goldene Halskette, die prachtvoll glänzenden Ohrringe und ihr goldener Armreif, den sie für diesen Anlass angelegt hatte.

Doch niemand holte Frau Schmidt ab, wie Sabine mir später sagte. Niemand klopfte an die Tür. Niemand trat zur Tür herein. Niemand, der sie begrüßte und in die Arme nahm. Jeden Tag machte sich Frau Schmidt zurecht, setzte sich in den Sessel am Fenster, schaute auf die Straße hinaus und wartete auf den Besuch, vielleicht ihre Kinder oder Kindeskinder, die nun auch schon erwachsen waren, die sie, vielleicht für ein paar Stunden, aus dem Henriettenhof hätten herausführen können.

„Wie geht es uns denn heute?", fragte Sabine die alte Dame, die, froh mit jemanden sprechen zu können, dennoch ihre Ironie nicht verbergen konnte.

„Wie soll es mir gehen, Frau Kramer, wenn ich heute am frühen Morgen mit ansehen musste, wie meine Zimmernachbarin ihr warmes, weiches Bett mit einem harten, kalten, verzinkten Sarg tauschen musste? Ganz im Gegensatz zu der alten Dame wirkte der Sarg doch sehr robust und irgendwie hygienisch. Gut zu wissen fürs nächste Mal."

„Jetzt sind wir mal nicht so pessimistisch. Sie werden noch lange bei uns bleiben, Frau Schmidt."

„Das fasse ich als eine Drohung auf."

„Übrigens, dies ist unsere neue Aushilfe, Geraldine."

„Die ist aber noch sehr jung."

„Deshalb wird sie auch eher Putz- als Pflegedienste übernehmen. Sie soll erst einmal die Schränke ihrer verstorbenen Nachbarin auswaschen."

Mit diesen Worten verabschiedete sich Sabine. Sie hatte keine Zeit. Neue Aufgaben warteten auf sie. Und ich? Ich hatte zwanzig Minuten. Zwanzig Minuten, um das Leben der verstorbenen alten Dame aus den Schränken hervorzuholen, in einem Plastiksack zu verstauen, und mit einem feuchten Tuch wegzuwischen, bevor neues Leben, zeitlich eng befristet, in die Schränke einzog. Zwanzig Minuten. Zwanzig Minuten, die nicht für ein Gespräch mit Frau Kramer vorgesehen waren, und dennoch dafür verwendet wurden, weil ich wissen wollte, warum sie, körperlich und geistig fit wie meine Oma, hier im Henrietthof ihr Dasein fristete. Meine Frage brach alle Dämme. Ihr Redefluss zeugte von ihrer Einsamkeit. Sie vermisste ihr Haus, das ihre Tochter ihr genommen hatte, um sie in einem Heim wie Sondermüll abzuliefern. Dabei fühlte sie sich noch fit genug, alleine im Haus zu leben. Das hätte nicht passieren müssen. Wie hartherzig ihre Tochter doch war. Das hätte sie nie für möglich gehalten, nach alldem, was sie für ihre Tochter von klein auf getan hatte. Und ihr Sohn? Der war vor vielen Jahren nach München gezogen. Der Liebe wegen. Vielleicht hätte der Sohn ihren Transport zur Mülldeponie verhindern können. Vielleicht profitierte er aber auch von dem Auszug aus dem Haus, das nun zum Verkauf freistand. Sie vermisste die Gespräche mit der ihr vertrauten Nachbarschaft. Und auf der Mülldeponie, wie sie das Altersheim nannte, hatte sie als ehemalige Oberstudiendirektorin eines Gymnasiums keinen Anschluss gefunden, weil alle verblödet und kindisch waren und sich jeden Freitag wie kleine Kinder auf das dumme Glücksradspiel freuten. Nein, da bliebe sie lieber in ihrem Zimmer und zöge die Lektüre eines guten Buches bei einer guten Flasche trockenen Weißweins vor. Dennoch sehnte sie sich nach ihren Kindern. Sie hätte gerne ihre Enkelkinder zu Besuch. Sie würde sie gerne so richtig verwöhnen, so wie es die Großmütter doch tun. In einem nächtlichen Traum waren ihre Kinder und Enkelkinder erschienen. Sie hatten sie bei der Hand genommen und aus dem Heim geführt. Zurück nach Hause. Dort, wo sie mit den Enkelkindern spielte. Seit diesem Traum wartete sie auf den Besuch. Das Warten wurde zu ihrem Lebensinhalt. Irgendwann würden sie kommen. Irgendwann.

Die Zeit um mich herum war plötzlich stehengeblieben. Das war ja ich. Ich war es, die sich in der Schilderung der alten Dame wiederfand. Eingesperrt im Zimmer. Rückzug. Bücher als Freunde. Bücher zur Überwindung des Leids und der Einsamkeit. Eine Familie, die einen aussperrt. Eine Familie, die mich weghaben will. Nur das Warten hatte bei mir ein Ende gefunden. Ich hatte doch Burim. Burim, der mich befreite. Burim, der mich beschützte. Stumm saß ich neben der alten Dame am Fenster, die meine Hand hielt, als wüsste sie, welche Gedanken mich verfolgten. Einer plötzlichen Eingebung folgend, schmunzelte sie und sah mich dabei an.

„Wissen Sie, warum ich immer am Fenster sitze?", fragte sie mich leise. Doch ohne auf meine Antwort zu warten, fuhr sie fort. „Ich sitze hier nicht nur, um Ausschau zu halten, ob vielleicht meine Kinder den Weg entlangkommen. Ich sitze hier auch, um die Wolken zu beobachten, die am Himmel über meinem Fenster vorbeiziehen." Für eine Sekunde überlegte ich, ob ich ihr sagen sollte, dass ich immer die Wolken auf dem Rücken liegend beobachtete, immer dann, wenn die Stille in meinem Zimmer nach den Liebesbeweisen meiner Mutter sich wie eine Decke über meine geschundene Seele legte. Doch dann würde ein neues Kapitel aufgeschlagen werden und so viel Zeit, darin zu lesen, hatten wir nicht. Ich beließ es bei einem verständnisvollen Schmunzeln.

185

„Wolken zu beobachten, hat etwas Beruhigendes, wissen Sie", fuhr Frau Schmidt fort, „und irgendwann, wenn nicht gar bald, werde ich auf einer Wolke fortgetragen werden."

„Was ist denn hier los? Die Schränke noch nicht geputzt?" Sabine hatte mit ihrem polternden Eintritt in das Zimmer den zärtlich wehenden Schleier der gemeinsamen Erfahrungen durchbrochen, um mir eine neue Aufgabe mitzuteilen, die keinen zeitlichen Aufschub bot.

„Los, hopp, hopp. Wir haben wenig Zeit. Melde dich im Zimmer 3.14. Ich schicke jemanden von den Auszubildenden, den Schrank zu putzen."

Eher widerwillig erhob ich mich vom Stuhl und verabschiedete mich von Frau Schmidt, die mich traurig ansah.

„Kommen Sie doch einmal wieder, hören Sie?"

Ich versprach es ihr, obwohl ich nicht wusste, ob ich das Versprechen einhalten konnte. Ihr schreckliches Leid berührte mich in einer bisher ungeahnten Weise. Im Vergleich zu meiner Oma, die in der Gemeinschaft der Familienmitglieder lebte, blieb ihr in ihrer grausamen Einsamkeit nur das Warten. Das Warten auf ihre Kinder. Und nun das Warten auf mich. Und da ihre Hoffnungen wohl unerfüllt blieben, blieb ihr nur das Warten auf den Tod. Jeden Tag war sie bereit, den Tod in würdevoller Art und Weise zu empfangen.

Mein Schweigen auf dem Weg zum Fahrstuhl interpretierte Sabine als Zeichen der emotionalen Verarbeitung des Erlebten. „Du bist ja noch ganz neu hier und du bleibst ja auch nur ein paar Tage, aber ich sage es dir trotzdem", sagte Sabine im Aufzug zum dritten Stock, „du musst dich davon losmachen. Nimm die Schicksale nicht so sehr zu Herzen. Hörst du?"

Ich nickte kurz als Zeichen des Verstehens. Sicherlich hatte Sabine Recht. Man musste eine emotionale Distanz aufbauen. Das war es, was ich lernen musste. Und für weitere Überlegungen gab es keine Zeit mehr, denn die nächste Aufgabe wartete auf mich im Zimmer 3.14.

Die lauten Rufe aus dem Zimmer waren bereits im Korridor zu vernehmen und wurden lauter, als ich das Zimmer betrat. „Ich will nach Hause! Ich will nach Hause! Lassen Sie mich in Ruhe! Ich will nur nach Hause!"

Der Pfleger schaute kurz von seiner Arbeit auf, die darin bestand, dem Bewohner, der fit genug war, auf der Bettkante zu sitzen, seltsam lange Strümpfe bis zu den dünnen, zerbrechlichen Oberschenkeln hochzuziehen, wogegen er sich aus unersichtlichen Gründen wehrte. „Ich will nicht! Ich will die nicht!" Ohne auf die Rufe einzugehen, zerrte der Pfleger mit einem heftigen Ruck an dem rechten Strumpf, um offensichtlich eine Faltenbildung zu vermeiden. Als er nach einigen Versuchen geschafft hatte, den Strumpf bis zum rechten Oberschenkel hochzuziehen, fand er nun ausreichend Zeit, sich bei mir kurz vorzustellen. „Sabine hat mir bereits gesagt, dass du mir helfen würdest. Ich heiße Thomas." Ich schüttelte schüchtern seine ausgestreckte Hand zum Gruß und wunderte mich, welche Arbeit ich denn verrichten sollte. Thomas war schon etwas älter. Vielleicht um die dreißig. Sein Bart ließ ihn auf jeden Fall älter erscheinen. Seine braune Hornbrille rutschte bei

anstrengender Arbeit von seiner Nase, so dass Thomas'
Hauptbeschäftigung darin bestand, die Brille mit dem
Zeigefinger seiner rechten Hand immer wieder
hochzuschieben.

„Wenn ich Herrn Schäfer angezogen habe, sollst du das
Bett machen. Dann kommt ein neuer Pfleger und geht
mit Herrn Schäfer ein wenig spazieren."

„Ich will nicht spazieren gehen! Ich will nach Hause!"

„Wir können nicht nach Hause gehen. Wir wohnen doch
hier", sagte Thomas ungeduldig, während er begann, die
Hose über die zerbrechlichen Beine zu zerren.

„Will aber nicht spazieren gehen!"

„Doch, wir gehen gleich in den Park. Wir brauchen doch
ein wenig frische Luft, Herr Schäfer."

Für einen Augenblick verstummte der alte Mann, der
nun ohne Murren vom Bett aufgestanden war, etwas
wackelig zwar, um Thomas die Möglichkeit zu geben,
sein dunkelgraues, zerknittertes Hemd überzustreifen
und zuzuknöpfen. Thomas führte den greisen Mann
langsam vom Bett weg, so dass ich mit meiner Aufgabe
beginnen konnte. Hatte ich den unangenehmen Geruch
von Urin schon beim Betreten des Zimmers
wahrgenommen, so erkannte ich nun bei genauerer
Betrachtung des Bettes den Grund dafür. Das Bettlaken
war in der Mitte in ein einziges Gelb getaucht. Ich
schaute irritiert zum Pfleger, der meinen Ekel registriert
hatte. „Wir haben nicht genug Pfleger. Das passiert
schon mal", murmelte Thomas verlegen und führte den
alten Mann, der sich nun beruhigt hatte, aus dem
Zimmer. Dank der Methodik der selbständigen
Erziehung durch meine Mutter bereitete mir der

Wechsel der Bettwäsche, die bereits über der Armlehne eines Stuhls hing, keine große Mühe. Für den Wechsel der Matratze, die trotz einer saugfähigen Unterlage gelbgefärbt war, blieb keine Zeit. Nach der Verrichtung der Arbeit spürte ich Schweiß auf meiner Stirn. Auch dieses Zimmer war unangenehm überhitzt. Immer wieder diese trockene Luft. Ich suchte vergeblich nach einer Flasche Wasser, um vielleicht einen Schluck davon zu nehmen. So konzentrierte ich mich wieder auf die Arbeit, stopfte die schmutzige Wäsche in einen weißen Sack und legte ihn im Korridor ab. Ich schloss leise die Zimmertür und begab mich auf den Weg zu Sabine, die ich in einem besonderen Pflegezimmer aufsuchen sollte, um neue Anweisungen zu erhalten.

Vor dem Zimmer stehend, öffnete ich die Tür und betrat eine neue, mir unbekannte Welt, die mir Angst einflößte. „Komm nur rein", sagte Sabine, ihr Gesicht mir zugewendet, „wenn du willst, kannst du mir gleich ein wenig helfen." Ich wusste nicht, ob ich dies konnte. Ich wusste nicht, ob ich seinen nackten Körper anfassen könnte, so wie es Sabine mit einer Vertrautheit tat, die mich faszinierte, die aber auch zwingend notwendig war, um den Bettlägerigen zu waschen. Ich versuchte, meinen Blick von dem abzuwenden, was ich nicht sehen wollte. Doch der Anblick des Schlauches führte mich wie mit den Augen einer Kamera vom halbgefüllten Urinbeutel zum Bett hinunter, dann zur Hüfte des Bettlägerigen und dann endete der Schlauch dort, wo ich nicht hinsehen wollte, weil es mir schrecklich unangenehm war. „Sicherlich wäre es besser, ein Loch in die Bauchdecke zu schneiden und so die

Blase anzuzapfen", sagte Sabine fachmännisch, die meine Unsicherheit erkannt hatte, „so könnte die Infektionsgefahr reduziert werden". Sie warf einen kurzen Blick auf den Urinbeutel. „Immerhin hat er schon gemacht", kommentierte sie das Ergebnis der dunkelgelben Flüssigkeit mit einer professionellen Zufriedenheit. Kein Laut kam von seinen Lippen. Sein Atem war nicht zu hören. Nur die sanfte Auf- und Ab-Bewegung seines Brustkorbs verriet mir, dass der wie ein Leichnam so ruhig und bewegungslos im Bett liegende alte Mann noch unter uns weilte.

Sabine hatte die Bettdecke weggezogen, um die knorrigen, ziemlich unansehnlichen Füße mit den seltsam nach innen verdrehten Zehen zu waschen. Niemand von den Pflegern hatte wohl Zeit gefunden, die langen Fußnägel des Heiminsassen zu schneiden. Eine Badewanne mit warmem Seifenwasser gefüllt stand auf einem besonders für diese Zwecke angefertigtem Gestell. Sabine trug Gummihandschuhe und wusch mit einem weichen Waschlappen die Zwischenräume der Zehen, um dann anschließend die Fußsohlen und die Knöchel zu bearbeiten. Ein leichtes Lächeln im Gesicht des schrumpeligen alten Mannes verriet mir, dass er die sanfte Berührung seiner Füße nicht nur wahrnahm, sondern sie auch genoss. „Wenn du willst, kannst du seinen Oberkörper und seine Arme waschen", bot mir Sabine an, aber ein Blick zu mir herüber verriet ihr meine Angst, die Aufgabe nicht bewältigen zu können. „Na ja, das wäre auch noch ein wenig früh für dich", sagte sie, beinah ein wenig belustigt, wie ich fand. Aber es klang auch ein wenig nach einer Aufmunterung, denn dies war schließlich mein erster Tag in einem Seniorenheim. „Wenn du möchtest, kannst du im Pausenraum eine kurze Pause machen", sagte Sabine, ohne mich anzuschauen, denn nun wanderte ihre Hand konzentriert in kreisenden Bewegungen vorsichtig zwischen die Oberschenkel des bettlägerigen Greises, um anschließend den Hodensack und den schrumpeligen Penis zu waschen, aus dem der Schlauch wie eine dünne Schlange herausragte.

„Daran musst du dich gewöhnen, Geraldine. Wir haben hier eben Heimbewohner, die altersschwach und dement sind und die jeden Tag gewaschen und gewickelt werden müssen", erklärte mir Isabelle in der kurzen Pause, die mir Sabine zur Verfügung gestellt hatte. Nur wenige Jahre älter als ich war Isabelle eine der wenigen Auszubildenden im Henriettenhof. „Ich liebe den Job, weil ich Menschen helfen kann, die vielleicht ihr ganzes Leben lang hart geschuftet, Schicksale erlitten und Kinder großgezogen haben. Ich finde, sie verdienen eine gute Pflege im Alter." Ihr Enthusiasmus wirkte nicht gestellt. Es war ihre innere Überzeugung, die sie zu diesem Beruf geführt hatte. „So wie Herr Treber, den du gerade kennen gelernt hast", fuhr Isabelle fort, mir die Vorzüge des Pflegeberufes zu erklären, „Herr Treber ist Jahrgang 1923. Mit zwanzig war er in Stalingrad, wie sein Sohn uns einmal berichtet hatte. Er hatte tatsächlich den Krieg überlebt. Und dann baute er sich ein neues Leben auf. Und jetzt ist er hier. Und will einfach nicht sterben. Und so ist es unsere verdammte Pflicht, ihm in den letzten Lebensjahren einen würdevollen Abgang zu geben. Auch wenn wir dafür wenig Kohle im Monat kriegen." Mit dieser inneren Überzeugung stellte Isabelle ihre Kaffeetasse in das obere Gestell der Spülmaschine, um sich wieder an die Arbeit zu machen. Ich wusste nicht, was Stalingrad war. Ich wusste nicht, ob alle alten Menschen in Deutschland in solchen Heimen starben. Ich wusste nicht einmal, ob es solche Heime in meiner Heimat gab, schließlich lebten alle mir bekannten alten Leute in ihren Familien. Ich wusste aber, dass ich so nicht enden wollte.

Was ich auch wusste, war die Gewissheit, niemals, wirklich niemals meine Mutter im Altersheim zu besuchen. Ein Bild öffnete sich plötzlich wie ein Blitzlicht vor meinen Augen. Ich sehe meine Mutter im Rollstuhl. Schwach. Zerbrechlich. Auf die Knochen abgemagert. Zu kraftlos, um sich aus dem Rollstuhl zu erheben, um mir ihre grausame Mutterliebe ein weiteres Mal zu beweisen. Und ich? Ich erkenne die neue Situation. Sie muss weg. Zeit zu gehen. Raus aus dem Haus. Rein in ein Altersheim. Schick mich nicht weg, wird sie mich flehentlich bitten. Hörst du? Ich möchte nicht ins Altersheim. Sie wird zu mir hochschauen müssen. Augenkontakt suchen. Vergeblich. Ohne eine Miene zu verziehen, trete ich wortlos hinter ihren Rollstuhl, schaue mit tiefster Genugtuung auf das grauhaarige Häufchen Elend im verschlissenen Bademantel hinunter, ignoriere ihr jämmerliches Gewimmer, packe die hinteren Griffe des Rollstuhls und schiebe das Gefährt mit festem Schritt zu dem schwarzen Transporter mit der Aufschrift „Henriettenhof", wo der im schwarzen Anzug gekleidete Fahrer bereits auf den Abtransport wartet. Das kannst du nicht machen, höre ich sie ein letztes Mal protestieren, während sich die Türen vor ihr schließen. Aus dem Fenster schauend, ein ungläubiger Blick der Enttäuschung und Verzweiflung, setze ich ihrem Blick ein Mienenspiel der Verachtung entgegen. Ich schaue nicht mehr zurück, als der Transporter, mein Rettungsfahrzeug, an der nächsten Kreuzung rechts abbiegt. Niemals, wirklich niemals werde ich meine Mutter im Altersheim besuchen. Schwarzblende.

Andererseits glaubte ich aber auch nicht, dass meine Mutter jemals auf mich im Altersheim warten würde. Sicherlich wäre meine Mutter froh, wenn sie mich nicht mehr sehen müsste. „Wo bleibst du denn, Geraldine! Du solltest doch jetzt beim Austeilen des Mittagessens helfen." Sabine holte mich zurück in die Realität der Ableistung meiner Sozialstunden. Und all das wegen einer kleinen Flasche billigen Parfüms im Wert von lächerlichen vierzehn Euro neunundneunzig, die ich aus Versehen aus dem Laden mitgenommen hatte, weil ich in der Eile vergessen hatte, zu bezahlen. Was Burim jetzt wohl machte? Ich schaute auf meine Uhr. Um diese Zeit hätte ich schon Brötchen für Burim geholt und wir hätten es uns an diesem Morgen im Bett besonders gemütlich gemacht, weil sein Vater Adnan wieder irgendwo unterwegs war. Und nun rannte ich hektisch im Esszimmer umher und servierte Spargel mit Creme Hollandaise, Salzkartoffeln und frischem Schinken für diejenigen, die es noch selbständig ins Esszimmer schafften und problemlos kauen konnten. Ich räumte das benutzte Besteck ab, um es dann in die Geschirrspülmaschine zu legen. Oder ich besorgte noch

Mineralwasser für die Bewohner und bat sie am Tisch, genügend zu trinken. Auf das Trinken hinzuweisen, sagte Sabine, wäre wichtig, weil viele alte Leute das Trinken vergessen würden und so der Gefahr der Dehydrierung ausgesetzt wären. Bei Frau Schmidt erübrigte sich ein Hinweis. Ihre Flasche Mineralwasser war so gut wie geleert. Noch immer in ihrem vornehmen feinen grauen Rock und im rosafarbenen Kaschmirpullover gekleidet, hatte sie sogar ihren Goldschmuck angelegt, als wäre sie nicht zum Spargelessen im schnöden, sterilen Esszimmer des Henriettenhofes eingeladen worden, sondern zum Galadiner im exklusiven Waldorf Astoria Hotel. Frau Schmidt saß ein wenig abseits von den übrigen Heimbewohnern, doch es schien ihr nichts auszumachen, dass niemand mit ihr sprach. Sie lächelte zu mir herüber, als sie mich erkannt hatte. Und ihr Lächeln erfüllte mich mit einer Freude, die ich ihr zurückgab, indem ich zu ihrem Tisch hinüberlief, um mich für wenige Augenblicke zu ihr zu setzten. Denn erneut tat sie mir leid, weil niemand sich mit ihr unterhielt. Weil niemand gekommen war, um sie zu besuchen. „Schön, Sie zu sehen", sagte Frau Schmidt, „wie Sie sehen können, ist am heutigen Tage der Höhepunkt in unseren verbrauchten Leben erreicht. Es gibt frischen Spargel mit Schinken. Schauen Sie in die Gesichter der Heiminsassen. Welche Freude. Welche Lebenslust. So weit sind wir gekommen. Der Höhepunkt. Frischer Spargel". Ich schaute Frau Schmidt freundlich an und nickte als Zeichen des Verstehens zustimmend mit dem Kopf. „Lesen Sie gerne?", fragte mich Frau Schmidt interessiert. Ich erzählte ihr von den Romanen, die ich bereits gelesen hatte, ohne ihr den Grund mitzuteilen, warum ich denn so viel lese. „Schön, dass Sie lesen. Das freut mich. Haben Sie auch die Erfahrung gemacht, dass man sich beim Lesen so wunderbar in die Figuren hineinversetzen kann?" Da war es wieder. Diese Gemeinsamkeit, die ich mit Frau Schmidt teilte. Ich fühlte erneut eine Verbundenheit mit ihr, die ich nicht einmal bei Burim verspürte. Natürlich konnte ich mich in Schocker, in Richy, in Maik, Tschick und in Gregor Samsa hineinversetzen. Hätte ich mit ihnen reden können, sie hätten mich verstanden. Sie hätten mir geholfen, weil wir beste Freunde geworden wären. „Da gibt es einen neuen Roman", fuhr Frau Schmidt fort, „den müssen Sie mal lesen. Der heutige Spargeltag erinnert mich an Ebling aus dem Roman Ruhm. Die größte Freude in seinem Leben ist das Schnitzel in seiner Kantine. Wenn das Schnitzel der Höhepunkt im Leben ist, dann weiß man doch, was für ein beschissenes Leben man führt." Sie lächelte mich traurig an, doch mir wurde die Zeit genommen, auf ihre Aussage einzugehen. Sabine wieder einmal. „Komm, wir haben keine Zeit zum Quatschen. Du wirst in Zimmer 3.18 gebraucht. Du sollst beim Füttern helfen."

Beim Füttern helfen. Es klang wie eine Aufgabe, die ich in einem Zoo verrichten müsste. Aber Menschen waren doch keine Tiere. Beim Füttern helfen klang irgendwie menschenverachtend. Doch ich hatte keine Zeit mehr, näher darüber nachzudenken, denn ein neuer Pfleger, der wohl keine Zeit hatte, sich persönlich vorzustellen, gab mir beim Betreten des Zimmers 3.18 sofort einen kleinen Löffel in die Hand. „Hier, nimm den Löffel und versuche mal bei Frau Pelloth die Tablette mit dem Joghurt in den Mund zu schieben." Der Pfleger wirkte irgendwie gestresst und war froh, das Zimmer verlassen zu können, um einer anderen, vielleicht angenehmeren Arbeit nachzugehen. „Wenn du es geschafft hast, meldest du dich bei Sabine, ok?" Ohne auf eine Antwort zu fragen, war er schon beinah aus dem Zimmer verschwunden, als er sich noch einmal zu mir umdrehte. „Oh, bevor ich es vergesse. Sollte Frau Pelloth ausfallend werden, nimm es nicht persönlich. Sie leidet an Demenz." Und schon war er verschwunden und ließ mich mit der Bewohnerin alleine im Zimmer, ohne dass ich beim Pfleger hätte nachfragen können, was denn ausfallend und Demenz bedeutete. Unsicher stand ich vor dem Bett und nahm den Joghurtbecher in die Hand. Die Tablette lag in einer kleinen Schale auf dem Beistelltisch. Frau Pelloth, die den Abgang des Pflegers nicht bemerkt hatte, schaute mich nun überrascht und verbissen an. „Wer bist du denn, du kleine dunkelhäutige Fotze, he?" Ihre zerfurchte Miene verriet mir ihre ganze Abneigung. „Wo ist das Arschloch, das gerade bei mir war?" Ich versuchte, den Rat des Pflegers zu befolgen, indem ich ihre Beleidigungen einfach überhörte und ihr einfach den ersten Löffel Joghurt in ihren zahnlosen Mund schob. „Ich bin Geraldine, und hier ist der leckere Joghurt." Zu meiner Überraschung ließ Frau Pelloth es geschehen, von mir den ersten Löffel in den Mund geschoben zu bekommen. „Der ist lecker, du alte Fotze", kommentierte sie den Geschmack des Joghurts, wobei ich mich ärgerte, die Tablette nicht sofort unter den Erdbeerjoghurt gemischt zu haben. Ein zweites Mal sollte mir dieser Fehler nicht passieren. „Und hier ist noch ein Löffelchen", sagte ich und wunderte mich zugleich, ob ich nicht den Werther im Deutschunterricht zu sehr verinnerlicht hatte. Die Tablette unter den Joghurt gemischt, schob ich erneut den Löffel siegesgewiss in ihren Mund, den Frau Pelloth tatsächlich in freudiger Erwartung geöffnet hatte. Doch anstatt die Tablette mit dem Joghurt hinunterzuschlucken, schob sie mit ihrer Zunge die Tablette zurück auf den Löffel. „Noch mehr, du kleine süße Fotze", sagte Frau Pelloth, wobei mir nun das Problem des Pflegers bewusstwurde. Doch ich gab nicht auf. „Der Joghurt ist lecker, nicht wahr?", versuchte ich sie positiv zu stimulieren und verabreichte ihr einen neuen Löffel mit der untergeschobenen Tablette, doch erneut landete sie auf dem Löffel. „Sie müssen doch ihre Medikamente nehmen". Ich versuchte nun in meiner Hilflosigkeit, an ihre Vernunft zu appellieren, was ungefähr so erfolgreich war, wie einen Alkoholiker vor dem Kauf der nächsten Flasche Wodka zu bewahren. „Noch mehr, du Schlampe! Ich will noch mehr!", rief sie so laut, dass jeder es im Korridor hätte hören können. Ich verfluchte den Pfleger, der mich alleine gelassen hatte. Wie sollte ich ihr die Tablette unterschieben? Ich schaute auf meine Armbanduhr. Meine ersten Sozialstunden waren bereits abgelaufen. Ob ich einfach gehen sollte, schoss es mir durch den Kopf. Doch ich wollte nicht einfach gehen, ohne das Problem hier gelöst zu haben. Da entdeckte ich eine halb angebrochene Flasche Johannisbeersaft auf dem Tisch neben dem Fenster. Ich hatte nun eine Idee.

197

Schließlich müssen alte Leute viel trinken. Ich füllte den Johannisbeersaft in ein Glas, nahm einen Strohhalm, stellte anschließend das Glas auf den Beistelltisch am Bett ab, nahm ein Löffel Joghurt aus dem Becher, schob die Tablette unter, und nun musste es funktionieren. „So, Frau Pelloth, noch ein Löffelchen Joghurt für den Papa", sagte ich beruhigend und schob ihr mit meiner linken Hand den Löffel in den Mund, wobei ich gleichzeitig mit der rechten das Glas ergriff und ihr den Strohhalm gnadenlos in den Mund schob. „Und viel trinken müssen wir", sagte ich laut und eindringlich, während Frau Pelloth den Joghurt mitsamt der Tablette und den Saft gleichzeitig hinunterschluckte. Geschafft! Stolz über meinen Erfolg schaute ich erneut auf meine Armbanduhr und verabschiedete mich von Frau Pelloth, sie ihrem weiteren Schicksals alleine überlassend, was mir leichtfiel, denn so richtige Sympathie konnte ich für sie nicht empfinden. Leise schloss ich die Zimmertür und begab mich nach Rücksprache mit Frau Lehmann auf den Heimweg.

Die Begegnung der unheimlichen Art

Schlüsselgeräusche an der Wohnungstür um zwei Uhr einundzwanzig. Ich musste kurz eingenickt sein. Trotz meiner Erschöpfung bin ich nun wieder hellwach. Das muss Werner sein. Wer sonst sollte Zugang zu der Wohnung haben? Endlich. Endlich ist er zurück. Ich springe voller freudiger Erwartung vom Küchenhocker auf, renne in den Flur, bereit, mich in die Arme meines Retters zu werfen, und erblicke seinen Vater, Dr. von Halfern, der mich überrascht und angewidert zugleich anschaut. „Du hier?" Nichts hätte mehr seine Verachtung ausdrücken können als das „Du hier?", so kalt und ablehnend geäußert, das mir seine unverhohlene Enttäuschung, mir und nicht Werner hier um diese Zeit zu begegnen, deutlich bewusst macht. „Was machst du hier?", fragt mich Dr. von Halfern in seinem mir bereits bekannten geringschätzenden Ton, „eigentlich hatte ich meinen Sohn hier erwartet."

„Auch ich warte auf ihn."

„Du? Solltest du jetzt nicht um diese Zeit arbeiten?", fragt er mich verächtlich.

Verwundert schaue ich in das wutverzerrte Gesicht des Richters und ahne Fürchterliches. Seine Stimme klingt so hart. So hart wie bei einer Urteilsverkündung. Hart wie Stein.

„Ja! Ich weiß nun, wer du bist! Mein Sohn hat mir die ganze Zeit etwas vorgemacht. Eine zukünftige Außenhandelskauffrau für den philippinischen

Handelsbereich. Dass ich nicht lache! Mein Sohn hat sich in eine Nutte verliebt."

Das hat gesessen. Ein Schlag in die Magengrube. Schlimmer als alle Schläge meines Zuhälters. Doch der Doktor der Jurisprudenz merkt nicht, wie sehr er mich mit seinen Worten verletzt. Er redet sich in Rage. Seine Worte prallen auf mich wie ein Steinschlag, der an einem steilen Berghang losbricht und auf mich herunterprasselt und mich unter der Geröllmasse zu begraben droht. Wie unverfroren ich doch sei. Welche Chancen sein Sohn vergebe! Nur wegen so einer wie mir habe er heute Abend Streit mit seinem Sohn gehabt. Und deshalb habe er gehofft, seinen Sohn hier in seiner Wohnung, die sein Vater finanziere, das müsse doch einmal gesagt sein, vorzufinden, um mit ihm noch einmal in Ruhe über so eine wie mir zu reden. Und dann tauche ich auf. Ausgerechnet ich. Und was ich überhaupt in seiner Wohnung mache. So eine wie ich. Ich gebe ihm zu verstehen, dass wir uns lieben. Das *uns* hat gesessen. Und weil es gesessen hat, setze ich nach, wie ein Boxer, der seinen taumelnden Gegner angeschlagen hat. Und weil wir *uns* lieben und *uns* immer treu sein werden und wir für *uns* gemeinsam eine Zukunft planen, habe ich das Recht, in seiner Wohnung zu sein. Dr. von Halfern kommt bedrohlich auf mich zu.

„Weiß du was? Hau einfach ab", zischt er, „ich gebe dir Geld. Ich gebe dir zehntausend Euro, dass du aus dem Leben meines Sohnes verschwindest."

„Kein Geld kann uns voneinander trennen".

Nun steht er direkt vor mir. So nah, dass ich seinen warmen, unangenehmen Raubtieratem in meinem Gesicht spüre.

„Ich sage es dir nur noch einmal", faucht er mich an, „ich gebe dir zehntausend Euro, damit du verschwindest. Wir treffen uns morgen. Hier in der Wohnung. Und dann gebe ich dir das Geld. Überlege nur, wie viele Nummern du schieben musst, um zehntausend Euro zu verdienen?"

Kleine Rechenoperationen. Zahlen schießen durch meinen Kopf. Zehntausend Euro sind eine Menge Geld oder umgerechnet einhundert Nummern bei guten Freiern, die hundert Euro zahlen. Zweihundert Nummern bei billigen, abgewichsten Freiern, die mit einer kurzen und schmerzlosen Fünfzig-Euro-Nummer zufrieden sind. Und da sind noch nicht die Abzüge enthalten, die Manni kassieren würde.

„Na, wie ist es?", fragt er nun voller Hoffnung, weil er mein Zögern bemerkt und es fälschlicherweise als Zustimmung interpretiert. Aber es ist nicht die Art des Zögerns, wenn es darum geht, eine Entscheidung zu treffen.

„Schieb dir die Kohle in den Arsch", kommt es bei mir spontan heraus, ungeachtet der Tatsache, welche angesehene Persönlichkeit ich vor mir habe. Doch nur durch eine klare Ansage, das habe ich in meinem Job gelernt, verstehen einige erst, was gemeint ist.

„Du dreckige Schlampe. Wie sprichst du eigentlich mit mir?"

Der angesehene Dr. von Halfern springt auf mich zu. Mit einer Kraft, die ich dem alten Mann nicht zugetraut hätte, schleudert er mich mit einem heftigen Stoß beider Arme gegen den mannshohen Spiegel im Flur, der bei der Wucht meines Aufpralls vom Haken springt und klirrend zu Boden fällt. Wütend packt er mich an den Schultern und zerrt mich zu Boden, wo ich unsanft auf dem Rücken inmitten der Glassplitter lande. Ich spüre die unangenehme Kälte der nackten Fußbodenfliesen. Von oben herab schaut er auf mich herunter. Benommen nehme ich seine über mir stehende Statur wahr. Ich sehe, wie er mit der rechten Hand in seine linke Anzugjacke greift und seine Brieftasche hervorholt. „Hier ist die erste Anzahlung", keucht er vor lauter Anstrengung und wirft mir ein paar Scheine zu, die langsam zu mir wie Schneeflocken herunterrieseln. In Erwartung einer Reaktion meinerseits, die Scheine aufzusammeln, wendet er sich in dem Augenblick von mir ab, als mein Handy ein vibrierendes Lebenszeichen von sich gibt. Ich erhebe mich vom Boden und greife in meine Jeanshose. Eine WhatsApp-Nachricht. Von Werner.

KOMM ZUM BAHNHOF ALTONA.
GLEIS 12.
3 UHR 05.

Bahnhof Altona. Also verlassen wir Hamburg. Werner hat also einen Plan. Einen Plan nur für uns beide. „Das war mein Sohn, nicht wahr?", fragt Dr. von Halfern misstrauisch. Ohne zu antworten, ergreife ich flüchtig meinen Mantel, den ich am Kleiderhaken im Flur aufgehängt habe, nehme meinen Koffer und bin schon an der geöffneten Wohnungstür, als Dr. von Halfern mich mit einem heftigen Ruck herumreißt. „Sag mir, wo ihr euch trefft", faucht er mich an und versucht, mich mit beiden Armen von der geöffneten Tür wegzuziehen. „Sag mir, wo ihr euch trefft", brüllt er mir ungehalten entgegen, nun in einer Lautstärke, die im Treppenhaus in der Stille der Nacht widerhallt. „Lassen Sie mich sofort los", schreie ich ihn an. Ich versuche vergeblich, mich aus dem festen Griff seiner Hände zu lösen. „Erst wenn du mir sagst, wo ihr euch trefft." Der Moment ist gekommen. Ein gezielter Tritt. Ein schmerzhaftes Stöhnen. Und ich bin frei. Schnell schlängle ich mich aus der Wohnungstür heraus, nehme noch wahr, wie Dr. von Halfern sich langsam vom Boden aufrappelt, und renne wortlos, ohne meinen Koffer zu ergreifen, die vierzehn Stufen des dunklen Treppenhauses hinunter und flüchte durch die Haustür in die Dunkelheit der Nacht.

Unter Druck gesetzt

Die Tage im Henriettenhof vergingen erstaunlicherweise schneller, als ich es mir vorgestellt hatte. Vielleicht lag es besonders darin begründet, dass die vielen neuen Eindrücke mich sehr beschäftigten, weil ich an das Altwerden bisher keine großen Gedanken verschwendet hatte. Seltsamerweise hatte ich, obwohl ich von meiner Oma großgezogen wurde, nicht ein einziges Mal daran gedacht, was es für meine Oma bedeutete, alt zu werden. Ich konnte mich nicht erinnern, dass meine Oma sich jemals über das Altwerden beklagt hatte. Dafür gab es in ihrem Leben schlichtweg keine Zeit. Schließlich war sie in die tägliche Aufgabe eingebunden, sich nicht nur um mein Wohlergehen zu kümmern, sondern auch um das der anderen Enkelkinder. Zeit zum Wolkenbetrachten, wie Frau Schmidt sie hatte, hatte meine Oma sicherlich nicht. Dafür musste meine Oma zu hart arbeiten. Dafür musste sie aber nicht einsam und verloren am Fenster sitzen und hoffen, dass vielleicht irgendwann einmal jemand zu Besuch kommen würde, um ihre Einsamkeit zu durchbrechen. Meine Oma genoss es sehr, nach einem langen Arbeitstag mit Noel und Luisa, manchmal auch mit Jeffrey und Josefine und immer mit den Nachbarn zusammenzusitzen und ein Schwätzchen zu halten. Einsamkeit, da war ich mir sicher, kannte meine Oma nicht.

Einsamkeit hatte ich bei meiner Mutter und bei dem Mann im Haus kennen gelernt, die aber nun durch meine Beziehung mit Burim gut zu ertragen war. Natürlich hatte meine Mutter nicht einen Atemzug darauf verschwendet, einmal zu erfahren, wie es mir denn am ersten Tag im Henriettenhof ergangen war. Es interessierte sie einfach nicht. Und den Mann im Haus erst recht nicht. Wie gerne hätte ich meiner Mutter von Frau Schmidt erzählt. Wie gerne hätte ich mit meiner Mutter über ihre Mutter gesprochen, die es doch viel besser als Frau Pelloth hatte, die immerhin so freundlich war, ihre Wortwahl mir gegenüber von alter Fotze zu süßer Fotze zu ändern, was ich auf Grund ihrer Demenz nicht persönlich nehmen sollte. Wie gerne hätte ich mit meiner Mutter über Herrn Treber gesprochen, der in Stalingrad war und nun nicht sterben wollte. Doch alles, was meine Mutter nur sagte, war, beeil dich, Burim kommt dich gleich abholen, was so viel bedeutet wie, geh nach oben und mach dich fertig, damit du aus dem Haus kommst.

Zum Glück hatte ich Burim. Er hörte mir zu. Schließlich verspürte ich doch das Verlangen, meine neuen Erlebnisse bei irgendjemanden loszuwerden, und bei Dorentina, Adelina oder Natalja war niemand zu erreichen gewesen. Besonders die Schilderung des Schicksals von Frau Schmidt erreichte Burims Aufmerksamkeit. Was ihn an ihrer Einsamkeit interessierte, war nicht die Tatsache also solche, sondern die praktische Verbindung von Einsamkeit und Schmuckbesitz. Sprich, der Wohlstand einer einsamen Oberstudiendirektorin, die niemand besuchte. Ich schaute Burim mit einer Miene des Nichtverstehens an, verwundert über den von Burim erstellten Zusammenhang von Einsamkeit und Wohlstand, bis Burim nach einigem Herumdrucksen und Anspielungen mit der wahren Absicht, wenn auch etwas gequält, herauskam. Er habe einige finanzielle Probleme. Große Probleme. Die Geschäfte würden nicht so laufen, wie sie laufen sollten. Und da sei nun einmal diese alte, wohlhabende Frau, die sowieso bald das Zeitliche segnen und den Schmuck nicht mehr brauchen würde. Und bevor die Erben den Schmuck einsackten, wäre es doch nur gerecht, auch ein Stück von dem Kuchen abgeschnitten zu bekommen. Kurzum, mit meiner kriminellen Erfahrung wäre es doch ein Leichtes, sich bei Frau Schmidt einzuschleichen, die sich doch sowieso sehr über meinen Besuch freuen würde, um ihr etwas Gutes zu tun, nämlich ihr die Last der Entscheidung zu nehmen, wem sie den Schmuck vererben solle. Ich sollte also Frau Schmidt bescheißen und beklauen. Und das am besten an meinem letzten Arbeitstag. Am Ende meiner letzten Sozialarbeitsstunde. Reingehen, klauen und gehen. So, wie ich es immer gemacht hatte. In diesem Augenblick hasste ich mich dafür, Burim zu sehr vertraut und ihn in mein Geheimnis eingeweiht zu haben.

„Das kannst du von mir nicht verlangen. Nicht bei Frau Schmidt".

„Ich dachte, wie lieben uns."

„Was hat das mit Liebe zu tun?"

„Weil ich Geldprobleme habe. Weil die bald kommen und mich fertigmachen werden. Weil man, wenn man sich liebt, zusammenhält."

„Aber nicht bei Frau Schmidt. Das kannst du von mir nicht verlangen."

„Jetzt pass mal auf. Seitdem ich dich gefickt habe, gehörst du mir, verstanden?"

„Du bist so gemein".

Ja, ich war enttäuscht. Ich war enttäuscht, von Burim so ausgenutzt zu werden. Aber ich hatte auch Angst. Angst um Burim. Angst, dass man ihm etwas Schreckliches antun würde. Es war aber auch meine Angst, Burim zu verlieren, verbunden mit der Angst vor der Einsamkeit und vor der gefühlten Ablehnung meiner Mutter, die ich bei einer Rückkehr an den Wochenenden, falls Burim mich verlassen sollte, intensiver erfahren würde. Vielleicht hatte er Recht. Ich gehörte ihm, weil ich zu ihm gehörte.

An einem herrlich sonnigen Sonntagmorgen gegen Ende Juni, kurz vor Beginn der Sommerferien, nur wenige Tage von meinem 15. Geburtstag entfernt, betrat ich zum letzten Mal den Henriettenhof, um meine restlichen Sozialstunden abzuleisten. In den letzten Wochen hatte ich mein Versprechen tatsächlich eingehalten. Ich suchte Frau Schmidt in ihrem Zimmer auf, so oft es mir von der Heimleitung zeitlich gewährt wurde, denn ich war sicherlich nicht vorwiegend für die individuelle Betreuung einer einzelnen alten Dame vorgesehen. Die Besuche waren ganz im Sinne Burims, der mich von der Wichtigkeit überzeugt hatte, über die Besuche der einsamen alten Frau Vertrauen zu ihr aufzubauen, um sie dann von ihrem Schmuck zu befreien. Aber etwas Seltsames war über die letzten Wochen geschehen. Ich besuchte Frau Schmidt, so oft es mir ermöglicht wurde, weil sie mich nicht nur an meine Oma auf den Philippinen erinnerte, sondern weil ich jemanden gefunden hatte, der mir wirklich zuhörte und mir das angenehme Gefühl der Erleichterung gab, wenn ich ihr aus meinem Leben erzählte. Wenn ich neben ihr am Fenster saß und mit ihr gemeinsam die Wolken über den Dächern der Häuser beobachtete, vergaß ich die Zeit um mich herum, bis die einsetzende Dämmerung mich daran erinnerte, zurück nach Hause zu laufen, wo mich niemand erwartete. Sie erzählte mir Geschichten aus ihrem Schulleben als Oberstudiendirektorin. Und ich begann ihr, erst wie ein Rinnsal, dann wie ein donnernder Wasserfall gleich, meine ganze Geschichte zu erzählen. Wie sehr ich meine Mutter vermisst hatte, wie traurig ich war, als meine Mutter nach einem kurzen Besuch in Victorias City mich wieder verließ, wie Jeffrey mich gegen die Steinwand unserer Hütte geschleudert hatte, nur weil er mein Bett für die Befriedigung seiner sexuellen Gelüste benötigte, und wie sich doch alle, wirklich alle, bis auf meine Oma und Noel vielleicht, am Abflugterminal des Flughafens in Bacolod gefreut hatten, mich endlich loszuwerden. Besonders Joefine und Luisa.

Manchmal hatte Frau Schmidt Tränen in den Augen, wenn meine Schilderungen an Fahrt verloren hatten und ich erschöpft vom vielen Reden müde aus dem Fenster in die Wolken blickte, die sich aber manchmal nicht fortbewegten, sondern wie eine schwere Last über mir hingen, so dass es mir keine Freude machte, das Wolkenbild länger zu beobachten. „Was hast du schon alles erlebt, mein Kind", seufzte sie ein jedes Mal und streichelte dabei in einem Anflug von Zärtlichkeit meine rechte Hand, die ich meistens aus Verlegenheit wegzog. „Aber jetzt hast du es doch besser, nicht wahr? Hier in Deutschland?", fragte mich Frau Schmidt, mich hoffnungsvoll anschauend. Was sollte ich ihr erzählen? Im ersten Augenblick war ich gewillt, alles, aber auch wirklich alles, was mich seit Langem belastete wie einen vollen Mülleimer, der in einen Müllcontainer entleert wird, vor der alten Damen auszuschütten. Dass meine Mutter in unregelmäßigen Abständen gewalttätig war? Dass sie mich nicht liebte? Ja, vielleicht sogar hasste? Dass ich einsam und allein meine Nachmittage und Abende in meinem Zimmer verbrachte? Dass der Mann im Haus zwar okay war, aber sich doch irgendwie anmerken ließ, dass ich ihm egal war. Doch wenn ich dann Frau Schmidt betrachtete, wie sehr sie mitfühlte, wie traurig und mitleidsvoll sie mich anschaute, dann behandelte ich diesen Teil meines Lebens wie eine Randnotiz, um die alte Dame nicht zu sehr mit meiner unerträglichen Situation zu belasten. „Es geht so", sagte ich dann ausweichend, „es könnte besser sein." Und dann erzählte ich ihr von meinem ersten Freund, in der Hoffnung, ihr die Traurigkeit zu nehmen. Ich erzählte ihr, wie toll Burim aussah, wie sehr ich ihn liebte und wie sehr er mich liebte. Doch auch diese Geschichte heiterte Frau Schmidt seltsamerweise nicht auf, weil sie meinte, dass es doch in meinem Alter noch viel zu früh wäre, sich so fest an jemanden zu binden.

Und wie mit Burim vor Wochen geplant, besuchte ich nun am letzten Tag meiner Abarbeitung der vom Gericht auferlegten Sozialstunden Frau Schmidt, um ihr den Schmuck zu rauben, den sie sowieso nicht mehr benötigte. Niemand würde kommen, dass sie genötigt wäre, ihren teuren Schmuck anzulegen, um die alte Dame zum Mittagessen oder zum Kaffeetrinken auszuführen. Niemand würde den Verlust des Schmucks bemerken, nicht einmal Frau Schmidt selbst, die, das hatte ich bereits lange registriert, zum Mittagessen im großen Saal immer den gleichen Armreif, die gleiche goldene Kette und die gleichen Ohrringe benutzte, was Burim, als ich es ihm erzählt hatte, als eine reine Verschwendung ansah. Wozu brauchte schließlich die alte Schachtel, so erläuterte er es mir zur Rechtfertigung des Diebstahls, wertvollen Goldschmuck im Altersheim?

„Wie schön, dich zu sehen, mein Kind" sagte Frau Schmidt erfreut, als sie mich beim Eintreten in ihr Zimmer erblickte. Sie legte ihre Illustrierte bei meinem Anblick zur Seite und widmete ihre ganze Aufmerksamkeit meiner Person. Sie erkannte aber sofort anhand der Putzutensilien, die ich auf einem fahrbaren Gestell hereingerollt hatte, dass ich dieses Mal wohl nicht zum Plaudern länger verweilen konnte. „Hallo Frau Schmidt. Schön, Sie wiederzusehen", sagte ich mit belegter Stimme, die verriet, wie unwohl ich mich in diesem Augenblick fühlte. „Schade, dass Du keine Zeit hast, länger zu verweilen. Ich freue mich doch immer so, dich zu sehen." Ihre Freude war aufrichtig und herzlich. Sie hätte es nicht sagen dürfen, denn es erschwerte mein Ziel, das Burim mir vorgegeben hatte.

„Willst du dich nicht doch noch ein wenig zu mir setzen?", fragte Frau Schmidt, indem sie auf den Stuhl verwies, der neben ihrem Tisch am Fenster stand, „du musst mir doch noch etwas über deine erste große Liebe erzählen." Ihre Neugier entlockte mir ein leichtes Schmunzeln, doch ich musste Burim gehorchen und die Schmuckschatulle finden. Ich wollte ihn nicht enttäuschen. Er sollte stolz auf mich sein. Er sollte immer wissen, dass er sich auf mich in der Not verlassen konnte. „Ich muss doch zuerst ihr Zimmer putzen", entgegnete ich ihr, „sonst schimpft Frau Kramer mit mir."

„Na gut, dann beeil dich. Je eher du fertig bist, desto mehr Zeit haben wir beide für einander. Und ein wenig Trinkgeld sollst du auch noch von mir bekommen."

Frau Schmidt ergriff ihre Illustrierte, schaute kurz aus dem Fenster in Richtung der Wolken, und begann ohne Argwohn den Artikel, den sie bei meinem Eintritt in ihr Zimmer unterbrochen hatte, von Neuem zu lesen. Verlegen schaute ich zu der ahnungslosen Frau Schmidt herüber, die keinen Verdacht zu schöpfen schien. Ich begann nun meinerseits, nach dem Schmuck zu suchen, indem ich mit einem Wischlappen über alle Schubladen wischte, diese leise öffnete, um darin mit meinem geübten Fingern zu stöbern. Doch der Reiz war nicht derselbe, weil das Risiko so gering war. Keine Kamera folgte meinen Bewegungen, kein unauffälliger Kaufhausdetektiv, als Kunde getarnt, der vielleicht ganz in der Nähe meine Aktivitäten beobachtete, um dann plötzlich an meiner Handtasche zu zerren und die Herausgabe des gestohlenen Gegenstandes zu verlangen. Es war nicht nur zu einfach, eine alte, wehrlose einundachtzigjährige Frau zu berauben. Es war

211

auch zu schwer, eine nette, mitfühlende alte Dame zu berauben, die mich nicht nur in den letzten Wochen an meine Oma erinnerte, sondern mir auch ihre ganze Aufmerksamkeit und ihr Vertrauen geschenkte hatte, das ich ihr ebenfalls entgegengebracht hatte, was mir ermöglichte, ihr von meinem Seelenleid zu erzählen. Und als ich die Schranktüren des kleinen Einbauschranks so weit geöffnet hatte, dass Frau Schmidt mich nicht mehr beim Herumstöbern hätte beobachten können, weil der Blick auf die schamlose Diebin versperrt war, spürte ich beim Anblick der schwarzen, ledernen Schmuckschatulle unter den vielen Pullovern ein Gefühl des Ekels. Ein Gefühl, das mich zugleich erstaunte und befreite, als ich die Schranktür, ohne den Schmuck in meinen Händen zu halten, schloss und in den Spiegel der rechten Tür schaute. Ich sah mich. Und während ich mein Ebenbild im Spiegel betrachtete, fühlte ich mich plötzlich so erleichtert. So befreit. So beglückt. So leicht wie eine luftige Wolke im glänzenden Sommersonnenschein.

„Was ist mir dir?", fragte mich Frau Schmidt verwundert, der meine plötzlich einsetzende Heiterkeit nicht entgangen war. Ich setzte mich zu ihr und ergriff in einem plötzlich aufkommenden Verlangen nach körperlicher Nähe ihre altersschwache, knochige linke Hand. „Sie sind so nett zu mir gewesen. So nett, wie nur meine Oma zu mir gewesen ist", sagte ich leise, eine leichte Nässe in meinen Augen verspürend. „Kind, du wirst doch nicht etwa weinen", sagte meine alte Dame gerührt und streichelte mit ihrer rechten Hand meine Hand, die ich dieses Mal nicht zurückzog. „Spüre ich hier einen Ton des Abschieds?", fragte sie mich besorgt. Ich erklärte meiner guten alten Dame vorsichtig, dass mein Praktikum am heutigen Tag endete. Doch um ihr die Angst zu nehmen, mich nicht mehr sehen zu können, versprach ich ihr hoch und heilig, sie sooft zu besuchen, wie es mir die Zeit erlauben würde, um mit meiner gutherzigen alten Dame gemeinsam am Tisch zu sitzen, um zu plaudern und gemeinsam mit ihr die wandernden Wolken am Himmel zu beobachten, die irgendwann meine Frau Schmidt forttragen würden.

Dunkle Wolken ziehen auf

Lieber Gott! Warum musst Du mich so bestrafen? Dein Wille geschehe wie im Himmel so auf Erden. Ist es nicht Dein Wille gewesen, mich von der bösen Tat abzuhalten? Hast Du mich nicht geführt, als ich der Versuchung widerstand? Hast Du, den ich Vater nennen darf, nicht meine Schuld vergeben, indem Du mir das Gute gezeigt und mich von dem Bösen erlöst hast? Wenn Du, Gott, die Herrlichkeit in Ewigkeit bist, warum hast Du mich dann so bestraft? Ist es nicht möglich, von Deiner Herrlichkeit in meiner Not und in meinem Leid, das mir widerfährt, Hilfe zu erwarten? Bist Du nicht allmächtig? Warum hilfst Du mir nicht? Wenn meine blutenden Wunden ein von Dir gesandtes Zeichen sein sollen, dann sag mir, welches Zeichen es ist. Ich verstehe Dich nicht. Warum bestrafst Du mich und nicht Burim, der mir die Schmerzen zugefügt hat, der mich geschlagen hat, der mich eingesperrt hat, der dafür ungestraft aus dem Zimmer gehen konnte? Sein selbstgefälliger, mitleidloser Blick, ein letztes Mal auf mich gerichtet, blutend auf dem Boden hockend, weinend, in Tränen aufgelöst. Ein Blick der Überlegenheit. Ein Blick, der sein Gefühl erkennen ließ, das Richtige getan zu haben. Ausgerechnet Burim, den ich so liebe. Der mir Halt und Zuversicht gegeben hat. Ich habe doch nichts Böses getan. Ich habe der Versuchung widerstanden. Ich habe den Schmuck nicht gestohlen. Ich habe mich so gut gefühlt, so befreit im Bewusstsein, das Richtige getan zu haben. Ich konnte doch nicht meine alte Dame berauben. Hast Du mir nicht diesen Weg gezeigt? Ist das Glücksgefühl, das ich empfand, nicht ein Zeichen Deines gütigen Willens gewesen? Wie soll ich nun Deine Strafe deuten? Wäre ich in deinen Augen ein besserer Mensch, wenn ich den Schmuck an mich genommen hätte, um Burim zu helfen?

Ich hatte ihm doch nur die Wahrheit gesagt. Ich war ehrlich zu ihm. Doch er konnte mich nicht verstehen. Wütend wurde er. So wütend, dass er wild auf mich einschlug. Seine Eltern mussten die Schläge und meine Schmerzensschreie gehört haben. Doch sie blieben dem Lärm im Nebenzimmer fern. Burims Unterfangen, seiner Freundin zu zeigen, wer der Herr im Haus ist, wollte wohl niemand hinterfragen. Habe ich dir nicht gesagt, dass du mir gehörst, hatte er geschrien. Dein Arsch gehört mir, deine Titten gehören mir. Alles an dir gehört mir. Und wenn du mir gehörst, tust du das, was ich dir sage. Dann hielt er inne. Die Schläge setzten aus. Heftig keuchend hockte sich Burim neben mir auf den Boden. Du liebst mich nicht, hatte er gesagt. Wenn du mich lieben würdest, würdest du alles für mich tun. Alles. Und du weißt, was das heißt. Und du? Du lässt mich allein mit meinem Problem, weil es dir egal ist, was mit mir passiert. Dabei liebe ich dich doch so sehr. Das hatte Burim noch gesagt. Und dann war er plötzlich aufgestanden und hatte beim Hinausgehen die Zimmertür abgeschlossen. Hatte Burim Angst vor einer möglichen Flucht? Doch wohin sollte ich schon fliehen?

215

Ich war zum ersten Mal eingesperrt. Doch es kam mir nicht in den Sinn, einem plötzlichen Instinkt folgend, gegen die Zimmertür zu klopfen, um auf mich aufmerksam zu machen oder gar um Hilfe zu rufen. Was hätte es für einen Sinn gehabt, wenn doch die Eltern schon bei Burims Gewaltausbruch nicht ins Zimmer gekommen waren, um ihren Sohn von weiteren Schlägen abzuhalten? Sollte ich das Fenster etwa öffnen, um Passanten auf der Straße auf mich aufmerksam zu machen, die vielleicht anschließend die Polizei informierten? Wollte ich das wirklich? Die Konsequenzen, die ein Polizeieinsatz für Burim hätte, waren nicht auszurechnen. Zu sehr hoffte ich, dass Burim bald zurückkommen würde, um mich nach Hause zu bringen. Schließlich erwartete meine Mutter mich gegen siebzehn Uhr zurück, da am nächsten Tag die letzte Schulwoche vor den Sommerfeien eingeleitet wurde.

So ungefähr gegen neunzehn Uhr, vier lange Stunden nach dem Streit, hörte ich, wie der Schlüssel sich im Schloss bewegte. Ängstlich schaute ich vom Fernseher auf. Burim hatte beim Betreten des Zimmers den Deckel eines Pizzakartons geöffnet. Eine dampfende Tunfischpizza strahlte mir entgegen. Erst jetzt merkte ich, wie hungrig ich war. Ich hatte seit dem Morgen nichts mehr gegessen. Ich fühlte, wie eine schwere Last von mir wich, deutete ich doch die Geste Burims, an mein kulinarisches Wohl zu denken, als ein heimliches Zeichen seiner Versöhnung und Vergebung. Für dich, hatte er gesagt. Du musst doch Hunger haben.

Burim setzte sich auf den Boden neben mir, um mir wohl zu zeigen, dass er es gut mit mir meinte. Nur zögerlich, wie ein scheuer Vogel, der Brotkrumen von einem fremden Menschen zugeworfen bekommt, ergriff ich vorsichtig die erste Scheibe Pizza. Sie schmeckte gut. Sie schmeckte so gut, dass ich jegliche Vorsicht über Bord warf und gierig nach dem zweiten Stück griff, um es mit Heißhunger zu verschlingen. Die ganze Zeit schaute mich Burim wortlos an. Suchte er nach Worten, um seinen Gewaltausbruch erklären zu können? Meine Mutter hielt es nie für notwendig, ihr Verhalten zu erklären. Sie schloss in der Regel einfach meine Zimmertür, nachdem sie mir ihre wohlgemeinte Mutterliebe offenbart hatte, und stieg die Treppe hinunter, ihr Lieblingslied *Nur die Liebe zählt* als Zeichen der Befriedigung über ihre erfolgreiche Erziehungsmaßnahme fröhlich summend.

„Es tut mir leid", begann Burim nach einiger Zeit, als er merkte, dass ich meinen Heißhunger gestillt hatte.

„Es tut mir wirklich leid, hörst du?"

Ich schwieg. Ich starrte ocampoanfallmäßig irgendwohin. Nur nicht auf Burim. Was sollte ich auch sagen? Ich glaubte, immer noch ein Brennen von seinen Schlägen in meinem Gesicht zu spüren.

„Ich war so wütend, weil ich das Geld so dringend brauche. Ich hätte für den Schmuck gutes Geld bekommen."

Ich starrte auf die bunt gemusterte Blumenwiese an der Wand, als wäre mir die Tapete erst jetzt zum ersten Mal aufgefallen. Viele Blumenarten konnte ich nicht beim

Namen nennen. Tulpen entdeckte ich und Rosen. Doch alles irgendwie kitschig für eine Tapete.

„Ich sehe aber ein, dass du die alte Dame nicht beklauen konntest. Ist schwieriger, jemandem etwas zu stehlen, wenn man die Person näher kennt."

Wieso hatten seine Eltern für Burims Zimmer eine Blumentapete ausgesucht? Das war schon seltsam.

„Kannst du mir verzeihen? Ich liebe dich doch so sehr."

Im Glauben, meine Aufmerksamkeit mit diesem zärtlich vorgetragenen Wortschleier eingefangen zu haben, rutschte Burim näher zu mir herüber und versuchte die Zärtlichkeit seiner Worte in Taten umzusetzen. Ich zog meine Hand unter der seinen hastig weg. Noch war ich nicht bereit, so schnell nachzugeben. Er schaute mir in die Augen wie ein reuiger Hund, der etwas Verbotenes angerichtet hat. Vorher Pittbull, nun ein nach Vergebung dreinschauender, lieblicher, harmloser Foxterrier, dem man einfach vergeben musste.

„Komm, sei nicht so", flüsterte er mir ins Ohr, „ich werde es wiedergutmachen."

„Ich muss gehen!"

Wie konnte ich nur während der ganzen Zeit die Zeit vergessen haben. Ich musste doch nach Hause. Ein Blick auf die Wanduhr. Panik erfasste mich. Um siebzehn Uhr sollte ich zu Hause sein. Ich würde mich verspäten. Nicht auszurechnen, wie meine Mutter reagieren würde. Sonntags sollte ich immer spätestens zwischen siebzehn und achtzehn Uhr zu Hause sein.

„Ich fahr dich".

Ich nickte nur stumm. Ich war gezwungen, sein Angebot anzunehmen. Die Busverbindungen waren außerhalb der Wochentage einfach zu schlecht und hätten eine weitere Verspätung bedeutet. Ich folgte Burim zur Tür hinaus, ergriff hastig meine Jacke im Flur und verließ, ohne mich von den Eltern zu verabschieden, die Wohnung. Während der Fahrt zu dem Haus meiner Mutter sprach ich kein Wort mit Burim, obwohl er verzweifelt versuchte, ein Gespräch wie einen stotternden Motor in Gang zu bringen. Stur schaute ich aus dem Fenster. Ich ignorierte seine verbalen Zündversuche, meinen Sprachmotor mit Scheinfragen über die Arbeit im Altersheim zum Laufen zu bringen. Ich zog es vor, aus dem Fenster zu schauen und das schwarze Wolkenbild über den Dächern der Häuser wie ein Gemälde eines unbekannten Malers zu betrachten. Regenschwangere, dunkle Gewitterwolken waren über den Dächern der Häuser aufgezogen. So dunkel und düster, dass der sonst so helle Juniabend sein Nachtkleid übergestreift hatte. Drohend hingen sie über der Stadt und würden bald ihr nasses Gut in einer Sturzgeburt über der Stadt ausschütten.

Magenschmerzen hatten begonnen, mein inneres Wohl zu quälen. Es war schon komisch. Mit der stetigen Verringerung der Entfernung zu meiner Mutter nahmen die Konvulsionen an Intensität zu. Und mein Blick auf die Armbanduhr bestätigte meine Befürchtungen, dass es Ärger geben würde. Burim hatte gemerkt, wie ich meine rechte Hand gegen meinen Bauch hielt, als könnte ich mit magischen kreisförmigen Bewegungen Kräfte entwickeln, um das unangenehme Gefühl in der Magengegend zu vertreiben. „Wenn deine Alte Stress macht, kommst du raus und ich geh rein. Ich werde draußen noch eine Weile warten, o.k.?" Würde er tatsächlich ins Haus meiner Mutter gehen, falls sie mich schlagen würde? Würde er sie tatsächlich zurechtweisen, sie ermahnen? Die Ironie der Situation entging mir nicht, nach alldem was vorgefallen war. Er bot mir Schutz an, weil ich ihm gehörte. Und da war wieder die Frage, die mich beschäftigte, die ich ihm aber nicht gestellt hatte, weil ich mit Burim einfach nicht reden wollte, nachdem, was er mir angetan hatte. Doch je näher ich mich auf das Haus meiner Mutter zubewegte, desto stärker empfand ich das Verlangen, meine Blockade aufzugeben.

„Warum hast du mich in deinem Zimmer eingesperrt?" Verwundert schaute Burim mich an. Ich merkte, wie er um eine Antwort rang, weil er merkte, dass nur eine befriedigende Antwort mich eventuell versöhnlich stimmen konnte. „Es war nicht böse gemeint. Es war ein Instinkt. Ich hatte Angst, du würdest einfach gehen. Wir gehören doch zusammen." Ich registrierte seine Worte, ohne jedoch näher darüber nachdenken zu können, denn meine innere Unruhe hatte in dem Augenblick zugenommen, als ich meine Mutter erblickte, die bereits vor ihrem Haus in der verkehrsberuhigten Straße auf mich zu warten schien. Trotz des drohenden Unwetters spielten immer noch Nachbarskinder unbekümmert auf der Straße. Burim fand eine Parklücke vor dem Haus und stellte den Motor ab. Als ich in das wutverzerrte Gesicht meiner Mutter schaute, ergriff ich kurz Burims Hand, als hoffte ich wie ein Bergwanderer, mit seiner Hilfe einen Absturz aus großer Höhe in ein tief unter mir liegendes Tal zu verhindern.

„Pasok agad sa bahay!"

Nichts hätte mir schrecklicher ihren Zorn vor Augen führen können als ihre Entscheidung, Tagalog mit mir zu sprechen, interpretierte ich es doch als ein mögliches Zeichen, ihre Liebesbeweise noch an diesem Abend erneut in Empfang nehmen zu müssen. Ohne mich von Burim zu verabschieden, sprang ich aus dem Auto, um den Befehl meiner Mutter, ins Haus zu gehen, sofort Folge zu leisten. Unbedingter Gehorsam in dieser gefährlichen Situation war vielleicht die einzige kleine Chance, ihrer Mutterliebe doch noch zu entgehen. Und während ich wortlos in geduckter Haltung an meiner Mutterfurie vorbeihuschte und ins Haus schlich, hörte ich noch, wie meine Mutter mit einer ungeniert lauten Stimme Burim zurechtwies. Wie könne er nur so verantwortungslos sein und ihre Tochter so spät nach Hause bringen? Wisse er denn nicht, dass ihre Tochter am darauffolgenden Tag früh aufstehen müsse, um den Bus zur Schule zu erreichen?

Ich beobachtete die Szene angsterfüllt vom Küchenfenster aus, sah wie Burim, unbeeindruckt durch die Worte, ein breites Grinsen aufsetzte, was meine Mutter vor so viel Dreistigkeit nur noch wütender machte, denn sie schlug die Wagentür mit einem lauten Knall zu und kam wie ein Tornado ins Haus hereingestürzt. Ich nahm noch den einsetzenden sintflutartigen Regen wahr, hörte noch die schweren Regentropfen auf den nassen Asphalt klatschen, als die Schläge meine Mutter wie Hagelschlag auf mein bereits geschundenes Gesicht einschlugen. Ich nahm nicht mehr ihre Worte wahr. Es waren doch immer die gleichen. Ich sah wie in einem Traum das grinsende Gesicht Burims vor mir und war plötzlich befreit von jeglicher Angst. Ich schwebte auf einer Wolke. Ich fühlte mich leicht und unbeschwert. Ich blickte furchtlos in das zu einer Teufelsfratze verformte Gesicht meiner Mutterfurie. Es war so hässlich, so lächerlich absurd verzerrt, dass ich zu lachen begann. Ich lachte, während sie auf mich einschlug. Ich lachte, während sie eine Pause benötigte, um zu einem neuen Schlag auszuholen. Und dann schlug ich zu. Ich war nicht mehr bereit, das vierte Gebot Moses zu befolgen, die Mutter zu ehren, um vielleicht ein langes Leben garantiert zu bekommen. Ihre Verwunderung stand ihr im Gesicht geschrieben, als meine Faust in ihrer hassverzerrten Teufelsfratze landete. Ihr Blut, nicht meines, trieb mich an. Je weniger Gegenwehr ich verspürte, desto wütender schlug ich auf meine Mutter ein. Und hätte nicht der Mann im Haus meinen rechten Arm mit aller Kraft ergriffen, um meine Mutter vor dem nächsten Schlag zu bewahren, und wäre nicht die Polizei im Haus erschienen, wäre ich auch noch in diesem Augenblick der Befreiung bereit gewesen, gegen das fünfte Gebot mitleidlos zu verstoßen.

Veränderungen

Das Hans-Bertolt-Kinder- und Jugendheim lag beruhigende fünfundvierzig Autominuten von dem Haus meiner Mutter entfernt. Weit genug entfernt, um bei meiner Mutter jegliche Spontaneität im Keim ersticken zu lassen, mich vielleicht doch einmal im Heim besuchen zu wollen, was doch nur zu einer peinlichen Situation geführt hätte, da ich ihr seit jenem Abend vor beinah acht Monaten nichts mehr zu sagen hatte. Nicht einmal Schuldgefühle plagten mein Gewissen. Und wäre es nicht wegen der schrecklich einengenden Regeln hier im Kinder-und Jugendheim, hätte ich beinah das Gefühl verspürt, eine große Flatter gemacht zu haben. Doch eine Flatter zu machen, war für mich mit dem Gefühl grenzenloser Freiheit verbunden, die ich hier jedoch nicht erleben durfte. Manchmal fragte ich mich schon, warum Hans Bertolt, selbst ein ehemaliges Heimkind, das es zu Ruhm und Geld in der Filmindustrie gebracht hatte, ein Kinder- und Jugendheim mit den gleichen strengen Regeln errichtet hatte, die ihn als Kind bereits abgeschreckt und gequält haben mussten.

Sechs Uhr: wecken. Sechs Uhr dreißig: Frühstück im Speisesaal. Sieben Uhr: der Weg zur Schule, der nun mit der Bahn und mit dem Bus viel länger dauerte, was mir aber nichts ausmachte, da dies die einzige Zeit war, mich aus den Mauern des Jugendheims entfernen zu können. Nach Schulende ging es heim ins Heim. Herumtrödeln wurde mit zusätzlicher

Ämtererledigung bestraft, was so viel bedeutete, dass einem gegen die Regeln verstoßenen Heiminsassen zusätzliche Aufgaben als Strafmaßnahmen, zum Beispiel das allseits beliebte Toilettenputzen, auferlegt wurden. Vierzehn Uhr: Mittagessen. Vierzehn Uhr dreißig: Hausaufgaben erledigen. Wer keine Hausaufgaben vom Lehrer erteilt bekommen hatte, durfte sich nicht frei fühlen, weil derjenige beauftragt wurde, anderen Heiminsassen bei der Erledigung der Hausaufgaben zu helfen. Siebzehn Uhr: Freizeit. Was immer das hieß. Ich hatte mit Fußballspielen begonnen. Zweimal in der Woche spielten wir auf dem Sportgelände und wenn ich noch ein wenig besser würde, könnte ich auch einem Fußballverein außerhalb der Heimerziehung beitreten, was durchaus meinen Ehrgeiz förderte, denn jede Stunde außerhalb des Heims war eine gewonnene Stunde. Achtzehn Uhr: Abendbrot. Achtzehn Uhr dreißig: Ämtererledigung, was meistens die Erledigung von Haushaltspflichten wie das Putzen des Speisesaals oder das Reinigen der Tassen und des Bestecks bedeutete. Zwischen neunzehn Uhr, für jüngere Heiminsassen, und zwanzig Uhr, für ältere Heiminsassen: Waschen und Vorbereitung für das Schlafen. Einundzwanzig Uhr dreißig: Nachtruhe für die älteren Heimbewohner. Und dies hieß Nachtruhe. Ein Erzieher passte im Schlafraum mit fünf bis sechs Betten darauf auf, dass sich keiner vorm Einschlafen einen runterholte und keine sich an ihrer feuchten Muschi befriedigte. Um es kurz zu machen: Die lange Zeit zur Gewohnheit gewordene Praxis, von Burim an den Wochenenden durchgefickt zu werden, war auf ein

Mindestmaß reduziert worden. Zweimal im Monat gab es an den Wochenenden für einen Tag, meistens an den Samstagen, Ausgang, was so viel bedeutete, dass Burim mich mit seinem Wagen abholte, wir in der elterlichen Wohnung schnell in die Kiste stiegen, um unsere aufgestaute Lust zu befriedigen. Ich traf mich mit meiner Clique, holte mir Komplimente ein für das, was ich getan hatte. Und gegen zehn Uhr abends fuhr Burim mich wieder zum Heim zurück, wo ich spätestens um zweiundzwanzig Uhr dreißig erscheinen musste, während Burim anschließend noch in die Disco fuhr oder seinen seltsamen Geschäften nachgehen musste, die mir bisher verschlossen geblieben waren.

Doch trotz aller Einschränkungen, die durch den Heimaufenthalt bedingt waren, hatte ich paradoxerweise keine Zeit des Bedauerns für meine Situation übrig, denn ich fühlte mich wohler in dem Heim als in dem Schneckenhaus meines Zimmers im Haus meiner Mutter. Und das hatte ich Burim zu verdanken, der an jenem Abend Zeuge des Gewaltausbruches meiner Mutter wurde. Er hätte gar nicht von der Straße aus durch das Küchenfenster schauen müssen, denn die wutentbrannte Stimme meiner Mutterfurie und ihre Schläge waren in der ganzen Nachbarschaft zu hören gewesen. So hatte sich Burim entschieden, die Polizei zu rufen, die nach zehn Minuten vor der Tür des Hauses stand, die von dem jüngsten Sohn Jakob geöffnet worden war, schluchzend in Tränen aufgelöst, so dass die zwei Polizisten für einen Augenblick unentschlossen waren, wem sie sich zuerst zuwenden sollten. Doch als sie die Küche betraten, hatte der Mann im Haus mich bereits vor der Verletzung des fünften Gebotes und seine Frau vor einem schnellen Ende bewahrt.

Es folgte eine für die Polizisten zur Routine gewordene polizeiliche Aufnahme des nächtlichen Familienstreits, der allerdings dahingehend von der Routine abwich, dass es sich nicht wie in den häufigsten Fällen um einen Streit unter Ehepaaren, sondern um eine gewalttätige Auseinandersetzung zwischen Tochter und Mutter handelte, die sich beide einer schmerzhaften Gesichtskosmetik unterzogen hatten, wobei auch dieser Fall nach Aussage des jüngeren Polizisten wieder etwas Besonders wäre, denn wenn es zu einem Konflikt zwischen Eltern und Kindern käme, wären es meistens Vater-Sohn-Konflikte, die manchmal im Alkoholrausch sogar mit Küchenmessern blutig ausgetragen wurden. Genauso ungewöhnlich war in diesem Fall das Ergebnis des Alkoholtests, das die Ordnungshüter mit ungläubigem Staunen zur Kenntnis genommen hatten. Mit sensationellen null Promille im Blut hatte meine Mutter zugeschlagen.

Für mich galt es, noch am selben Abend den Koffer zu packen. Im Rahmen des Jugendschutzes oblag es der Verantwortung der für den Streitfall zuständigen Polizisten, mich vor der Gefahr weiterer gewalttätiger Ausschreitungen seitens meiner Mutter zu schützen. Blusen, Jeans, Socken, Schuhe, Unterwäsche, Schlafanzug, meine Kosmetika und alles andere, was ich in der Eile ergreifen konnte, landeten im Koffer. Der ältere Polizist trug sogar meine Schultasche zum Polizeiwagen und lief noch mehrere Male die Treppe zu meinem Zimmer hinauf, um bloß keine Schulbücher und

Schulhefte zu vergessen. Ein Funkspruch an die Zentrale. Ein Rückruf nach wenigen Minuten. Und schon war der Weg zum Hans-Bertolt-Kinder- und Jugendheim geebnet. Entgegen Burims Rat verzichtete ich auf eine Strafanzeige. Ich war nur froh, aus dem goldenen Käfig herauszukommen, wo ich mich seit mehr als vier Jahren eingesperrt fühlte. Im Gegenzug verzichtete meine Mutter ihrerseits, einen Strafantrag gegen ihre geliebte Tochter zu stellen. Immerhin zeigten wir in dieser Angelegenheit Einigkeit. Ein letzter Blick aus dem Polizeiwagen. Der Mann im Haus sah fertig aus. Die Kinder schauten verwundert zu mir herüber. Als der Polizeiwagen anfuhr, winkten sie mir traurig zu. Ich wischte mir die Tränen aus den Augen. Meine Mutter war nicht zu sehen.

Die Flatter

Jede Veränderung bedarf einer gewissen Zeit der Gewöhnung. Wenn ich anfangs froh war, mein Schneckenhaus verlassen zu können, so vermisste ich doch andererseits mein Zimmer im Haus meiner Mutter als ein Refugium, in das ich mich zurückziehen konnte. Im Sechsbettzimmer des Hans-Bertolt-Kinder- und Jugendheims war ein Rückzug ins Private unmöglich, und so erschwerte sich meine Gewöhnung an die neue Wohnsituation aus genau diesem Grund. Die Einhaltung der Tagesabläufe war komischerweise leicht zu bewerkstelligen, vielleicht deshalb, weil alle Heimbewohner ohne Ausnahme die Regeln befolgen mussten und sie auch befolgten. Die Unmöglichkeit jedoch, mich in mein privates Reich zurückziehen zu können, erschwerte meine Anpassung und war für mich auch ein Grund, wenn auch der geringere, so schnell wie möglich das Heim zu verlassen. Da ein Rückzug ins Private nur auf der Toilette möglich war, sehnte ich mich nach einem eigenen Zimmer, was gleichzeitig zur schmerzhaften Erkenntnis führte, ein wertvolles Privileg beim Auszug aus dem Haus meiner Mutter verloren zu haben.

Und mit dem Verlust der Privatsphäre war auch der Verlust individueller Freiheit verbunden. Schlimmer als jede Regel zum Tagesablauf war das Verbot der Handybenutzung. Whatsappen, Spiele spielen, surfen im Internet, youtuben, alles war ab sofort verboten. Ich fühlte mich wie ein Heroinabhängiger, der voll auf Turkey keinen Schuss mehr erhielt und flehentlich darum bettelte. Das war der Hauptgrund, so schnell wie möglich die Flatter zu machen. Beim ersten Mal, als ich an dem ersten von den zwei Samstagen im Monat Ausgang hatte, war mein Handy mit Whatsapp-Nachrichten überfüllt. Meine Clique beschwerte sich und wunderte sich zugleich, warum ich ihre Nachrichten nicht beantwortete. Nun kannten sie den Grund. Wer heimlich beim Surfen mit dem Handy erwischt wurde, konnte jeden Tag die Scheiße in den Toiletten wegkratzen oder die Spermareste in den Duschräumen wegwischen.

Das Handyverbot war generell eine Maßnahme im Rahmen der Resozialisierung der auffälligen, delinquenten Heimbewohner, die wohl lernen sollten, sich selber zu beschäftigen und ohne ihre Handys zur Ruhe zu kommen. So hatte es mir ein Erzieher auf meine Frage erklärt, warum keine Ausnahmen bei der Handybenutzung gemacht werden könnten. Nun waren nicht alle Heiminsassen auffällig. Ich jedenfalls hielt mich nicht dafür. Ich ging wie andere im Heim regelmäßig zur Schule und hatte tatsächlich auf Grund der forcierten Nachhilfe die Versetzung in die neunte Klasse geschafft. Ein Wunder, wie meine Klassenlehrerin Frau Meyer gesagt hatte. Doch es klang dieses Mal nicht sarkastisch. Es klang eher nach Bewunderung. Meine Deutschlehrerin war sogar begeistert von meinem Aufsatz. Ein einfühlsamer innerer Monolog Judiths, die in einer Kneipe in Rerik sitzt und vor den Nazis fliehen muss, weil sie Jüdin ist.

Ein Fischer bringt die Jüdin zusammen mit einer Holzfigur, die der Fischer Knudsen ebenso mit an Bord nimmt, um auch sie vor den Nazis zu retten, nach Schweden. Ich hätte Talent zum Schreiben, sagte meine Lehrerin. Ich war erfreut und wirklich stolz über ihr Lob und im selben Moment erstaunt über ihre Worte, denn bisher wurde mir von meiner Clique nur Talent zum Klauen attestiert.

Wenn ich mich nicht für auffällig hielt, so war ich doch sicherlich delinquent, ein Merkmal, das ich auf Grund meiner Vorstrafe mit den Heimbewohnern wohl oder übel teilen musste, obwohl ich schon lange nicht mehr geklaut hatte. Und seit meiner Erfahrung mit Frau Schmidt, die ich schmerzhaft vermisste, hielt ich mich, was das Klauen anbetraf, für geheilt. Das Stehlen gab mir keinen Kick mehr. Da konnten auch die Heldentaten in den Geschichten der Heimbewohner nichts mehr daran ändern. Sie spielten sich doch alle nur auf, weil sie alles Loser waren. Arme Schweine eben, die sogar von Pflegeeltern abgeschoben worden waren oder deren Eltern das Sorgerecht entzogen wurde. Manche hatten psychische Probleme und zerstörten in ihren Wutanfällen das Mobiliar der Einrichtung, manche waren drogenabhängig. Ein Grund, warum einige versuchten, nachts abzuhauen, und dann doch von der Polizei wieder eingefangen und zurücktransportiert wurden. Die Mädchen, mit denen ich das Zimmer teilte und mit denen ich zum Glück keine größeren Probleme hatte, kamen, wie es so schön hieß, aus zerrütteten Familien, dauerschwänzten die Schule, so dass die Pflegeeltern daran verzweifelten, und waren dem Wodka zu sehr verfallen, um sich alleine davon lösen zu können. Das Komische daran war nur, wenn ich ihre Schicksale mit meinem verglich, dass ich nicht aus einer zerrütteten Familie kam.

Auch wenn die Eingewöhnungszeit im Kinder- und Jugendheim nicht so leicht vonstattenging, wie es ich es anfänglich erhofft hatte, so musste ich immerhin keine Schläge mehr von meiner Mutter erwarten. Und was Burim betraf, so war sein Ausraster vor mehr als acht Monaten wohl doch nur eine Ausnahme, die ich ihm verziehen hatte. Was blieb mir auch anderes übrig? Ich hatte doch nur noch Burim. Ohne Burim wäre der Aufenthalt im Heim sehr schwer gewesen. Bei jeder Rückkehr ins Heim am Samstagabend freute ich mich auf den nächsten freien Samstag. Die Liebe zu Burim gab mir Kraft, das Leben im Heim und die Einsamkeit an den Abenden zu ertragen. Sie gab mir die Motivation, zur Schule zu gehen, die Hausaufgaben mit den Betreuern im Heim zu verrichten und für die Klassenarbeiten zu üben.

Und Burim gab mich in der schweren Zeit nicht auf. Sein bedingungsloses Zu-mir-Halten war zugleich mein Schuldgefühl. Besonders nachdem zwei dunkle Gestalten eines Nachts Burim zusammengeschlagen hatten, weil er einem Geschäftspartner das Geld schuldete, das ich nicht bei Frau Schmidt „erwirtschaftet" hatte, schlug er mich nicht zur Vergeltung grün und blau, obwohl er nicht umhinkam, mir dennoch erneut vorzuwerfen, ihn nicht so zu lieben, wie er mich liebte, denn sonst hätte ich es nicht dazu kommen lassen. Ich versprach Burim aus einem Gefühl der Schuld heraus, ihm beim nächsten Mal bedingungslos zu helfen, und hoffte zugleich, dass meine Hilfe nicht mit dem Abzocken alter Menschen verbunden war.

Und dann erreichte mich eine Neuigkeit, die mein Herz fast vor Freude hätte zerspringen lassen. So heftig schlug mein Herz. So gewaltig war die Freude, als stünde ich unter einem riesigen Wasserfall im tropischen Urwald, dessen herrlich warmes Wasser prickelnd auf meinen nackten Körper herniederprasselte, um mich von all den Sorgen und Ängsten zu befreien, die mich seit einem Jahr belasteten. An meinem sechszehnten Geburtstag, gut ein Jahr nach meiner Einweisung in das Hans-Bertolt-Kinder- und Jugendheim, holte mich Burim am frühen Samstagmorgen ab, um mir eine Überraschung zu zeigen. Burim wirkte aufgekratzt. Er plauderte unentwegt von unserer gemeinsamen Zukunft. Meine Fragen bezüglich der zu erwartenden Überraschung blockte er ab. Als wir die Stadtgrenze zu Hattingen erreichten, schmunzelte er und bog nicht wie gewohnt in die Richtung zur elterlichen Wohnung ab, sondern fuhr geradeaus in Richtung Stadtzentrum. Verwundert schaute ich Burim an, der mich wortlos anlächelte. Ich hielt es kaum noch aus. Seine Vorfreude war ansteckend. Endlich hielt das Haus vor einem Altbau, ganz in der Nähe der Einkaufsstraße, die ich früher „bearbeitet" hatte. „Komm, steig aus. Wir sind da", sagte er lächelnd und holte einen Schlüssel heraus, um die Haustür aufzuschließen. Ich konnte Burim kaum folgen. Er schoss die Treppe zur ersten Etage hinauf und blieb vor einer Tür stehen. „Bist du bereit?", fragte er mich, als ich ihn endlich erreicht hatte. Ohne auf eine Antwort meinerseits zu warten, öffnete er die Tür zur Wohnung. „Da ist sie. Unsere gemeinsame Wohnung". Auch wenn mir meine Mutter oft vorwarf, begriffsstutzig zu sein, die Bedeutung seiner Worte erschloss sich mir sofort. Einen Jubelschrei ausstoßend, sprang ich an seinem Körper hoch, während seine kräftigen Arme sich in meinem Gesäß verankerten, um meinem Körper Halt zu geben. Wie ein Schraubstock umfassten meine Arme seinen Hals, während ich verlangend seinen Mund küsste. Im Schwindel meiner Glücksgefühle drehte sich die Welt um mich herum, wurde schneller und schneller, bis ich aus den lichten Wolkenhöhen zurück auf dem Boden landete, außer Atem und erschöpft vor so viel Glückseligkeit. Hatte ich im Stillen lange Zeit mit Gott gehadert, so sah ich nun seine göttliche Offenbarung, die mir den Weg aus meinem Leid zeigte. Burim, mein Retter. Mein Glücksbringer. Mein Ein und Alles. Unsere Wohnung. Ja, schön war sie. Drei Zimmer. Geräumig. Ein Balkon mit Blick ins Grüne. Eine Einbauküche, aus der Burim nun hervortrat, mit zwei Gläsern Sekt in der Hand. „Das muss doch gefeiert werden", sagte er lächelnd und hielt mir ein Glas entgegen. Gemeinsam stießen wir auf eine gemeinsame Zukunft an. Eine Zukunft, die uns keiner verwehren konnte. Nicht das Jugendamt, nicht meine Mutter, die den gemeinsamen Plänen noch zustimmen musste. Raus aus dem Heim, rein in die Wohnung. So war es geplant. Ein neuer Anfang. Ein neues Leben. Eine neue Chance. Und wenn es ging, so schnell wie möglich. Und was die Möbel betraf, so würde Burim erst einmal die Möbel aus seinem

Zimmer mit in die Wohnung nehmen. Und mit einem Nebenjob an den Wochenenden könnte ich Geld hinzuverdienen und helfen, die Wohnung gemütlich einzurichten.

Und weil an diesem Samstag mein sechszehnter Geburtstag war, hatte Burim alle meine Freunde zu einem Umtrunk in der neuen Wohnung eingeladen, auch wenn noch keine Sitzgelegenheiten zum Verweilen vorhanden waren. Sie alle waren gekommen. Dorentina mit Amir, Natalia mit ihrem Freund, auch Monika und Ute waren in männlicher Begleitung gekommen. Der Kühlschrank funktionierte. Der Wodka war eiskalt. Die Stimmung war gut. Und sie alle bewunderten unsere Wohnung und beglückwünschten mich zugleich für das Ende meiner Gefangenschaft im Hans-Bertolt-Kinder- und Jugendheim.

Ungewissheiten

Die Euphorie der letzten Stunden war schnell verflogen, als sich das große, schwere Tor des Kinder- und Jugendheims öffnete und ein Erzieher mich im Eingangsbereich in Empfang nahm. Zum Glück hatte Burim die Heimleitung über meine verspätete Rückkehr am Sonntag rechtzeitig informiert, so dass ich wohl nicht mit ernsthaften Konsequenzen rechnen musste. Erneut eingefangen in dem reglementierten Tagesablauf des Jugendheims kämpfte ich gegen meine plötzlich einsetzenden Panikattacken an, die sich wie ein Virus auf meine Gedanken legten und den Glücksrausch im Netz der Depressionen gefangen hielten. Würde meine Mutter als Erziehungsberechtigte tatsächlich einem Auszug aus dem Heim zustimmen? Nach all dem, was passiert war? Über ein Jahr hatte ich mit ihr nicht mehr persönlich gesprochen. Sogar an meinem sechzehnten Geburtstag hatte sie mich nicht angerufen. Sämtliche Kommunikation lief über die Sachbearbeiterin des Jugendamts oder über den Erzieher im Jugendheim. Und das Jugendamt? Würde das Jugendamt einem Einzug in Burims Wohnung zustimmen? Gab es Einwände gegen eine Zustimmung? War ich mit sechzehn Jahren vielleicht zu jung, um mit einem einundzwanzigjährigen Mann zusammenzuleben? Die Angst raubte mir den Schlaf, schnürte mir nachts den Hals zu. Hatte Burim schon mit dem Jugendamt gesprochen? Hatte er schon das Jugendheim über unsere

Pläne informiert? Hatte er etwa schon mit meiner Mutter gesprochen? Das starke Verlangen, Burim über mein Handy heimlich nachts anzurufen verwarf ich schnell. Er würde es sicherlich abgestellt haben, um Strom zu sparen. So war ich froh, um sechs Uhr morgens geweckt zu werden. Ein neuer Tag begann. Er gab mir neuen Mut und lenkte mich von den Ängsten ab.

Jeden Tag erwartete ich nun ein Zeichen von der Heimleitung, ins Büro zu kommen. Wie haben guten Neuigkeiten für dich. Du wirst unser Heim bald verlassen können. Doch nichts geschah. Wochen vergingen. In der Schule rief ich Burim an. Meine Clique nervte. Alle wollten wissen, wann es denn mit dem Umzug losginge und wann ich das Scheißheim verlassen könnte. Oder gäbe es doch Probleme? Konnte ich Schadenfreude in ihren Gesichtern erkennen? Dann die Mailbox Burims. Verfluchte Scheiße. Ich sprach eine Nachricht auf sein Band. Vor allen Dingen sollte er schnell das Band abhören, denn nach Rückkehr ins Heim könnte ich seine Nachricht erst am nächsten Tag außerhalb des Heims abhören. Ich wartete und wartete. Den Unterricht verfolgte ich wie im Alkoholrausch. Ich war nur noch auf mein Handy konzentriert. Warum meldete er sich nicht? Meinte er es wirklich ernst mit mir? Die Vorstellung, nicht mit ihm zusammenzuziehen zu können, die Vorstellung, weiter im Jugendheim verweilen zu müssen, schlug auf meinen Magen. Auf der Schultoilette übergab ich mich. Dann der Anruf in der Pause. Ich hätte weinen können. Alles gut, sagte Burim. Meine Mutter war informiert. Das Jugendamt wusste Bescheid und prüfte den Fall. Ich sollte mir keine Sorgen machen. Übernächsten Samstag, wenn ich Freigang hätte, würde der Umzug stattfinden.

Meine Erleichterung war grenzenlos. Ich hätte die Welt umarmen können. Mit Genugtuung informierte ich meine Freundinnen über den geplanten Umzug, die mich neidisch anschauten, denn so viel Glück hätten sie auch gerne gehabt. Von nun an zwang ich mich, jeden Anflug von Zweifel an mir abprallen zu lassen. Es würde geschehen. Ja, ich würde das Heim verlassen können. Hatte ich nicht auch ein bisschen Glück auf Erden verdient? Die Tage im Heim vergingen nun im Flug. Meine Zimmernachbarinnen waren traurig. Sie bedauerten es sehr, mich verlieren zu müssen. Doch ich versprach ihnen, sie zu mir einzuladen, in unsere Wohnung, wenn der Umzug erst einmal vollbracht worden war. Und dann, tatsächlich, zwei Tage vor meinem nächsten samstäglichen Freigang, wurde ich ins Büro der Heimleitung gebeten. Es läge ein Schreiben des Jugendamtes vor. Darin stünde die Bewilligung nach Rücksprache mit meiner Mutter, mich aus der Obhut des Jugendheims am Ende des Monats August zu entlassen, um mit meinem erwachsenen Freund Burim Kolegeci eine Wohnung zu beziehen, allerdings nur unter der Auflage, dass die Sacharbeiterin des Jugendamts, Frau Yilan, viermal im Jahr die Wohnung besuchen dürfe, um meine Entwicklung und meinen zukünftigen Werdegang zu protokollieren. Ich hätte mein unbeschreibliches Glück laut herausposaunen können. Doch als ich die Tür zum Büro der Heimleitung leise schloss, überfiel mich eine ungeahnte Demut in Anbetracht der Schicksale meiner Heimbewohner, die nicht das Glück hatten, das

237

Heim verlassen zu können, eine innere Demut, die mich dazu aufforderte, meine unbeschreibliche Freude in respektvoller Art und Weise zu entladen. Zu viele Enttäuschungen hatte ich selbst erlebt. Zu viele Wunden hatten sich auf meine geschundene Seele gelegt. Und so beließ ich es dabei, als die erste Euphorie verklungen war, meine Zimmerbewohner mit gedämpfter Freude über meine bevorstehende Entlassung aus dem Hans-Bertolt-Kinder- und Jugendheim zu informieren.

Ein neues Leben

Ich war frei. Der süße Geschmack der Freiheit entzückte meine Sinne. Eine Freiheit, die ich in vollen Zügen genoss. Ich war frei von meiner Mutter, frei von den Zwängen eines eingeschränkten Lebens im Haus der Familie Schneider-Ocampo, frei von den Zwängen eines reglementierten Lebens im Jugendheim. Eine Freiheit, die jedoch nicht ewig währen sollte, denn mein Leben, dies wurde mir schmerzhaft bewusst, war weiterhin vom Schicksal gebeutelt, weil unvorhergesehene Einflüsse und unkontrollierbare Kräfte, der Schwerkraft gleich, mein Leben veränderten und wie ein Magnet in eine Richtung lenkten, die Erinnerungen an Emirlina weckte. Emirlina, meine beste Freundin. Die Erinnerungen an den gemeinsamen Schulweg zur High School in meiner Heimatstadt Victorias City erfüllten mich trotz der langen Zeit, die nun vergangen war, mit Wehmut. Wie froh war ich stets gewesen, wenn sie draußen im Staub der Straße vor ihrer Wellblechhütte stand und auf mich wartete, um mit mir gemeinsam den langen Schulweg zu bestreiten. Wie froh war ich, dass ich sie bei mir hatte, wenn Fahrer mit Zuckerrohr vollbeladener LKWs in Richtung der Zuckerrohrfabrik an uns langsam vorbeifuhren, manchmal sogar anhielten, um den kleinen süßen Lolitas eine Mitfahrgelegenheit in die Ungewissheit anzubieten, die Emirlina stets dankend ablehnte und mich zum Wegrennen aufforderte.

Emirlina. Wie alt sie jetzt wohl sein mochte? Sie musste jetzt wohl neunzehn sein. Wie lustig sie sein konnte. Und wie traurig. Traurig über die Armut ihrer Eltern, die sich nichts gegönnt hatten, um ihrer Tochter den Schulbesuch zu ermöglichen, in der Hoffnung auf ein besseres Leben. Und dann war sie plötzlich verschwunden. Ich erinnerte mich an meinen Schmerz, sie nicht mehr vor der Wellblechhütte in Empfang nehmen zu können, gezwungen den langen, staubigen Weg zur Schule alleine gehen zu müssen. Ob sie in einem Bordell in Bacolod gelandet war? Wer wusste es schon?

Die Einweihungsparty in der neuen Wohnung Anfang September war ein voller Erfolg gewesen. Neben meinen Freundinnen waren auch viele Freunde Burims erschienen, die ich noch nicht kennen gelernt hatte, die mich aber mit auffallendem Interesse begutachteten. Vor allen Dingen hörte ich Komplimente, die sich auf meine scharfe Figur bezogen. Komplimente, die ich gerne entgegennahm. Burims sichtbarer Stolz über die Komplimente äußerte sich besonders dann, wenn er das Lob seiner männlichen Freunde durch ein Tätscheln meines knackigen Pos unterstrich, der durch meinen enganliegenden Rock besonders akzentuiert wurde. Überhaupt hatte Burim seit meinem Einzug in die Wohnung ein nicht zu übersehendes Interesse an neuen Kleidern, Schuhen und erotischer Unterwäsche für mich gefunden. Sicherlich musste ich neue Kleider kaufen, war ich doch nur mit einem Koffer mit wenigen Habseligkeiten aus dem Heim bei ihm eingezogen. Aber seltsam war es doch, dass die Röcke und Blusen besonders knapp und eng anliegen mussten. Je höher die

High Heels, desto besser. Sogar hochhackige knallrote Lederstiefel, die beinah bis zu meinem Knien hochragten, kaufte er mir mit großer Freude, wobei ich mich wunderte, wieso er sich keine Gedanken darüber machte, wie seltsam ich als gestiefelter Kater darin aussah. Du wirst dich schon daran gewöhnen, sagte er mir, als ich verstört das knallige Rot der Stiefel im Spiegel betrachtete. Obwohl mir die High Heels und die Stiefel nicht so recht gefielen, so unbequem wie sie waren, lehnte ich sie dennoch nicht ab. Schließlich wollte ich Burim, der dafür viel Geld bezahlt hatte, nicht verärgern. Wenn ich die Auswahl seiner Fußbekleidung für mich nicht wirklich verstand, so erübrigte sich jedoch eine Kritik an der Auswahl der Dessous und der Reizwäsche, denn wenn ich mich zu Hause in der Reizwäsche im Spiegel betrachtete und wenn ich zusätzlich dann noch die High Heels anprobierte, dann musste ich mir selber eingestehen, dass ich noch nie so sexy und lüstern ausgesehen hatte. Ein rotes Schulmädchenset mit Strapsen, String und Netzstrümpfen musste es sein, ein Bodystocking mit offenen Schritt in Schwarz, ein schwarzes Negligé, Seidenstrümpfe in verschiedenen Farben, eine Corsage plus String aus zweifarbiger Spitze, all dies kaufte Burim für mich. Und er hätte noch viel, viel mehr gekauft, hätte ich ihn nicht zum Einhalt ermahnt, denn all dies kostete doch eine Menge Geld, und wir wollten doch Geld für neue Möbel sparen, für unsere gemeinsame Wohnung.

Auch was mein Äußeres betraf, machte ich Fortschritte, so die Worte Burims, wenn er mich beim Lackieren der Fingernägel beobachtete. Besonders das Lackieren meiner Fußnägel machte ihn heiß. Ich wusste nicht warum gerade diese Aktivität seine Gelüste weckte. Doch wenn er mich in meinem Bodystocking vom Flur aus bei geöffneter Badezimmertür im Badezimmer heimlich beobachtete, wie ich vornübergebeugt, mein rechter Fuß auf dem Rand der Badewanne ruhend, meine Fußnägel rot lackierte, kam er mir ungestüm entgegengeschossen und liebkoste verlangend mein Hinterteil, was mich dazu bewog, ihm auf dem neu gekauften französischen Bett stets das zu geben, wonach er verlangte. Wenn das Tragen der Reizwäsche für mich nun eine neue Erfahrung war, die Burim genauso anturnte wie die knallroten Lederstiefel, die ich beim Sex nicht mehr ausziehen sollte, so war es ebenso eine neue Erfahrung, von Burim seltsame Fragen nach dem Geschlechtsverkehr gestellt zu bekommen. Könnte ich mir vorstellen, mit anderen Männern, auch viel älteren Männern Sex zu haben, war eine der Fragen, die mich verwunderten. Er musste es doch wissen, dass ich nur ihm gehören wollte. Ich verneinte die Frage, ohne irgendwelche weiteren Überlegungen dahingehend anzustellen, da allein die Vorstellung, mit Männern, die viel älter als Burim waren, zu schlafen, für mich gänzlich unvorstellbar, ja absurd erschien. „Aber wenn du Geld dafür bekommen würdest?", fragte er mich nachdenklich, während ich ermattet vom Liebesakt in seinen Armen lag, „ich meine viel Geld, so viel Geld, wie du es dir gar nicht vorstellen kannst, wäre das nicht etwas für dich?" Verwundert drehte ich meinen Kopf zu ihm herüber und schaute ihn fragend an. Ob es ein Test der Treue war? Suchte Burim eine Bestätigung, dass ich nur ihm gehörte? Ich beruhigte ihn, indem ich ihm meine Treue versicherte, und dass ich niemals jemanden anderen lieben würde als Burim. Burim gehörte zu mir wie ich zu ihm gehörte. Eine Antwort, die Burim seltsamerweise nicht zufriedenzustellen schien, doch ich verwarf jegliche weiteren Gedanken bezüglich des seltsamen Themas, da wir noch ein Möbelhaus besichtigen wollten.

Das neue französische Bett war so breit, dass auf den Philippinen zwei Erwachsene und zwei Kinder darin hätten schlafen können. Burim war begeistert von dem Bett, da wir uns, ganz in Gegensatz zu dem Einzelbett in der elterlichen Wohnung, in diesem Bett so richtig austoben konnten. Es war so massiv und gut verarbeitet, dass es nicht einmal in den Fugen quietschte oder wackelte, wenn Burim so richtig loslegte. Aber, so sagte er, irgendetwas würde noch fehlen, um die Funktionalität des Schlafzimmers zu erhöhen. In der Spiegelabteilung des Möbelhauses fand er das, wonach er suchte, und mir wurde plötzlich klar, was er meinte. Ein überdimensionaler Spiegel im Schlafzimmer würde uns das erotische Vergnügen geben, uns beim Liebesspiel zu beobachten. Die erotische Vorstellung begeisterte auch mich und weil zur Erotik auch Rotlicht gehörte, kaufte Burim eine Stehlampe und zwei Beistelllampen mit roten Glühbirnen.

Und so vergingen die Wochen und Monate. Burim hatte noch immer keine richtige Arbeit gefunden, aber das beunruhigte ihn nicht, da er nach der Rückkehr von seinen seltsamen Geschäften immer ein Bündel Geld ausrollte und es genüsslich zählte. Geld war zum Leben vorhanden. Und so bewarb er sich auch nicht mehr für einen Ausbildungsplatz, wo er weniger Geld verdienen würde, wie er sagte, als in dem Job, den es nachts zu erledigen galt. Fragen meinerseits, was es mit dem Job aufsich hatte, wurden stets mit den mysteriösen Worten, das wirst du bald sehen, vieldeutend beantwortet. Meistens verließ er die Wohnung um zehn Uhr abends und kehrte erst am frühen Morgen heim, wenn ich zum Frühstück am Tisch saß und mich gedanklich auf die Schule vorbereitete.

Ich träumte meinen kleinen Traum. Eine Wohnung hatten wir schon. Nun musste ich nur noch den Schulabschluss in wenigen Monaten schaffen, um meinen kleinen Traum zu vervollständigen. Eine Ausbildung zur Kosmetikerin. Ich stellte mir vor, wie wunderbar es wäre, in einem Beruf zu arbeiten, der von herrlichen Düften umgeben war, die ich zur vollsten Zufriedenheit meiner Kunden mit einer fundierten Fachberatung empfehlen und verkaufen würde. Und das Geld, das ich in der Ausbildung verdienen würde, könnte zusammen mit dem Verdienst Burims zu einem guten, wenn auch bescheidenen Leben beitragen. Aber dann kam der Tag, an dem Burim mich an mein Versprechen erinnerte, ihm zu helfen, wenn er in Not war. Und dieser Tag zerstörte meinen naiven Traum von einem einfachen Leben in Harmonie und Zufriedenheit, denn ich war bereit, mein Versprechen einzuhalten.

Ich hatte schon Tage zuvor die Veränderung in Burims Wesen registriert. Er reagierte gereizt auf jede Kleinigkeit, war kaum ansprechbar, und wenn ich seine trübe Stimmung mit der Vorstellung eines neuen

Dessous aufhellen wollte, reagierte er unwirsch und wies meine Versuche barsch zurück. Zögerlich gestellte Fragen zum Grund seiner schlechten Befindlichkeit beantwortete er nicht. Und da war sie wieder, meine Angst. Meine Angst, Burim zu verlieren. Meine Angst, mit meinem Koffer in der Hand aus der Wohnung geworfen zu werden. Die Angst, nicht zu wissen, wo ich die nächste Nacht und den nächsten Tag und die Tage darauf verbringen würde, denn ein Zurück in das Haus meiner Mutter war ausgeschlossen. Und die Rückkehr ins Heim erfüllte mich mit einem Grauen, dass ich zum ersten Mal den Tod als einen Verbündeten in meinem Wunsch, frei und ohne Sorgen zu sein, betrachtete. Dennoch setzte ich alle Hoffnungen auf eine Verbesserung seiner Stimmungslage. Wenn ich Burim nur zum Reden bringen könnte und er mir erzählen würde, was ihn bedrückte, wäre dies doch schon ein hoffnungsvolles Zeichen, weil er die Bereitschaft zeigen würde, sich für ein Gespräch mit mir zu öffnen. Die Chance nutzte ich an einem Abend, als er von einem Besuch seiner Eltern zurückgekommen war und sich wortlos auf die Wohnzimmercouch setzte und den Fernseher einschaltete, um sich *Vier Brüder* auf DVD anzuschauen, einen Film, der gute Kritiken erhalten hatte. Ich setzte mich zu ihm auf die Couch. Das gedimmte Licht einer Stehlampe und das flackernde Licht einer Kerze, die ich vorher, auf dem Wohnzimmertisch stehend, angezündet hatte, umgaben den Raum mit einem warmen Licht, das zu einer behaglichen Gemütlichkeit beitrug. Vorsichtig rückte ich näher an Burim heran. Wortlos. Abwartend. Immer ein

Stück näher, bis sich unsere Körper leicht berührten. Hoffnung keimte auf. Es dauerte eine Weile. Dann nahm ich all meinen Mut zusammen.

„Willst du mir nicht sagen, was dich bedrückt?", flüsterte ich ihm leise ins Ohr. „Du kannst mir doch nicht helfen", brummelte Burim, „niemand kann mir helfen." Ich überlegte, wie ich das Gespräch vorsichtig weiterführen sollte.

„Vielleicht kann ich dir aber doch helfen. Nur muss ich erst einmal wissen, was dich bedrückt."

„Du musst mir nicht helfen. Du hast mir schon einmal nicht geholfen, als ich dich brauchte."

„Ich konnte Frau Schmidt nicht beklauen. Das hast du doch selber eingesehen."

„Erinnerst du dich noch an dein Versprechen, mir beim nächsten Mal zu helfen?"

„Ja".

„Dann ist die Zeit gekommen. Ich habe Schulden bei der Bank, und wenn ich die Schulden nicht zurückzahlen kann, komme ich ins Gefängnis. Wir werden die Wohnung verlieren. Wie willst du allein die Miete zahlen? Und wo willst du hin, wenn ich im Knast sitze?"

„Aber verdienst du nicht genug mit deinem Job."

„Verdammt noch einmal. Ich bin Türsteher und sammle auch noch Geld von den Nutten ein, die für einen Zuhälter auf den Strich gehen. Das ist mein Job. Und wenn es Ärger mit einem Freier gibt, löse ich das Problem. Das ist mein Job."

„Und wie kann ich dir helfen?"

„Indem du hier in der Wohnung Freier empfängst, die ich für dich vermittle. Du bist jung. Du siehst klasse aus,

hast eine knackige Superfigur. Darauf stehen die Freier.
"

„Aber liebst du mich denn nicht mehr?"

„Du weißt, wie sehr ich dich liebe, aber schwere Zeiten verlangen außergewöhnliche Maßnahmen. Jetzt kannst du dein Versprechen einlösen. Oder willst du, dass ich in den Knast gehe?"

Ich stand von der Couch auf. Die Nähe zu Burim war mir plötzlich unangenehm. Ich brauchte Zeit. Ich brauchte Raum, um meine Gedanken zu ordnen. Unruhig lief ich im Wohnzimmer hin und her, während ich überlegte, welche Antwort ich ihm geben sollte. Dies konnte er nicht von mir verlangen. Mit fremden Männern zu schlafen. Für Geld! War ich denn nur eine Ware für ihn? Ich verstand nun alles. Die Reizwäsche. Die knallroten Stiefel. Das französische Bett. Die Rotlichtlampen. Dies alles hatte er nicht für die Befriedigung seiner eigenen erotischen Phantasien erworben. Und sein Bemühen, mich aus dem Heim herauszuholen, erschien mir nun ebenfalls in einem anderen Licht. War denn alles, ja wirklich alles bei ihm geplant gewesen? Und er war sich sicher, dass ich es machen würde, weil er wusste, dass ich ihn liebte. Weil er wusste, dass ich keinen anderen Ausweg hatte. Hatte sich nicht auch meine beste Freundin für ihre Eltern geopfert, weil Ermilina ihre Eltern so sehr liebte, dass sie sich entschieden hatte, ihren Körper in einem Bordell in Bacolod zu verkaufen, damit die Eltern nicht mehr Hunger leiden mussten? War es das, was man tun musste, wenn man jemanden liebte?

„Wie soll es denn nach deiner Vorstellung ablaufen?"

„Das heißt, du bist einverstanden? Du machst mit?"
Burims Begeisterung kannte keine Grenzen. Wie verwandelt sprang er von der Couch auf, kam mit einem Riesensatz auf mich zugesprungen und umarmte mich mit seinen muskulösen Armen so fest, dass ich heftig um Luft ringen musste.

„Ich wusste, du würdest mich dieses Mal nicht mit meinem Problem alleine lassen", rief er entzückt aus. Seine Stimme überschlug sich vor Aufregung, als er mir sofort in wilden Wortkaskaden seinen Plan vorstellte. Allerdings, und hier senkte er seine Stimme in einen konspirativen Flüsterton, müssten wir sehr vorsichtig vorgehen, denn erstens,konnte er meine zukünftige Tätigkeit auf Grund meines jungen Alters nicht als Gewerbe anmelden und sie würde somit vom Ordnungsamt als Förderung der illegalen Prostitution angesehen und daher streng bestraft werden. Und zweitens durfte sein Arbeitgeber, irgendein mir unbekannter Zuhälter, von Burims Aktivitäten nichts, aber auch wirklich gar nichts erfahren. Burims detaillierte Ausführungen führten mir klar vor Augen, wie lange er schon an seinem Plan gearbeitet haben musste. Da er sich im Milieu auskannte, kannte er auch genügend Freier, die er für mich animieren konnte, ohne eine Anzeige zu setzen. Eine Anzeige in einer Zeitung war zu auffällig. Irgendwann würde sein Zuhälter davon Wind bekommen und plötzlich unerwartet auf der Fußmatte stehen. Ziel, so Burim musste es sein, einen kleinen Ring von Stammkunden aufzubauen. Keine Laufkundschaft. Zu gefährlich. Stammkundschaft, das war es. Das wäre ein Vorteil für mich, da ich immer nur mit bekannten Freiern ficken müsste. Er hatte gemerkt, wie ich bei dem Wort unmerklich zusammenzuckte. Sollte das nun meine Zukunft sein? Mit Freiern ficken? Burim unterbrach seinen Vortrag und umarmte mich, um mich zu beruhigen. Es würde schon nicht so schlimm werden. Jede Veränderung bedarf einer gewissen Zeit der Gewöhnung, sagte er mir. Außerdem glaubte er, dass es mir vielleicht irgendwann gefallen würde, Herr über die Freier zu sein, denn ich würde bestimmen, wie, was und wann ablaufen würde. Eine Kollegin würde mich noch bei Gelegenheit in die besonderen Verhaltensweisen einweisen.

Burim hatte alles geplant. Alles sollte so unauffällig wie möglich ablaufen. Wie üblich sollte ich morgens zur Schule gehen, die Hausaufgaben erledigen, manchmal auch meine Clique treffen. Unvorhergesehene Besuche meiner Freundinnen mussten abgeblockt, zu erwartende Besuche der Sachbearbeiterin Frau Yilan vom Jugendamt mussten frühzeitig terminiert werden. Abends aber, so gegen achtzehn Uhr, würden die Freier an der Haustür klingeln. Ich würde sie in Empfang nehmen und sie in unser Schlafzimmer führen. Burim würde im Nebenzimmer aufpassen. Wenn es Ärger geben sollte, was er aber bei der ausgesuchten Kundschaft nicht erwartete, würde er rüberkommen, um das Problem so diskret wie möglich zu lösen. Um dreiundzwanzig Uhr musste der letzte Freier gegangen sein, denn die Schule hatte Vorrang. An den Wochenenden könnte ich schon am frühen Nachmittag mit der Arbeit beginnen.

Und dann begann Burim zu rechnen, um die Gewinnspanne bei vier bis fünf Stunden sexueller Tätigkeit zu kalkulieren, und rieb sich dabei freudig die Hände, denn bei einer festen Stammkundschaft konnte er mit höheren Einnahmen rechnen, da sie im Gegensatz zur Laufkundschaft keine billige Dreißig- oder Fünfzig-Euro-Nummer schieben wollten. Und alles mit Kondom. Ohne Kondom, fetter Aufschlag. Anal, noch mal ein fetter Aufschlag. Und während Burim seine Einnahmen überschlug, überschlug sich mein Magen. In der Toilette, vor der Kloschüssel kniend, fragte ich mich plötzlich, was ich daran verdienen würde.

Eine kurze Einführung

Alles lief nach Burims Plan. Ich hatte Besuch bekommen an einem Donnerstagnachmittag, nachdem ich mich im Wohnzimmer auf die Klassenarbeit in Mathe vorbereitet hatte, die letzte vor den zentralen Abschlussprüfungen im Mai. Jasemin betrat unsere Wohnung, in einer Parfümwolke eingehüllt, die mir beinahe den Atem nahm. Jasemin war eine professionelle Hure aus Bochum. Sie musste schon sehr erfahren sein, denn ihre vom Nachtleben gekennzeichneten Gesichtszüge verrieten mir, dass sie schon viele Jahre in dem Gewerbe tätig sein musste. Ich schätzte sie in einem Alter, das es ihr wohl nicht mehr ermöglichte, wählerisch bei der Wahl der Freier zu sein. Bei meinem Anblick blieb sie für einen kurzen Moment mit einem Ausdruck des Erstaunens stehen, schaute beinah vorwurfvoll zu Burim hinüber, bevor sie sich setzte und mich mitleidvoll anschaute. Sie kramte in ihrer Handtasche, holte eine Packung Marlboro heraus, und fischte mit dem rechten Indexfinger und ihrem Daumen nervös eine Zigarette ans Tageslicht. Ihr fragender Blick, an Burim gerichtet, wurde mit einem kurzen Kopfnicken bestätigt. Erst dann zündete sie ihre Zigarette an, inhalierte genussvoll den ersten Zug, bevor sie mich eindringlich anschaute.

„Ich wusste gar nicht, dass du noch so jung bist", begann sie zögerlich und schaute erneut zu Burim hinüber.

„Bist du wirklich sicher, dass du das machen willst?", fragte sie mich traurig und ich empfand plötzlich eine tiefe Sympathie für sie. Doch bevor ich ihr eine Antwort geben konnte, schritt Burim, laut protestierend, ein.

„Was soll diese Frage, Jasmin? Ich habe dich hierhergeholt, damit du ihr sagst, wie der Job zu machen ist und nicht, ob sie es machen will! Verstanden?"

Kurz zuckte Jasmin bei der lauten Stimme zusammen und entschuldigte sich sofort bei Burim. Sie nahm einen tiefen Zug von ihrer Zigarette, machte eine kleine Pause, um ihre Gedanken zu ordnen.

„Nun gut, reden wir vom Ablauf des Geschäftlichen", begann sie ihre Ausführungen. Meine Hände zwischen meinen Oberschenkeln fest verschränkt, leicht vornübergebeugt, als müsste ich näher an Jasmin heranrücken, um sie verstehen zu können, hörte ich ihr gespannt zu, nicht ohne jedoch zu bemerken, wie sich mein Magen zunehmend verkrampfte.

„Wenn der Freier kommt, lächelst du verführerisch, bittest ihn hinein. Begrüße ihn mit einer weichen Stimmlage. Mach ihm Komplimente. Frage ihn, wie du ihm gefällst. Dann führst du ihn in dein Schlafzimmer. Spätestens jetzt musst du ihn nach seinen Begehrlichkeiten fragen. Welche Nummer will er schieben? Sage ihm, was es kostet. Sage ihm, dass ohne Kondom nichts läuft. Du bestimmst die Regeln und den Ablauf! Das darfst du nicht vergessen. Hörst du? Außerdem - setz dir eine Spirale ein, falls du doch mal ohne Gummi ficken willst, weil der Typ außergewöhnlich gut bezahlt".

Ich nickte kurz. Angespannt folgte ich den Ausführungen Jasmins, während ich ab und zu Burim anschaute und mich fragte, ob er dies alles wirklich wollte. Doch die insgeheime Hoffnung, dass Burim in sich kehren und das Gespräch abbrechen würde, wurde nicht erfüllt. An der Wand neben der Wohnzimmertür aufrecht stehend, auf Jasmin und mich hinunterschauend, die Arme fest vor seiner Brust verschlossen, mit einem Blick, der keine Zweifel aufkommen ließ, strahlte Burim eine kompromisslose Entschlossenheit aus. „Bevor der Freier sich ausziehen will, muss die Kohle rübergewandert sein. Hörst du? Erst bezahlen, dann ficken! Noch etwas. Unter fünfzig Euro fängst du erst gar nicht an. Versuche mehr rauszuholen. Sag ihm, dass ihr bei einhundert Euro viel mehr Zeit habt und alles viel gemütlicher abläuft. Wenn er nicht mehr zahlen will, mach es kurz. Wenn er vor Aufregung keinen hochkriegt, verweise auf deine innere Uhr. Sag ihm, die Zeit läuft ab. Gib ihm eine Handmassage. In der Regel wird er froh sein, überhaupt gekommen zu sein

Wenn du die Kohle hast, schließe sie sicher weg. Dann kann er sich ausziehen. Wenn er sich ausgezogen hat, gehst du mit ihm zum Badezimmer, um seinen Schwanz mit warmer Seifenlauge zu waschen. Mache Komplimente, wie schön sein Schwanz ist, auch wenn du schon hunderte gesehen hast.

Zurück im Schlafzimmer sagst du ihm, dass er sich aufs Bett legen soll. Dann stülpst du ihm das Kondom über und fängst an, seinen Schwanz zu bearbeiten. Wenn du Glück hast, spritzt er vor Aufregung schon vorher ab. Das war's. Entsorge das Kondom im Mülleimer. Sag ihm, dass er sich anziehen kann. Mach ihm Hoffnung. Sag ihm, dass es beim nächsten Mal besser klappen wird. Zeig Verständnis. Umarme ihn. Gib dem Freier einen gehauchten Kuss auf die Wange. Aber, nun hör gut zu, küsse niemals einen Freier auf den Mund! Es sei denn, du hast dich in ihn verliebt, was manchmal vorkommen kann. Aber glaube niemals, dass er dich aus dem Milieu herausholen will, dann bist du verraten und verkauft."

Erneut schaute mich Jasmin am Ende ihrer Ausführungen traurig an. Plötzlich und unerwartet schnell, drückte Jasmin ihre noch brennende Zigarettenkippe im Aschenbecher aus, ergriff mit hektischen Bewegungen die auf dem Wohnzimmertisch liegende Zigarettenschachtel, stülpte sie nervös in ihre Handtasche und stand mit einem Ruck von der Couch auf, um sich von uns zu verabschieden. Sie schlich, ohne mich noch einmal anzuschauen, an Burim wortlos vorbei, der ihr grinsend nachschaute, als sie die Wohnungstür öffnete und das Weite suchte. „Nun, dann wäre ja alles gesagt", kommentierte Burim den überstürzten Abgang Jasmins und rieb sich freudestrahlend die Hände. „Morgen setzen wir die Spirale ein und dann geht's los", gab er mir zu verstehen. Zusammengekauert hockte ich in der Ecke der Wohnzimmercouch, starrte stumm und reglos durch das Wohnzimmerfenster auf die vorbeiziehenden Wolken und wünschte mir plötzlich, Emirlina nahe sein zu können.

Die Begegnung

Wenn ich ehrlich war, hatte ich mit einer nun schon siebenmonatigen beruflichen Tätigkeit im Dienstleistungsgewerbe eine gänzlich andere Vorstellung verbunden, als jeden Abend fremden Männern orgastische Glücksgefühle zu vermitteln. Ich hatte in der Zeit schon mehr Penisse in der Hand gehalten als jeder promovierte Urologe in einem Jahr. Neben den beruflichen Abläufen einer Freizeithure lernte ich auch sehr schnell den zu diesem besonderen Dienstleistungsgewerbe dazugehörigen derben Jargon, gepaart mit einer betont gesäuselten Intonation, um die geilen Freier in die richtige Stimmung zu versetzen. Begriffe wie Cunnilingus, orale Stimulation und heterosexueller Geschlechtsverkehr wurden durch die kurzen und daher prägnanten Synonyme lecken, blasen, ficken ersetzt. Na, mein Süßer, wollen wir uns heute wieder ein wenig amüsieren, im honigsüßen Ton intoniert, steigerte die Vorfreude der Freier und ergo ihre Bereitschaft, Kohle locker zu machen. Und während ich bei den ersten Freiern beim Überstülpen der Gummis meine Nervosität nicht verbergen konnte, so hatte ich mir doch über die nächsten Wochen hinweg mit jedem neuen Freier eine berufsmäßige Routine erarbeitet, wobei mich die Schnelligkeit des Eingewöhnens in diesen besonderen Bereich des Dienstleistungsgewerbes selbst überraschte, eine Fähigkeit, die Burim als ein besonderes Talent interpretierte. Ich war mir sicher, dass er mich mit diesem Lob nur bei Laune halten wollte, denn, wenn ich mir ehrlich eingestand, war ich stets froh, wenn ich endlich nach getaner Arbeit das gefüllte Gummi in den dafür zuständigen Mülleimer werfen konnte und den beglückten Freier mit den Worten, Komm mich doch mal bald wieder besuchen, aus der Wohnung eskortieren konnte.

Und ein jedes Mal, wenn ich die Freier an der Tür verabschiedete, fragte ich mich, wie lange ich noch das Opfer bringen musste, mich fremden Männern anbieten zu müssen, um Burim vor dem Gefängnis zu bewahren. Da Burim den größten Teil meiner Einnahmen zur Tilgung seiner Schulden für sich behielt, hielt ich mir das Recht vor, ihn dann und wann nach der ungefähren Dauer meiner Dienstleistungtätigkeit im horizontalen Gewerbe zu fragen, was ihn stets erboste. Und so lobte er meine Arbeit, äußerte wiederholt seine Dankbarkeit und das Glück, von mir geliebt zu werden, und betonte eindringlich, wie wichtig meine Tätigkeit für die psychohygienische Gesundheit unserer Gesellschaft wäre. Woher er diese Erkenntnis hatte, war mir unerklärlich. Burim las weder schlaue Bücher noch schlaue Zeitungen. Er erklärte es mir in einfachen Worten. Jeder Freier, dem ich es besorgte, ginge zufrieden nach Hause. Jede Nummer, die ich mit denen schob, würde eine Frau vor einer Vergewaltigung schützen. Denn wenn die Herren des starken Geschlechts ihre Phantasien bei mir nicht ausleben könnten, würden sie bei dem inneren Druck, den sie verspürten, diese Phantasien mit Gewalt bei ihren Ehefrauen oder bei fremden Frauen einfordern. Woher hatte er das nur? Wenn ich ihn recht verstanden hatte, so bedeutete das für mich nur eins. Weil meine ganze Persönlichkeit, mein ganzes Ich-Gefühl vorwiegend auf meinen Vaginalbereich reduziert worden waren, erlangte ich einen gesellschaftlich hohen Status. Mein Leben hatte einen Sinn. Einfach ausgedrückt, ich hielt meinen kostbaren Körper hin, um nicht nur Burim vor dem Knast zu retten, sondern auch Frauen vor einer Vergewaltigung. Doch je reiflicher ich es mir überlegte, desto klarer wurde mir bewusst, dass seine Rede von der wichtigen Rolle einer Hure in der Gesellschaft eine infame Lüge war, um mich zum Weitermachen zu motivieren.

Und so vergingen die Wochen und Monate. Ich führte bis zum Schulabschluss ein Doppelleben. Morgens war ich Geraldine. Abends Melody. Niemand wusste davon. Oder zumindest glaubte ich es. Wenn Dorentina und Amir es wussten, schließlich waren Amir und Burim beste Freunde, dann behielten sie es für sich. In der Schule war ich die Schülerin, die brav dem Unterricht in der Klasse folgte. Jeden Lehrer, jeden Mann, dem ich begegnete, schaute ich nun mit anderen Augen an. Einen plötzlichen aberwitzigen Gedanken verwarf ich sofort. Hans-Jürgen, der Mann im Haus, würde sicherlich niemals seine sexuellen Phantasien bei einer Hure ausleben, weil er keine sexuellen Phantasien besaß, weil er zwar anständig, aber dafür bieder und langweilig war. Was würde er wohl sagen, wenn er mich in meiner Reizwäsche erblicken würde? Und viel wichtiger, was würde meine Mutter sagen? Sicherlich würde sie mich totschlagen. Würden Ermilinas Eltern ihre Tochter totschlagen, wenn sie es wüssten? Ich

257

konnte es mir nicht vorstellen. Dafür liebten die Eltern ihre Tochter zu sehr. Um sie weinen würden sie. Vielleicht würden sie sie auffordern, zurück nach Victorias City zu kommen. Aber totschlage?. Nein. Nicht Ermilina, meine beste Freundin.

Und dann hatte ich meinen Schulabschluss. Eine Woche nach meinem siebzehnten Geburtstag. Ich hatte es tatsächlich geschafft. Alle Probleme in den letzten Jahren und alle Startschwierigkeiten waren vergessen. Wie stolz war ich über meine Note in Deutsch. Eine Drei. Es hätte auch eine Zwei werden können, hatte meine Deutschlehrerin gesagt. Mit ein wenig mehr Hilfe, was den Satzbau und die Klarheit der Formulierungen betraf, könnte ich noch bessere Aufsätze schreiben. Beeindruckend fand sie meine Freude am Lesen, was sehr selten geworden sei. Ich solle am Ball bleiben, was immer das bedeutete. Wie gerne hätte ich mein Zeugnis meiner Mutter gezeigt. Doch ich verwarf den Gedanken sofort. Ich war nicht mehr bereit, weitere Gedanken daran zu verschwenden und mich damit unnötig zu belasten

Und Burim? Er nahm mein Zeugnis kurz zur Kenntnis und legte es dann achtlos auf den Wohnzimmertisch. Das war alles. Er war strikt gegen meinen Wunsch, mich für eine Ausbildung in der Kosmetikbranche zu bewerben. Ich würde mein Talent als Hure vergeuden. Außerdem würde ich das Ausbildungsentgelt von lächerlichen vierhundertfünfzig Euro monatlich bereits an einem Tag, wenn es gut lief, verdienen. Was wiederum zu meiner Forderung führte, den ganzen erblasenen und erfickten Hurenlohn selbst behalten zu wollen, was ihn so wütend stimmte, dass ich an die Liebesbeweise meiner Mutter erinnert werden musste.

Überhaupt hatte sich die Beziehung zwischen Burim und mir, seit ich dem horizontalen Gewerbe nachging, nachhaltig verändert oder, wenn ich es mir ehrlich eingestand, so verschlechtert, dass ich mir wünschte, meine eigene Wohnung beziehen zu können. Wir schliefen nur noch selten miteinander, was ich nicht verwunderlich fand, denn nach fünf oder sechs Freiern war meine Lust auf Sex verflogen. Was jedoch über die Monate mehr und mehr in mein Bewusstsein drang, war das Gefühl, von ihm ausgenutzt zu werden, weil er nicht nur den größten Teil des Hurenlohns für sich behielt, sondern sich stets mit der Beantwortung meiner Frage bezüglich des absehbaren Endes meiner Beschäftigung auffallend zurückhielt.

Ich wurde zu Burims Sklavin, gefangen in unserer eigenen Wohnung, die ich nur noch unter seiner Begleitung verlassen durfte. Wie das Gewebe eines malignen Krebsgeschwürs wucherte sich Misstrauen unheilbar in das Verhältnis zu Burim ein. Ich glaubte nicht mehr seinen Beteuerungen, im Gefängnis zu landen, wenn die Schulden nicht bezahlt würden. Schulden, deren Summe er nie konkret genannt hatte und die, wenn ich es mir recht überlegte, in die Tausende gehen mussten, seitdem ich mich für ihn aufs Kreuz legte. Als ich ihm einmal sagte, dass ich nicht mehr wolle, schlug er, als seine süßen Worte nicht mehr fruchteten, zum dritten Mal zu, wobei er bedacht war, mein Gesicht nach Möglichkeit zu schonen. Richtig wütend wurde er, als er herausgefunden hatte, dass ich mich gegen seinen Willen heimlich für eine Ausbildung als Kosmetikerin beworben hatte. Er fand eine Einladung zu einem Bewerbungsgespräch im Briefkasten. Anstatt den Brief einfach verschwinden und mich so in Unkenntnis zu lassen, entschloss er sich zu der ehrlichen, männlichen Art der Problemlösung. Auf die drei Tage Urlaub, die ich für die Behebung meines bunten Flickenteppichs am Körper großzügig von Burim gewährt bekam, folgte eine erzwungene Verdoppelung meines Körpereinsatzes über die folgenden Wochen hinweg. Da ich nicht mehr schulpflichtig war, so Burims geschäftsmäßige Logik, und um keine Langeweile aufkommen zu lassen, stockte Burim die Anzahl der mich zu besuchenden Freier drastisch auf, was sich als ein großer Fehler herausstellen sollte.

Gefahr für sein Geschäftsmodell bestand immer nur dann, wenn Besuche der Sachbearbeiterin des Jugendheims, Frau Yilan, angekündigt wurden. Dann reagierte Burim gereizt und übernervös. Sein Verhalten wurde unberechenbar. Mit der Androhung von Schlägen wurde mein immer stärker werdendes Verlangen, der Sachbearbeiterin bei ihren Besuchen die Wahrheit zu sagen, brutal im Keim erstickt. Und so erwartete ich stets die Sachbearbeiterin in einer von Utensilien des Rotlichtmilieus befreiten Wohnung, adrett in Jeans und Pullover bekleidet, ungeschminkt, aber dafür sorgfältig gekämmt, und erzählte ihr von meinen zukünftigen Berufsinteressen, was die Sachbearbeitern mit großem Interesse in ihr Notizblock schrieb, während Burim so nett und aufmerksam war, ihr eine schöne Tasse heißen

Kaffee und etwas Gebäck anzubieten, um sich anschließend neben mich zu setzen, ostentativ meine Hand zärtlich haltend. Meinen Schulabschluss kommentierte Frau Yilan mit anerkennendem Wohlwollen und freute sich darüber, dass die Beziehung zwischen Burim und mir offensichtlich sehr harmonisch verliefe. Burim hob abschließend besonders sein Engagement hervor, mich in meinen Bemühungen, eine Ausbildung zu erhalten, hundertprozentig zu unterstützen. So befriedigt von dem, was sie sah, begleitete Burim Frau Yilan mit charmantem Lächeln zur Tür hinaus. Burim verlor keine Zeit, die Geschäfte sofort neu anzukurbeln.

Und dann, eines späten Nachmittags, kurz vor dem Beginn meiner horizontalen Beschäftigung, stand der Mann im Haus überraschend und völlig unerwartet vor unserem Haus. „Was will denn der Typ von deiner Mutter hier?", fragte Burim überrascht, der bereits den ersten Freier erwartet hatte. Er wendete sich vom Fenster ab und rannte nervös im Flur hin und her, weil er nicht wusste, wie er auf den unangemeldeten Besuch reagieren sollte.

„Nun lass ihn rein", sagte ich kurz entschlossen, „sag ihm, er soll in den zweiten Stock kommen." Während Burim das Fenster öffnete, um Hans-Jürgen meine Anweisung zuzurufen, streifte ich mir schnell eine Jeans und einen weiten Pullover über meine frivole Arbeitskleidung. Für mein geschminktes Gesicht würde ich schon noch eine passende Antwort finden. Was wohl der Grund für seinen Besuch war, fragte ich mich, als ich noch einmal zur Kontrolle mein Gesicht und meinen

Körper im Spiegel betrachtete. Die erste Vermutung verwarf ich schnell. Nein, sicherlich war er nicht deswegen gekommen. Sicherlich hatte es etwas mit meiner Mutter zu tun. Burim betätigte den Buzzer der Eingangstür, wo kein Klingelknopf auf meinen richtigen Namen verwies. Die hölzerne Treppe knarrte knorrig wie eine alte Eiche, als der Mann im Haus langsam, beinah schwerfällig wie ein alter Mann, die Treppe zu unserer Wohnung hinaufstieg. Als ich ihn nach einer gefühlten Ewigkeit vor der Wohnungstür stehen sah, überkam mich ein seltsames Gefühl der Melancholie. Wie lange hatte ich Hans-Jürgen nicht mehr gesehen? Es mussten schon viele Monate vergangen sein. Verkrustete Erinnerungen brachen plötzlich wieder auf. Der Flug nach Bacolod, die Übernahme der Krankenhauskosten für Noels Sohn, sein Segelboot, das Fahrrad, das er mir schenkte, die Schlittschuhe. Hätte ich nicht viel mehr Dankbarkeit zeigen müssen? Hätte sich nicht vielleicht alles zum Besseren entwickelt, wenn ich seine Angebote angenommen hätte, mit ihm mehr zu unternehmen, um ihm eine Chance zu geben, mich besser kennen zu lernen? Denn auch ich musste ihm fremd gewesen sein, so wie er fremd für mich war. Und Hans-Jürgen war es doch, der von der Idee, einen Hund zu halten, begeistert war. Er war es, der mich vor weiteren Tritten meiner Mutter bewahrt hatte. Und nun stand er vor mir, beinah schüchtern wie ein kleiner verliebter Schuljunge vor seiner ersten großen Liebe.

„Hans-Jürgen."

„Geraldine. Wie lange habe ich dich nicht mehr gesehen. Du siehst ganz anders aus."

„Komm doch rein."

Ich führte Hans-Jürgen in unser Wohnzimmer, wo Burim von der Couch aufgestanden war, um den Ehemann meiner Mutter zu begrüßen und ihm eher unfreiwillig einen Platz zum Sitzen anzubieten. „Ich will nicht lange stören", begann Hans-Jürgen das Gespräch zögerlich, „ich habe die Anschrift von deiner Mutter bekommen. Ich … ich hatte nur einfach den Wunsch zu sehen, wie es dir geht". Meine Mutter hatte also nicht den Besuch Hans-Jürgens eingefädelt, um vielleicht den Beginn eines Neuanfangs in der Mutter-Tochter-Beziehung zu wagen. Ich spürte keine Enttäuschung. Was hätte es auch für einen Sinn gehabt? Meine Mutter hatte mich nie geliebt und würde mich nie so lieben wie Hans-Jürgen seine drei Söhne liebte.

„Sie sehen ja, es geht ihr sehr gut", mischte sich Burim ungeduldig in das Gespräch ein, „und das können Sie auch ihrer Mutter sagen. Wenn sie uns bitte entschuldigen würden, wie sind gleich verabredet." Burim blickte vielsagend zu mir herüber und erhob sich von der Couch, um seinen Worten Nachdruck zu verleihen. Enttäuscht erhob sich Hans-Jürgen aus seinem Sessel. Es war ihm anzumerken, dass er gerne noch länger mit mir gesprochen hätte.

„Was habe ich nur falsch gemacht, dass sich alles so entwickelt hat?", fragte er, mich dabei traurig anblickend, „ich hoffe, du bist glücklich."

„Mach Dir keine Gedanken, Hans-Jürgen. Mir geht es gut." Ich hoffte in diesem Augenblick, dass er nicht den silbernen Tränenglanz in meinen Augen registrierte, als er die Wohnungstür öffnete. „Darf ich dich irgendwann noch einmal besuchen?", fragte er zum Abschluss. „Du kannst kommen, wann du willst. Ruf mich nur vorher an." Er nickte befriedigt mit dem Kopf und schaltete das Treppenhauslicht an. Es war schon dunkel geworden. Beim Hinabsteigen der Treppe begegnete ihm ein älterer Herr mit Hut, der den Ehemann meiner Mutter, aus meiner Wohnung kommen sehend, vielsagend angrinste.

Der zunehmende Verkehr fremder Männer im Treppenhaus, das Hinauf- und Hinunterschleichen in meine begehrte Wohnung, blieb von den Mitbewohnern des Mehrfamilienhauses nicht unentdeckt. Es war nur noch eine Frage der Zeit, so hoffte ich, bis sich der Verdacht der Mitbewohner so weit erhärtete, dass das Ordnungsamt gezwungen war, nach dem Rechten zu sehen, was meine Befreiung bedeutet hätte. In seiner unersättlichen Geldgier verzichtete Burim zunehmend auf das Prinzip der Unauffälligkeit und warf jegliche Vorsicht über Bord. Es mehrte sich die Anzahl unerwarteter Besuche, die spontane Einsätze von mir erforderten. Es drängelte sich die Kundschaft auf der Straße. Mein Ruf eilte mir voraus. Melody, der Knaller. Melody, der Geheimtipp unter den Huren. Melody, die es einem gut besorgte. Ich hatte mir Ansehen in der menschlichen Fleischfabrik erworben.

Dies blieb auch nicht ungehört beim letzten Freier in der letzten Stunde meines Arbeitstags am letzten Samstag im Oktober. Ein Blick durch den Spion hätte Burim warnen können. Doch er zog es vor, im Nebenraum sein Geld zu zählen. Ich öffnete die Tür. Der athletisch gebaute, blond gelockte Fremde, in teurem Pelzmantel und Nappalederhose gekleidet, strahlte mich voller

Vorfreude genüsslich an. Seine strahlend weißen Zähne glänzten im Halbdunkel des Flurs wie kostbare Diamanten. Als er meinen Körper mit seinen durchdringenden blauen Augen und mit geschultem Blick scannte, wusste ich, dass dies kein Freier war.

Die große Flatter

Ich ärgere mich. Ich ärgere mich wirklich sehr. Hatte ich nicht Oma Ocampo versprochen, mein Muling-Amulett immer bei mir zu tragen? Wieso nur habe ich Omas Muling-Amulett in den Koffer gelegt? Aber hat es mir überhaupt Glück gebracht? Da ist er! Der Bahnhof ist schon in Sichtweite. Noch vierhundert Meter? Vielleicht ein paar Meter mehr? Ich kann es schaffen. Niemand scheint mir zu folgen. Alles ist gefährlich ruhig. Wie unheimlich still es auf den Straßen ist, wenn die Großstadt sich zur Ruhe gelegt hat. Eine verräterische Stille. Die Stille vor einer Hinrichtung. Die Stille vor einem Meuchelmord ohne Zeugen. Angst ist eine dunkle, schwarze Spinne, die an meinem Körper hinaufgleitet. Der Lichtkegel eines Autos droht mich zu erfassen. Eng an einen dunklen Hauseingang gedrückt, lasse ich den Wagen vorbeifahren. Ich muss schneller laufen. Ich habe Zeit verloren. Wenn auch nur Sekunden. Aber Sekunden können über Leben und Tod entscheiden. Sekunden können dein ganzes Leben ändern. Nur gut, dass ich den Koffer zurücklassen musste. Er hätte mich nur behindert. Ja, es ist gut so. Der Koffer wäre nur eine Last gewesen. Schließlich werde ich ein neues Leben beginnen. Wird es wirklich ein neues Leben sein? Denke nicht so viel. Konzentriere dich!

Wie spät ist es? Mein Gott! Nur noch wenige Minuten. Drei Uhr fünf auf Gleis 12. Ob Werner schon auf mich wartet? Aber was ist, wenn er nicht auf dem Bahnsteig ist? Was dann? Komm, lauf schneller! Du musst schneller laufen. Du darfst jetzt nicht müde werden. Er muss da sein. Wo immer der Zug hinfährt, ich bin bereit, mit ihm ans Ende der Welt zu fahren. Gleich ist es geschafft. Ich kann den Haupteingang schon sehen. Schau dich nicht mehr um! Höre ich da nicht Schritte? Schritte hinter mir! Noch entfernt, aber schnell näherkommend. Wer kann es sein? Vielleicht ist es nur jemand, der auch den Zug zu später Nacht erreichen will. Ich muss schneller laufen. Noch eine Minute! Da! Bahnsteig 12. Ausgerechnet. Ganz am Ende der Unterführung. Mein Herz rast. Die Treppe. Die Treppe zum Bahnsteig. Nur noch wenige Stufen.

MELODY!

Ein kurzer Blick zurück bestätigt meine schlimmsten Befürchtungen. Es ist Manni. Die Inkarnation des Teufels. Er hat den Eingang zur Unterführung schon erreicht und kommt mit schnellen Schritten näher.

MELODY! BLEIB STEHEN!

Ich höre nicht auf ihn. Zwei Stufen auf einmal nehmend, weiß ich, wenn er nicht oben auf mich wartet, habe ich verloren. Die letzten Stufen, die mein Schicksal bestimmen sollen. Lieber Gott, bitte! Ich flehe dich an!

Da ist er! Es ist Werner! Nervös schaut er auf seine Armbanduhr. Eine Nervosität, die mich glücklich stimmt. Drei Uhr fünf. Der Zug fährt gleich ab.

WERNER!

GERALDINE!

Alle Last fällt von mir ab, als er mich überglücklich in die Arme nimmt. Alle Zweifel sind verflogen. Ich schäme mich nicht der Tränen, Tränen der Freude, Tränen des Glücks, die ich nicht mehr zurückhalten kann, als er mich verlangend küsst. Er ergreift meine Hand mit festem Griff. Komm, rein in den Zug!

MELODY!

Die Türen schließen sich. Der Zug nimmt langsam Fahrt auf. Erst als ich sicher bin, dass Manni die Waggontür nicht mehr öffnen kann, fällt eine zentnerschwere Last von mir ab. Mit zunehmender Geschwindigkeit des Zuges entferne ich mich von der immer kleiner werdenden Figur im Pelzmantel, die dem Zug mit wütendem Blick nachschaut. Erleichtert von der Anspannung der letzten Stunden, erschöpft von der Anstrengung der letzten Minuten, falle ich glücklich in Werners Arme, die mich sicher auffangen.

Bibliografische Information der Deutschen Nationalbibliothek:
Die Deutsche Nationalbibliothek verzeichnet diese Publikation in
der Deutschen Nationalbibliografie; detaillierte bibliografische
Daten sind im Internet über dnb.d-nb.de abrufbar.

TWENTYSIX – Der Self-Publishing-Verlag
Eine Kooperation zwischen der Verlagsgruppe Random House
und BoD – Books on Demand

Herstellung und Verlag:
BoD – Books on Demand, Norderstedt

ISBN: 978-3-7407-6260-5